DUMONT

Lange, kalte Winternächte: Zeit, um den Kamin zu entzünden, Zeit für Geistergeschichten. Ob in den wilden Mooren von Yorkshire, auf dem verschneiten Gelände eines Spukhauses oder auf dem belebten Londoner Weihnachtsmarkt – diese Geschichten, die von Gespenstern vergangener Tage erzählen, jagen den Lesenden die köstlichsten Schauer über den Rücken.
So herrlich britisch wie Yorkshire Pudding, so stimmungsvoll und gruselig wie ›Eine Weihnachtsgeschichte‹ von Charles Dickens und so spannend, dass man dieses Buch kaum aus den Händen legen kann.
›Schaurige Nächte‹ vereint acht Erzählungen ausgewiesener Gruselexpert*innen, die eine alte Tradition neu beleben: Als Meister*innen des Unheimlichen und Makabren bescheren sie uns einen Nervenkitzel ganz besonderer Art.

Bridget Collins, Imogen Hermes Gowar, Kiran Millwood Hargrave, Andrew Michael Hurley, Jess Kidd, Elizabeth Macneal, Natasha Pulley und *Laura Purcell* sind vielfach ausgezeichnete und allesamt ins Deutsche übersetzte Autor*innen.

Bridget Collins, Imogen Hermes Gowar,
Kiran Millwood Hargrave, Andrew Michael Hurley,
Jess Kidd, Elizabeth Macneal, Natasha Pulley,
Laura Purcell

SCHAURIGE NÄCHTE

Unheimliche Geschichten für den Winter

Aus dem Englischen von
Werner Löcher-Lawrence

DUMONT

MIX
Papier | Fördert gute Waldnutzung
FSC® C083411

Das bei der Produktion dieses Buches entstandene CO_2 wurde durch die Finanzierung von Klimaschutzprojekten kompensiert:
climate-id.com/17531-2110-1001/de

September 2024
DuMont Buchverlag, Köln

Die englische Originalausgabe erschien 2021 unter dem Titel ›The Haunting Season. Ghostly Tales for Long Winter Nights‹ bei Sphere, London.

Übersetzung: Werner Löcher-Lawrence
Umschlaggestaltung: Lübbeke Naumann Thoben, Köln, nach der Originalausgabe © Lisa Perrin,
Umschlagillustration: Sophie Harris – LBBG
Illustrationen im Innenteil: © Lisa Perrin
Satz: Fagott, Ffm
Gesetzt aus der Baskerville
Druck und Verarbeitung: CPI books GmbH, Leck
Gedruckt auf säurefreiem und chlorfrei gebleichtem Papier
Printed in Germany
ISBN 978-3-7558-0505-2

www.dumont-buchverlag.de

INHALT

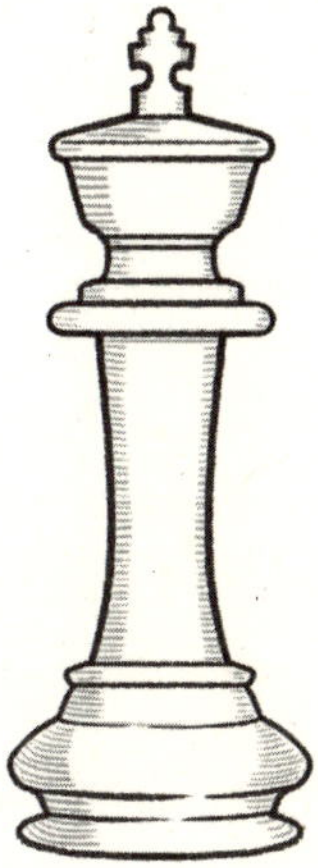

Bridget Collins

EINE STUDIE IN SCHWARZWEISS

VIELLEICHT, WENN MORTON nicht genau an dieser Stelle stehen geblieben wäre, um sich die Stirn zu trocknen, vielleicht wäre ihm dann das schwarzweiße Haus nie aufgefallen. So aber hatte er gerade die Mütze wieder aufgesetzt und das Bein über sein Rad geschwungen, als sein Blick auf das schmiedeeiserne Tor in der Mauer fiel, hinter dem – es war kaum mehr als ein flüchtiger Eindruck – etwas Lichtes und gleichzeitig Dunkles aufschien. Er hätte nicht wirklich sagen können, was er da sah, aber es brachte ihn dazu, hinüberzumanövrieren und, halb auf dem Sattel, zwischen den Eisenstangen hindurchzuspähen. Durch den Dunst seines Atems sah er ein Haus vertrauter Art, uralt, ein Fachwerkhaus, umgeben von einem kargen, geometrisch angelegten Garten. Das Ganze kam ihm vor wie eine Strichzeichnung: die schmalen Fachwerkbalken, die winterlich weiße, raureifbedeckte Zufahrt, die Symmetrie der kunstvoll beschnittenen Eiben und ihre langen Schatten … Aber die anderen, ähnlichen Häuser, die er kannte, waren marode, die Giebel lehnten zur Seite oder nach vorn, und die Dächer bogen sich unter der Last von Jahrhunderten. Dieses hier stand aufrecht, mit geraden, klaren Linien und Winkeln, und doch war es allem Anschein nach nicht neu.

Morton betrachtete es genau. Er mochte Ordnung, Regeln, Disziplin, und dieses Haus mit seiner Weigerung nachzugeben, seiner offenkundigen Resistenz gegen die Kräfte von Schwerkraft und

Zeit, fand seine Anerkennung. Lange stand er da und sah durch die Gitterstäbe des Tors. Es war außergewöhnlich ruhig. Haus und Garten erinnerten ihn an etwas, doch das wurde ihm erst bewusst, als er sich von ihrem Anblick endlich losgerissen und ein Stück die Straße hinuntergefahren war. Erst, als er sich noch einmal umblickte und das Haus aus einer anderen Perspektive sah, mit weiteren Eiben links und rechts einer weiten Rasenfläche. Sie waren kunstvoll zu vertrauten Formen beschnitten, zu Türmen, Springern, Läufern, zwei Königen und zwei Damen, und davor jeweils zu einer langen Reihe Bauern. An einem Sommertag mochte es verspielt wirken, so, in der eisigen Stille, hatte es etwas düster Fesselndes. Morton und sein Rad gerieten ins Wanken, und er hatte zu kämpfen, um sein Gleichgewicht zu halten. Er bog um die nächste Ecke. Ja, so war es. Das Haus hatte ihn an ein Schachspiel erinnert, eine Schachtel mit Figuren, ein glattes Brett, das Schwarzweiß-Muster von Frost und Schatten. Es war reiner Zufall, dass er die Assoziation schon gehabt hatte, bevor er die zugeschnittenen Eiben sah – es sei denn, der Besitzer des Hauses hatte da ein besonderes Faible und Garten und Haus entsprechend angelegt. Oder nein, dachte Morton, er musste die Bäume bereits durch eine Lücke in der Mauer wahrgenommen haben, ohne dass es ihm bewusst geworden wäre. So musste es sein, zweifellos.

Er beugte sich über den Lenker, trat fester in die Pedale und widerstand dem Impuls umzukehren. Erst spürte er, wie das Haus hinter ihm zurückblieb, wie ihn jede Umdrehung der Pedale weiter davon forttrug, ein paar Minuten später jedoch ging es steil bergauf, und die Anstrengung, die der Berg ihm abverlangte, trieb alles andere aus seinen Gedanken. Die Sonne stieg höher und blitzte ihm über die Bäume hinweg in die Augen. Ihm wurde angenehm warm, und er bekam Hunger. Seine Tour beschrieb mehr oder weniger eine Acht und brachte ihn zurück in das Dorf, wo er vorhatte, in einem berühmten alten Gasthaus zu Mittag zu essen. Die Straße, auf der er zurückkam, war jedoch eine andere, und als er vor dem Swan vom Rad stieg, dachte er an nichts anderes als ein Bier der örtlichen Brauerei und einen Kanincheneintopf oder ein paar scharfe Hammelnierchen. Er trat ein, nahm die Mütze ab, zog die Handschuhe aus und setzte sich ans Feuer.

Und erst jetzt, als er spürte, wie ihn eine angenehme Trägheit erfüllte, musste er wieder an das Haus denken. Er sah die beschnittenen Eiben vor sich, wie sie einander über den bleichen Rasen hinweg gegenüberstanden, und in seiner Vorstellung gab er dem Damenbauer einen Stoß und bewegte ihn vor. Er mochte Schach, er hatte schöne Erinnerungen an Triumphe über seine Cousins und seine Schwester, die einmal, in Tränen aufgelöst, das Brett durchs Zimmer geschleudert hatte und danach nicht wieder mit ihm spielen wollte. Es gab wenige Dinge, die so befriedigend waren, wie ein Schachmatt zu verkünden und zuzusehen, wie der Gegner verärgert seinen König umstieß, um seine Niederlage einzugestehen. Wie gut es sich doch angefühlt hatte, das Spiel gegen den Captain des Schachclubs zu gewinnen, der ihm halbherzig und verächtlich die Hand geschüttelt hatte, bevor er sich gedemütigt davonschlich. Morton hatte es genossen.

Eine Frauenstimme sagte: »Was darf ich Ihnen bringen, Sir?«

Morton blinzelte und bestellte ein Ale und nach einiger Überlegung auch noch ein paar Hammelkoteletts. Das Essen, als es dann kam, war überraschend gut, und eine halbe Stunde später saß er immer noch in seinem Sessel und fühlte sich gesättigt und zufrieden wie schon lange nicht mehr – tatsächlich seit er seine letzte Adresse etwas jäh verlassen hatte, nachdem eine gewisse Unannehmlichkeit ans Licht gekommen war. Es waren fünfzehn Meilen zurück zu seiner Pension in Ipswich, aber er sank noch ein wenig tiefer in die Polster und bestellte ein weiteres Bier. Als die

Kellnerin es vor ihn hinstellte, sagte er und sah dabei zu, wie das Licht des Kamins in der bernsteinfarbenen Flüssigkeit spielte: »Kennen Sie zufällig das Haus direkt östlich von hier mit den zu Schachfiguren zugeschnittenen Eiben?«

Sie zögerte, und er hob überrascht den Blick, gerade rechtzeitig, um einen Anflug von Argwohn in ihrer Miene aufscheinen zu sehen. Sie sagte: »Das schwarzweiße Haus, Sir?«

»Genau das«, sagte er. Die Beschreibung mochte auf zahllose Häuser passen, aber er war sich sicher, dass sie wusste, welches er meinte.

»Ja«, sagte sie. Dann kam nichts mehr, und sie wandte sich ab.

Was für eine Unverschämtheit. »Wem gehört es?«, fragte Morton und streckte die Hand nach ihr aus. Nicht, dass er sie wirklich hätte festhalten wollen, aber seine Geste reichte, um sie zusammenzucken und innehalten zu lassen.

»Niemandem von hier«, sagte sie. »Der alte Mann war der Letzte.«

»Aber so ein Haus muss doch jemandem gehören.«

Sie zuckte mit den Schultern.

»Wer wohnt denn da?«

»Im Moment keiner.« Sie beugte sich vor, um den Nachbartisch abzuwischen, und wich seinem Blick aus.

Ein merkwürdiger Funke zündete in Mortons Brust. Er sagte: »Es steht also leer?«

Sie antwortete nicht, und er holte tief Luft und unterdrückte seinen Ärger. Vielleicht waren sie hier in der Gegend keine gebildeten Leute gewohnt. Wahrscheinlich hatten sie es eher mit Bauern und Landwirten zu tun. Er sagte, jetzt lauter: »Ich würde mir gern mal den Garten ansehen. Hineingehen, meine ich.«

»Das Tor wird abgeschlossen sein.«

»Das ist mir schon klar. Ich frage mich nur, ob … oh, ist schon gut.« Er ließ sich in seinen Sessel zurücksinken und entließ sie mit einer Handbewegung. Sie ging, ohne eine Entschuldigung oder gar einen Blick zurück.

»Das Haus ist zu vermieten.«

Morton fuhr zusammen. Die Stimme, so schmeichlerisch wie vertrocknet, war aus einer düsteren Ecke des Raums gekommen, wo er bisher niemanden vermutet hatte. Aber jetzt sah er, dass da jemand an einem kleinen Tisch saß. »Wie bitte?«, sagte er und lehnte sich nach vorn.

»Das schwarzweiße Haus«, sagte der Mann, ohne sich zu bewegen, sodass sein Gesicht auch weiter im Schatten blieb. Morton war nicht aufgefallen, dass die Wintersonne nicht länger hereinfiel und der Nachmittag zur Neige ging. »Entschuldigen Sie«, sagte der Mann, »aber ich habe Sie fragen hören. Es ist ein hübsches kleines Anwesen, nicht wahr?«

»Es ist auf jeden Fall eindrucksvoll«, sagte Morton.

»Wenn Sie es sich ansehen wollen, wird der Makler es Ihnen zeigen können, denke ich. Letterman, am Platz.« Der Mann machte eine Geste, leicht ruckartig und unbeholfen, wie eine Marionette. »Oben beim Rathaus. Aber Sie beeilen sich besser, im Winter macht er früher zu.«

»Ja. Ja, ich verstehe.« Morton stand bereits, obwohl er sich doch so satt und schläfrig gefühlt hatte und sein Glas noch fast voll war. Er war dankbar für den Hinweis und wollte gleich bei dem Makler nachfragen. Seine Eile hatte nichts mit den funkelnden Augen des Mannes zu tun oder der Art, wie sich Schatten und Düsternis um ihn drängten. »Danke«, sagte er.

»Gern geschehen.«

»Einen guten Tag noch.« Morton tastete nach seiner Mütze und seinen Handschuhen und warf einen zu Boden. Als er sich bückte, um ihn aufzuheben, sah er, dass der Mann an einem Schachbrett saß. »Ah«, sagte Morton, der sich bewusst war, dass sein überhasteter Aufbruch unziemlich war, »noch ein Schachliebhaber.«

»Jaaa«, sagte der Mann und lächelte. »Das kann man so sagen.«

Es entstand ein kurzes Schweigen. Unter anderen Umständen wäre Morton vielleicht noch eine Weile länger geblieben, um ein wenig zu fachsimpeln, sagen wir, über die Vorzüge einer Eröffnung mit dem Königsbauern oder dem Damenbauern. Stattdessen sagte er: »Nun, vielen Dank«, eilte nach draußen und war froh, dass sich die Tür hinter ihm schloss und er die kalte Luft auf dem Gesicht spürte.

Der Makler, ein kleiner Mann mit Brille und einem zerschlissenen Kragen, konnte seine Überraschung angesichts Mortons Anliegen kaum verbergen und machte große Augen, sagte dann aber: »Ja, ja, natürlich, ja«, und holte begeistert einen Schlüssel hervor. »Das schwarzweiße Haus«, sagte er, »meine Güte, ja. Eine sehr annehmbare Miete. Sehr annehmbar. Haben Sie sich schon andere Objekte in der Gegend angesehen?«

Morton erklärte, er habe sich in einer Pension in Ipswich eingemietet und bis heute eigentlich kein ganzes Haus gewollt – es sei ihm nicht mal in den Sinn gekommen. Er rechnete mit weiteren Fragen, da es schließlich kaum einen Sinn ergab, doch der Makler sagte nach einem kurzen Zucken mit den Augenbrauen nur: »Ah, ja, ja, in der Tat«, und griff nach seinem Hut. »Ich nehme an, Sie möchten es sich ansehen.«

Das Haus lag näher, als Morton gedacht hatte, direkt am Rand des Dorfes, aber als der Makler das Tor aufschloss, war die Sonne bereits hinter den Bäumen versunken und der Garten lag im Schatten. Im zunehmenden Zwielicht wirkten die beschnittenen Eiben massiv und solide, wie schwarzer Stein. Morton blieb stehen und betrachtete die Figuren links und rechts. Schwarz gegen Schwarz, dachte er, und es kribbelte ihm im Nacken. »Mr Morton?«, fragte der Makler vom Eingang aus. »Sollen wir?«

Morton schüttelte sich. »Entschuldigen Sie«, sagte er und beeilte sich, sein Fahrrad an die Mauer zu lehnen.

»Wie Sie sehen werden, ist es voll möbliert«, sagte der Makler. »Soweit ich weiß, hat der gegenwärtige Besitzer da kein Interesse, und so sieht das Haus genau so aus wie, als der alte Mann … ja, nun. Vielleicht ein wenig altmodisch, aber Sie könnten sofort einziehen. Heute Abend noch, wenn Sie wollten!« Er ließ ein wieherndes Lachen hören. »Hier entlang, bitte …«

Es war dunkel drinnen. Die Decken waren niedrig und die Möbel mehr als nur ein wenig altmodisch. Sie nahmen so viel Raum ein, dass Morton sich zwischen ihnen hindurchwinden musste, um dem Makler zu folgen. Die Zimmer waren lang, mit breiten Flügelfenstern, deren Scheiben in der Dämmerung bläulich leuchteten. Sie gingen durch einen schmalen Flur, dann die Treppe hinauf, und der Makler sagte: »Hier sind die Schlafzimmer«, bewegte sich aber so schnell voran, dass Morton keine Zeit blieb, sich richtig umzusehen. »Es wird spät«, sagte er, »und es ist ziemlich düster hier drin. Ich will Sie nicht hetzen, aber …«

»Gibt es Gas?«

»Nein, nur Petroleumlampen, fürchte ich. Oder natürlich Kerzen. Aber es würde dem Haus den Charme nehmen, über Gas zu verfügen, meinen Sie nicht?« Sein Ton strafte seine Worte Lügen, er drehte um, schob sich an Morton vorbei und eilte die Treppe hinunter. »Haben Sie genug gesehen?«

Morton zögerte und starrte durch die offene Tür in ein Schlafzimmer, in dem ein Bett mit Behang stand. Er sah einen Spiegel, einen Tisch mit gedrechselten Beinen und einen Kandelaber mit halb heruntergebrannten Kerzen. Seine Aufmerksamkeit wurde jedoch vom Blick nach draußen angezogen, von den massigen

Schachfiguren beiderseits des Rasens. Es kostete ihn Mühe, den Blick von ihnen abzuwenden. »Ja«, sagte er. »Es genügt völlig.«

»Oh. Gut, sollen wir dann …?« Der Makler machte eine lahme Geste zur Tür hin. »Es ist nicht jedermanns Geschmack. Ich verstehe das. Diese historischen Häuser können im Winter ziemlich beklemmend sein.«

»Ich nehme es.«

»Und natürlich …« Er hielt inne. »Entschuldigung?«

»Ich nehme es«, wiederholte Morton. Warum verstanden die Leute hier die einfachsten Sätze nicht? »Ich werde morgen meine Sachen herbringen lassen. Sollen wir zurück in Ihr Büro gehen? Ich nehme an, ich sollte etwas unterschreiben.«

»Oh … nein, nein, das hat Zeit. Wann immer Sie sich eingerichtet haben«, stammelte der Makler. »Das ist … Nun, es freut mich, dass es das Richtige für Sie ist. Die Einzelheiten mit der Miete klären wir, wenn es Ihnen passt.«

Morton nickte. Es kam zu einem kurzen Schweigen, und dann begriff Morton leicht ungläubig, dass der Makler darauf wartete, gemeinsam mit ihm das Haus zu verlassen.

»Ich bleibe«, sagte Morton. »Es ist etwas spät, um noch mit dem Rad zurückzufahren. Ich nehme an, im Swan bekomme ich etwas zu essen?«

»Sicher, aber …«

»Sie haben gesagt, ich könnte heute noch einziehen, wenn ich wollte.«

»Das habe ich, ja.« Der Makler räusperte sich. »Es ist natürlich Ihre Entscheidung. Wenn Sie gern jetzt schon einziehen wollen.« Er gab ihm den Schlüssel. »Morgen früh dann, und …« Er trat von einem Bein aufs andere und fügte schließlich noch hinzu: »Falls Sie es sich über Nacht anders überlegen, gibt es keine weitere Diskussion.«

»Ich bin sicher, ich komme schon klar«, sagte Morton. »Ich kann im Wohnzimmer Feuer machen.«

»Ja. Nun, dann eine gute Nacht.« Der Makler nickte ihm zu und ging davon. Morton hörte, wie er den Schritt im Flur beschleunigte und die schwere Eingangstür hinter sich schloss. Er wartete, bis er glaubte, dass der Makler zurück auf der Straße war, und atmete tief und befriedigt durch. Er durchquerte den Flur und genoss die Erregung durch seine Akquisition. Wie unerwartet, wie wunderbar! Er musste fast lachen, als er daran dachte, wie er – war es erst heute Morgen gewesen? – das Haus von der Straße aus entdeckt hatte. Jetzt gehörte es ihm, um es zu erkunden und in Besitz zu nehmen …

Während der letzten Minuten war die Nacht so gut wie hereingebrochen, und er holte den Kandelaber vom Tisch im Schlafzimmer, zündete die Kerzen an und ging damit durchs ganze Haus, umkreiste Sessel mit Löwentatzen und schob staubige Behänge zur Seite, um Bücher aus Regalen zu ziehen, öffnete Schränke und Schubladen. Der Makler hatte das Haus als möbliert bezeichnet, aber es war weit mehr als das. Es machte den Eindruck, als wäre es völlig unberührt geblieben, nachdem es von einem Moment auf den anderen verlassen worden war. Nur ein Zimmer war völlig aufgeräumt, ein Kinderzimmer hinten im Haus, mit einem Regal voller Spielzeug, einem kleinen Cricket-Schläger in der Ecke, einem winzigen Schachspiel auf der Fensterbank und einem Stapel Bücher. Morton blieb in der Tür stehen, schloss sie dann heftiger als nötig und ging weiter.

Überall gab es Spuren des alten Mannes: nichts so Offensichtliches wie ungegessenes Essen oder eine halb gerauchte Pfeife auf einem Seitentisch, aber die Kerzen, die Seife auf dem Waschtisch, das Handtuch auf der Stange daneben … Im Wohnzimmer fand er ein Exemplar des *Chess Player's Chronicle*, umgedreht und offen lag es auf der Lehne des Sofas, als hätte der Leser sich die Seite merken wollen. Davor, in der Ecke, in der sich die Schatten sammelten, stand ein Schachbrett, die Figuren bereit für ein Spiel. Sie waren aus Stein, oder war es Gagat und Elfenbein? Morton nahm einen Bauern, spürte sein ölig glattes Gewicht und stellte ihn zurück vor die Dame. Vielleicht würde er sich später eine Aufgabe aus dem *Chronicle* heraussuchen und sich damit beschäftigen, bis er die nötige Bettschwere hatte. Gut, dass er ein echtes Brett zur Anschauung hatte, das machte es leichter. Er rückte den Bauern mit der Fingerspitze zurecht, sorgte dafür, dass er exakt in der Mitte des Feldes stand, und wandte sich um. Als er das Zimmer verließ, erfasste ihn plötzlich das absurde Gefühl, etwas vergessen oder einen Fehler gemacht zu haben – als hätte er ein Glas unachtsam an einer Stelle stehen lassen, wo es so gut wie sicher von einem Ärmel zu Boden gestoßen werden würde, oder ein Fenster nicht richtig geschlossen, obwohl doch ein Sturm heraufzog. Aber erst, als er in der Küche stand und nachsah, was noch an Trockennahrung in den Schränken war, begriff er mit einem dürren Lächeln über seine Grille: Er hätte, wie jeder höfliche Spieler, ein *J'adoube* murmeln sollen, hatte er doch eine Figur angefasst, ohne sie zu bewegen.

Es war eiskalt. Das Erste, was er tun sollte, war, der Kälte ihren Biss zu nehmen, und während er den riesigen kalten Herd anstarrte, musste Morton zugeben, dass es in der Tat nicht der komfortabelste Ort war, um die Nacht zu verbringen. Aber er schien sich zu erinnern, dass der Makler auf dem Herweg eine Zugehfrau erwähnt hatte, die zweifellos dafür verantwortlich war, dass weder Staub noch Spinnweben zu sehen waren. Morgen früh schon würde er die geeigneten Vereinbarungen mit ihr treffen, damit sie sich um ihn kümmerte. Bis dahin hatte es etwas Aufregendes, allein in diesem Haus zu sein und die Schränke nach allem zu durchsuchen, was er brauchte. Einmal, als Kind, nach irgendeinem Vergehen, hatte er sich stundenlang versteckt und mit wachsendem Vergnügen der Stimme seiner Mutter gelauscht, die zunächst besorgt und am Ende voller Angst gewesen war. Lange hatte er sie rufen lassen, bevor er endlich aufgetaucht war, und er hatte seine Macht genossen. Er wusste nicht, warum ihm das in diesem Moment einfiel, aber er spürte eine Art trockenes, untypisches Grinsen in seinem Gesicht, während er nach alten Zeitungen und Anmachholz suchte, sich hinkniete und den großen Wohnzimmerkamin entzündete. Als das Feuer flackerte, ließ er sich zurücksinken und atmete tief und zufrieden durch. Eigentlich hatte er im Gasthof zu Abend essen wollen, aber jetzt, wo er eingeheizt hatte, verspürte er keine Neigung mehr, hinaus in die bitterkalte Nacht zu gehen. Er stand auf, schlug sich die Asche von den Knien und ging hinüber zum Fenster, um die Vorhänge zuzuziehen, doch der Blick hinaus in den Garten ließ ihn innehalten. Der Mond war aufgegangen, färbte den Rasen silbern und die Bäume und ihre Schatten tiefschwarz. Das winterliche Gleißen verwandelte die Welt in Perlmutt und Ebenholz. Es wirkte geradezu jenseitig, fremd, und Morton dachte, er hätte noch nie etwas so Schönes gesehen.

Aber er war nicht die Sorte Mann, die sich von etwas Immateriellem wie Schönheit verführen ließ. Er schloss den Vorhang mit einem so entschlossenen Schwung, dass sich eine Staubwolke daraus löste und ihn husten ließ. Erneut dem Raum zugewandt, blieb sein Blick an einer Karaffe Brandy auf dem Sideboard hängen. Er roch daran, erst vorsichtig, dann heftig, und schenkte sich großzügig ein, die Gläser standen direkt daneben. Morton setzte sich neben den Kamin, den Rücken ans Sofa gelehnt, die Füße in Richtung Feuer gestreckt, und gratulierte sich selbst. Ein Haus wie dieses, für eine minimale Miete … Der Brandy war ausgezeichnet, das Feuer nahm die Kälte aus der Luft, und nach der körperlichen Anstrengung am Morgen und den unerwarteten Ereignissen des Nachmittags fühlte er sich fast etwas benommen. Er spürte, wie die Wärme um seine Füße wallte und sich im Zimmer ausbreitete. Das Knistern der Flammen wurde vom Heulen des Windes im Kamin und dem Stöhnen des alten Gemäuers begleitet. Die Deckenbalken begannen leise zu murmeln, als die Wärme sie erreichte. Mortons Augen schlossen sich langsam, plötzlich jedoch hörte er eine Reihe dumpfer Schläge über den Boden auf sich zukommen und fuhr in die Höhe. Das Herz schlug ihm bis zum Hals, und er rechnete halb damit, jemanden zu sehen. Seine Augen brauchten einen Moment, um sich scharfzustellen, und kurz glaubte er, einen dunklen Schemen vorbeiziehen und sich in Nichts auflösen zu sehen, bevor er auch nur einmal blinzeln konnte. Sein Herz setzte für einen Schlag aus. Aber natürlich war da niemand. Es musste das Holz sein, das sich in den Fugen zwischen den Dielen und Balken verschoben hatte. Er hatte schon andere alte Häuser Geräusche machen hören, die unheimlich wie Stimmen oder Schritte klangen. Er beruhigte sich, versuchte zu lachen und legte den Kopf zurück auf die Ecke des Sofas. Gleichzeitig ließ der Ledersessel gegenüber, der beim Schachbrett, ein leises Seufzen hören, als hätte sich jemand in ihn hineingesetzt.

Es war leicht zu erklären, leichter noch als das Knarzen der Dielen: Die Luft in den Kissen musste sich infolge eines warmen Luftstroms vom Feuer ausgedehnt haben. Dennoch konnte er nicht anders und starrte mit zusammengekniffenen Augen und einem unsinnig klopfenden Herzen zum Sessel hinüber. Nichts, keine Bewegung. Das Leder schien die Form eines Körpers zu halten, eines Mannes, dachte er, knochig und mit schmalen Hüften, der die Angewohnheit hatte, die Ellbogen auf die gepolsterten Lehnen zu stützen. Für den Bruchteil einer Sekunde konnte Morton ihn fast sehen, zwischen den tanzenden Schatten des Feuers. Er blinzelte das Bild weg und nahm noch einen Schluck Brandy. Die kräftige Süße beruhigte den Schauder in seinem Nacken. Er nahm noch einen größeren Schluck, verschob den Hintern ein wenig und versuchte zurück in die Behaglichkeit von vorhin zu finden. Da fiel sein Blick auf das Schachbrett.

Der weiße Bauer stand nicht mehr an seinem Platz.

Morton erstarrte. Statt ordentlich in seiner Reihe zu warten, war der Bauer vorgerückt und hatte die anderen hinter sich gelassen. Die Damenbauern-Eröffnung. Es war unmöglich. Er hatte ihn zurückgestellt – hatte er nicht gedacht, er hätte *J'adoube* sagen sollen?

Aber … Nein. Er musste ihn vorgerückt haben. Er hatte ihn in die Hand genommen, um sein Gewicht zu spüren, und wieder zurückgestellt. Dabei musste er sich in der Position getäuscht haben, das war alles. Es war das Natürlichste überhaupt, den Bauern in eine neue Position zu bringen … und so automatisch ein Spiel zu beginnen … so automatisch, dass es ihm kaum aufgefallen war … und er es gleich vergessen hatte … sodass er jetzt, absurderweise, perplex war und nach Luft schnappte … Er streckte die Hand aus, hielt aber über dem Brett inne, als wäre er gegen eine Scheibe gestoßen. Er wollte den Bauern nicht anfassen. Er erinnerte sich an das Gewicht in seiner Hand und an das leicht ölige Gefühl, das ihn hatte überlegen lassen, ob er aus Elfenbein war und nicht aus Stein.

Er wich zurück und hob instinktiv den Blick zum Sessel, aber der war leer, die Konturen im Leder stammten von keiner Person, es war einfach nur ein alter Sessel, dem die jahrelange Benutzung anzusehen war. Die Spannung in Mortons Rücken löste sich, und es blieb nur Müdigkeit. Die Anstrengung, die Aufregung und – er blickte auf sein Glas – seine Zügellosigkeit. Er trank die letzten Tropfen und stellte das Glas neben das Schachbrett. Es war Zeit, schlafen zu gehen.

Er schlief unruhig. Es war eiskalt im Schlafzimmer, und er war zu empfindlich, um unter das Bettzeug zu kriechen, legte sich stattdessen voll angezogen auf die Daunendecke und deckte sich mit seinem Mantel zu. Womit es vielleicht kein Wunder war, dass er sich im Traum im Schlafsaal seines Internats wiederfand und sich an den Unfug und die Streiche erinnerte und zum Teil neu erfand, die er den anderen gespielt hatte. Als er aufwachte und sich von seinen Träumen freigemacht hatte, die ihm wie ein Nebel vor Augen hingen, dachte er gleich an den Kaffee, das warme Rasierwasser und das fröhliche Feuer im Frühstücksraum seiner Pension, begriff dann aber, wo er war. Er fluchte. Was war in ihn gefahren, dass er hier die Nacht hatte verbringen wollen, und, schlimmer noch, dieses Haus zu mieten? Steif schwang er sich aus dem Bett, stolperte laut stöhnend den Flur entlang und die Treppe hinunter.

Aber schon, als er am Fenster oben an der Treppe vorbeikam, hob sich seine Laune. Der Tag war klar wie ein Diamant, der Garten lag silbrig grün im Licht der Dämmerung, und die beschnittenen Eiben waren ein wahres Wunder an Symmetrie. Es würde kein großer Aufwand sein, dieses Haus bewohnbar zu machen. Gute Feuer, saubere Bettwäsche, eine Lebensmittellieferung, die Dienste einer Hausangestellten, und er wäre – Morton lächelte – der Herr über das alles ... Er eilte die Stufen hinab und hinaus in die helle, belebende Luft. Eine Minute später schon segelte er auf dem Fahrrad durch die Schatten der Bäume zum Tor und hinaus auf die Straße ins Dorf.

Und es wurde ein absolut zufriedenstellender Morgen. Falls der Makler erstaunt war, dass Morton das schwarzweiße Haus nach wie vor mieten wollte, wusste er es bewundernswert zu verbergen und war so schnell mit allem zur Hand, dass Morton schon nach einer Viertelstunde wieder aus seinem Büro kam. Er gab ihm auch die Adresse der Zugehfrau, die etwa einmal die Woche kam, um Staub zu wischen, und sich mit einem gierigen Schimmer in den Augen bereit erklärte, Morton mit Essen zu versorgen, das er aufwärmen konnte, zu waschen und zu bügeln und sich um andere Einzelheiten des Haushalts zu kümmern, die sich als notwendig erweisen würden. Morton verließ ihr Cottage und radelte vergnügt pfeifend die High Street hinunter. Er hatte sich ursprünglich nur einen vorübergehenden Aufenthalt in der Gegend vorgestellt, höchstens für ein paar Monate, bis die ungute Verstrickung zu Hause vergessen war, aber vielleicht würde er ja länger bleiben, vielleicht sogar auf Dauer … Er hielt am Postamt, sandte Anweisung an die Pension, ihm seine Sachen zu schicken, und ging endlich im Gasthof etwas essen. Diesmal setzte er sich bewusst auf die andere Seite des Raumes, da er aus einem unerklärlichen Grund nicht auf den Gentleman treffen wollte, mit dem er hier geredet hatte. Es war Markttag und der Gastraum voller Bauern und Händler, und als er sich einen Überblick verschafft hatte, sah er, dass die dunkle Ecke gegenüber unbesetzt war und man selbst den Sessel und das Schachbrett entfernt hatte, wahrscheinlich, um mit dem größeren Andrang fertigzuwerden.

Hinterher machte er einen weiten Umweg zurück zum Haus, genoss die Bewegung und die frische Luft, und als er ankam, hatte, wie mit der Zugehfrau vereinbart, deren Sohn eine Fleischpastete und einen süß duftenden Pudding vor der Tür deponiert. Morton trug beides in die Küche, und nach einem langen Kampf gelang es ihm, den Herd in Gang zu setzen. Als sich das Ding endlich seinem Willen beugte, jauchzte er triumphierend. Etwas später hatte er heißes Wasser und nahm, so gut es ging, die überfälligen Waschungen vor. Er hatte nur ein halb versteinertes Stück Seife und schreckte davor zurück, den Rasierer des alten Mannes zu benutzen. Dennoch genoss er das angenehme Gefühl, seine Aufgaben erfüllt zu haben, ging in die Bibliothek, entfachte auch dort ein Feuer und inspizierte das Bücherregal. Der vorherige Bewohner war eindeutig kein großer Leser gewesen. Morton zog Buch um Buch heraus und stellte fest, dass sie alle – sämtlich schöne Klassikerausgaben – nicht aufgeschnitten waren. Er räumte sie wieder ein und fuhr mit seiner Erkundung fort, bis er auf einen kleinen leinengebundenen Band zur örtlichen Geschichte stieß, eher eine Broschüre als ein Buch. Er blätterte durch die Seiten, die mit ordentlichen Strichzeichnungen bedeutender Gebäude illustriert waren, dem Rathaus, der Kirche und – aha! – auch dem schwarzweißen Haus.

> »Im späten siebzehnten Jahrhundert von Sir Jeremiah Hope erbaut, von dem wenig bekannt ist, bis auf den Umstand, dass er von seinen Nachbarn in Anspielung auf seinen Namen ›Verloren‹ genannt wurde … In jüngerer Zeit wurde das Haus durch seinen geometrisch angelegten Garten mit aufwendiger Formschnitt-Gärtnerei bekannt, die von seinem gegenwärtigen Bewohner, Mr E. E. Hope, M. A. (Cantab.), im Gedenken an seinen Sohn geschaffen wurde, der die Leidenschaft seines Vaters für das Schachspiel geerbt hatte und sich als ein wahres Ausnahmetalent erwies vor seinem tragischen Tod im zarten Alter von …«

Morton gähnte und blätterte weiter, doch es gab nur noch wenig mehr zum Haus und nichts von Interesse. Er ließ sich auf der Chaiselongue nieder und legte das Büchlein auf den Boden. Nach seiner unruhigen Nacht, seiner Fahrradtour und den Erledigungen des Tages fühlte er sich schläfrig, schlief ein, wachte auf, döste, schlief wieder. Endlich wurde er wieder richtig wach, mit einem klaren Kopf und ausreichend Appetit für das Abendessen. Er stand auf, war mit den Gedanken bereits bei seiner Fleischpastete, bemerkte die Broschüre auf dem Boden kaum und hatte sie, als er die Tür hinter sich schloss, bereits völlig vergessen.

Nach dem Essen, das reichhaltig, wenn auch nicht der reine Genuss gewesen war, zog er sich ins Wohnzimmer zurück. Er säuberte den Kamin etwas unbeholfen, bekam Asche auf die Hose und beschloss, der Zugehfrau aufzutragen, sich, wenn sie kam, um die Feuerstellen im Haus zu kümmern. Entspannt schüttete er sich einen Brandy ein, entzündete ein paar Kerzen gegen die hereinbrechende Dunkelheit und setzte sich auf den Platz, den er abends zuvor schon eingenommen hatte. Erst da erinnerte er sich wieder an das kleine Buch und fragte sich, ob es die Mühe lohnte, hinaus in den zugigen Flur zu gehen und es zu holen. Aber nein, da lag doch der *Chess Player's Chronicle*, und Brett und Figuren standen bereit. Vielleicht sollte er, falls er länger blieb, ein Programm ausarbeiten, mit Lektüre und Korrespondenzen, um sich die einsamen Stunden zu vertreiben. Aber fürs Erste fand er bestimmt ein paar deftige Aufgaben im *Chronicle*, um sich die Zeit zu vertreiben, bis er müde genug fürs Bett war. Er griff nach der Zeitschrift, die sich zufällig auf einer Seite mit verschiedenen Aufgaben, illustriert mit einer Skizze der jeweiligen Spielsituation, öffnete. *Von R. B. Wormald, B. A., London. Weiß am Zug, setzt Schwarz in drei Zügen schachmatt.* Er sah gleich eine vielsprechende erste Attacke – der Läufer schlug den Turm –, doch da stand ein verlockender Bauer hinten auf dem Brett, der mittels eines Zuges zu einer Dame werden würde. Er zog das Schachbrett zu sich heran, um die Situation nachzustellen. Sein Herz stockte.

Eine weitere Figur war bewegt worden.

Morton registrierte automatisch, dass es sich um die holländische Verteidigung handelte. Der Bauer vor dem Läufer war zwei Felder vorgerückt und brachte das Brett in ein Ungleichgewicht, ein aggressiver, allerdings riskanter Zug, der den König in Gefahr brachte … Aber das nur nebenbei. Es war unmöglich, dass er den Bauern selbst bewegt hatte. Das gestern Abend konnte an seiner Vergesslichkeit oder gar Trunkenheit gelegen haben, doch jetzt war er sicher – eisig, widerlich sicher –, dass er den schwarzen Bauern nicht angerührt hatte. Und doch stand er dort. Die beiden Bauern sahen einander über die Reihen hinweg an. Es war eine Replik. Als hätte ein unsichtbarer Gegner …

Er wandte den Blick zum Sessel, Hals- und Nackenmuskeln verspannt, als rechnete er mit einem Schock. Aber da war niemand. Natürlich war da niemand, nur das alte Leder mit seinen Rissen und Tälern, der Erinnerung an Körper und Hände. Abwesenheit. Er starrte den Sessel an und versuchte, nicht zu blinzeln. Das Kaminfeuer flackerte und spielte mit den Schatten an der Wand. Das Holz schimmerte, glatt wie ein See, ohne ein Staubkorn …

Morton atmete heftig aus. Die Zugehfrau musste hier gewesen sein. Sie musste den schwarzen Bauern vorgeschoben haben, vielleicht auch ihr Sohn, als er das Essen gebracht hatte. Ja, wohl eher ihr Sohn, die Zugehfrau selbst war alt und ungebildet, kaum jemand, der Schach spielte. Aber wer von beiden es auch gewesen sein mochte, es war eine Frechheit, eine verdammte Frechheit, dachte Morton. Er überlegte kurz, ob die Frau den Bauern mit dem Staubwedel umgeworfen haben konnte. Aber es war ein überlegter Zug, eine klare Antwort auf die Eröffnung, das konnte kaum Zufall sein. Es war eindeutig gewollt, eindeutig der Sohn. Er musste Ansätze von Bildung genossen haben. Morton biss die Zähne zusammen. Er glaubte nicht eine Sekunde, dass der Junge an einer ehrlichen Schachpartie interessiert war. Jungen waren fiese kleine Biester. Nein, der Bursche wollte, dass er ihnen mehr zahlte. Wie konnte er sich unterstehen? Morton erinnerte sich an eine ähnliche Aktion in der Schule, die erfolgreich gewesen war, zu erfolgreich. Nun, er würde nicht darauf hereinfallen.

Er betrachtete das Schachbrett noch einen Moment und schob dann mit einer schnellen Bewegung den Königsbauern auf das Feld neben seinem Kameraden. Das Staunton-Gambit: einen Bauern als Opfer anbieten, um einen Angriff auf den schwarzen König zu fahren. Das würde dem kleinen Dreckskerl zeigen, dass er keine Angst hatte. Er lehnte sich zurück, rieb sich die Schenkel und stellte sich die Enttäuschung im Blick des Jungen vor, wenn er begriff, dass Morton seinen Bluff durchschaut hatte.

Aber die kurze Befriedigung erstarb praktisch schon, als Morton sie empfand, und Sekunden später erhob er sich und lief auf und ab, erst zum Sideboard, dann zum Fenster. Er zog den Vorhang zur Seite, aber der Garten lag in Dunkelheit – Wolken verdeckten Mond und Sterne –, und er sah nicht mehr als unbestimmte Flecken eines tieferen Schwarz, wo die Bäume vor dem finsteren Himmel aufragten. Wenn er jetzt einen Bauern bewegte, ermutigte er dadurch das Kind nur noch, und das war das Letzte, was er wollte. Er klopfte mit den Fingernägeln gegen das Glas und überlegte, aber das Geräusch klang seltsam im stillen Zimmer, und er ließ die Hand sinken. Das Würdevollste wäre, alle Figuren zurück an ihren Ausgangsplatz zu stellen. Oder, besser noch, sie ganz wegzunehmen, außer Sicht. Der Junge konnte kaum fragen, was mit ihnen geschehen war, oder? Und Mortons eigene Lust auf Schachprobleme war geschwunden, tatsächlich spürte er die Präsenz des Brettes hinter sich, es brannte ihm im Rücken wie ein feindseliger Blick. Er drehte sich um und betrachtete es. Es war absurd, aber er wünschte, wünschte von ganzem Herzen, er hätte seinen Gegenzug nicht gemacht.

Die Kerzen brannten langsam herunter, und eine erste begann hungrig in die Luft zu lecken. Unter Mortons Blick beugten sich die Schatten aus der Ecke begierig vor, und die Flamme schrumpfte zu einer winzigen blauen Blase – und verschwand. Eine Sekunde lang, während sich seine Augen an die neue Düsternis gewöhnten, schienen die Flecken auf dem Sessel zu etwas Festem, Körperlichem zu werden, fast so, als wüchse jemand daraus hervor. In Morton verspannte sich etwas, und aus einem plötzlichen Entschluss heraus ging er zum Schachbrett hinüber, griff nach der Schachtel und warf die Figuren ungestüm hinein. Es gab zwei Abteile, für Schwarz und Weiß, aber er ignorierte sie, und dann drückte er und drückte, bis etwas nachgab und der Deckel sich schloss. War da der Kopf eines Läufers abgebrochen? Das Knacken schien von den Wänden widerzuhallen. Er hatte noch nie ein Spiel abgebrochen, noch nie um Pardon gebeten, nie eine Schwäche zugegeben. Und obwohl er allein war, verspürte er eine seltsame Mischung aus Scham und Trotz und, darunter, einem schleichenden Unbehagen. Eine weitere Kerze fiel in sich zusammen und drohte zu verlöschen. Er zuckte zusammen. Irgendwie war ihm der Gedanke, hier allein mit dem zuckenden Licht des Kamins zu stehen, unerträglich, und so griff er abrupt nach dem Kandelaber und ging hinaus auf den Flur. Und obwohl die Haut zwischen seinen Schulterblättern kribbelte, erlaubte er sich nicht, sich umzusehen.

Es dauerte lange, bis Morton in Schlaf fiel. Er verachtete alle, die unnötigerweise in der Vergangenheit hängen blieben, aber aus irgendeinem Grund traten auch ihm jetzt Erinnerungen aus seiner Schulzeit vor Augen. Er sah den Jungen vor sich, den sie immer wieder mit ihren Streichen gequält hatten – Simms Minor, richtig, oder Simmons? –, sah seine schreckensweiten Augen an dem Abend, als er Morton um Hilfe gebeten hatte … Ein Schwächling war er gewesen, sowieso, und hätte mit ihren Streichen umgehen sollen wie Morton mit dem Schachspiel unten, hätte sie einfach verächtlich abtun sollen. So reagierten Männer auf so etwas. Und der Unfall … Nun, das war kaum Mortons Schuld gewesen. Trotzdem fühlte er sich rastlos und unwohl, wand und drehte sich auf der Daunendecke und zog seinen Mantel fester um sich.

Am Ende musste er doch eingedöst ein, und als er aufwachte, lag eine seltsame Stille in der Luft – die gleiche Stille, die ihm aufgefallen war, als er das Haus zum ersten Mal durch das Tor betrachtet hatte, ganz so, als lauschte die Welt selbst auf etwas. Er hatte den Eindruck, von einem ungewöhnlichen Geräusch, das gleich wieder verklungen war, geweckt worden zu sein, davon oder von einer Bewegung im Zimmer, als wäre jemand bis auf Armlänge an sein Bett herangekommen. Aber Letzteres konnte es nicht sein, denn als er sich aufsetzte, war er eindeutig allein. Eindeutig, denn der Mond war hinter den Wolken hervorgekommen und warf ein Schwarzweiß-Muster durch die Fensterscheiben.

Er zog sich den Mantel enger um die Schultern und schwang die Beine über den Bettrand. Der Boden unter seinen nackten Füßen war eiskalt, aber er stand auf und tappte stumm zum Fenster. Dort blieb er stehen und wartete darauf, dass sich das Geräusch wiederholte. Er hörte jedoch nichts; da rief nicht einmal eine Eule, kein Luftzug blies durch die Ritzen am Fensterrahmen. Konnte ihn die Tiefe der Stille aus dem Schlaf gerissen haben? Aber nein, er war sicher – fast sicher –, etwas gehört zu haben. Er versuchte, sich das Geräusch zu beschreiben: ein mahlendes, dunkel nachhallendes Knarzen, irgendwo zwischen Holz und Stein. Er starrte die Bäume an und verspürte eine Art Schwindel, keine richtige Angst. Das überirdische Licht, die dunklen Formen vor dem mondbleichen Himmel, ihre klaren Umrisse, die dichten Schatten … Er spürte, wie sich der Raum zusammenzog, sodass die Schachfiguren zugleich riesig waren und klein genug, um in seine Hand zu passen. Morton schloss die Augen, doch da wurde ihm richtig schwindelig, und er öffnete sie gleich wieder. Die Schatten zuckten vor dem Gleißen des Mondes und schienen sich zu verschieben.

Er griff nach dem Fensterrahmen. Er dachte, nur einen Moment lang, er hätte gesehen, wie ... Nein. Nein, nichts war anders, nichts hatte sich bewegt. Es hätte beruhigend sein sollen, die Eiben dort so ordentlich aufgereiht zu sehen, genau so, wie sie dastehen sollten, doch der Druck in seinen Ohren wuchs und wurde zu einem Summen. Wenn er eine von ihnen vorrücken sehen würde, sagen wir, den Bauern, wie er sich über das silbrige Gras bewegte, wüsste er, dass er halluzinierte, und wäre fast schon erleichtert. Aber das Gefühl des Wartens, die Schwere der Luft, die bewegungslosen, in Formation dastehenden Eiben – es war unerträglich, furchterregend, irgendwie schlimmer, und er war wie gelähmt und vermochte sich nicht abzuwenden.

Er hätte nicht sagen können, wie lange er dort stand, die Figuren anstarrte und auf etwas wartete, das nie geschehen würde. Am Ende wurde ihm bewusst, dass der Mond hinter dem Haus verschwunden war, eine sanfte Brise im Kamin murmelte und seine Füße vor Kälte ganz taub waren. Er humpelte zurück zum Bett und schlief gleich ein, wie von einem großen Kampf erschöpft.

Ein Klopfen weckte ihn. Er stapfte triefäugig die Treppe hinunter, den Flur entlang, rieb sich die Augen und zerrte die Haustür auf. Ein kleiner Junge stand dort mit einer Puddingschüssel und einem Paket in braunem Papier. Beides hielt er Morton hin.

»... das Geschirr«, murmelte er.

»Was?«

»Meine Ma sagt, ich soll das benutzte Geschirr mitnehmen.«

»Das kannst du morgen holen«, sagte Morton und wollte die Tür wieder zumachen.

»Morgen sind Sie eingeschneit.«

Morton hielt inne. In seiner noch halb verschlafenen Eile, die

Tür zu öffnen, war es ihm kaum aufgefallen, doch es stimmte, der Wind hatte einen eisigeren Biss und die niedrig hängenden Wolken waren ohne Kontur. »Also gut«, sagte er. »Warte hier.« Augenblicke später schon war er mit dem leeren Topf und dem Pastetenteller zurück. Der Junge trat von einem Bein aufs andere, als müsste er aufs Klo. Er nahm das schmutzige Geschirr, schob es in einen Rucksack und wandte sich ohne ein Wort ab, um zu gehen. Seine Hast, wenn auch nicht direkt unverschämt, traf Morton an einer empfindlichen Stelle. Er zahlte der Mutter des Kindes einen Lohn, oder?

»Moment«, sagte Morton, »nicht so schnell. Du hast im Wohnzimmer herumgetan, oder? Also, damit hör besser mal auf.«

Der Junge starrte ihn an. »War nicht da drin«, sagte er nach einer Pause.

»Dann deine Mutter. Ich bin nicht blöd.« Morton blitzte ihn an, aber der Junge hielt seinem Blick mit ausdrucksloser Miene stand. »Sag ihr, sie soll nicht an den Sachen herumfummeln. So wie gestern. Sie soll einfach die Finger davon lassen, ja?«

»Sie war gestern auch nicht da drin«, sagte der Junge. »Sie macht nur sonntags sauber. Sonntags ist sonst nichts.«

»Was?« Aber der Junge antwortete nicht. Er zog die Schultern hoch und ließ sie wieder sinken. Morton holte tief Luft. »Dann der Gärtner. Es gibt doch einen?«

»Der hat keinen Schlüssel fürs Haus. Macht nur die Büsche.«

»Nun … wer immer es war«, sagte Morton, »wenn ich ihn erwische …«

Der Junge starrte ihn immer noch an und biss sich auf die Lippe. Und dann endlich – so als hätte Morton eine Gelegenheit verpasst – wandte er sich ab. Er ging den Weg in Richtung Tor hinunter, den Blick vor sich auf den Boden gerichtet, und als er an den Eiben vorbei war, rannte er.

Morton sah ihm hinterher, bis das Tor hinter dem Jungen zugeschlagen und er auf der Straße verschwunden war. Zitternd ging er zurück ins Haus. Jetzt, wo er die Zeit dazu hatte, darauf zu achten, konnte er den metallischen Hauch des Schnees riechen. Vielleicht war es dumm, hierzubleiben, vielleicht war ein Zimmer im Swan angenehmer … Aber das würde bedeuten, eine Niederlage einzugestehen. Er schlang die Arme um den Körper, ging ins Wohnzimmer und kniete sich hin, um Feuer zu machen. Seine Hände waren steif, und sein Kopf schmerzte. Er fummelte ewig mit Streichhölzern und Zeitungspapier herum, bis das Feuer schließlich brannte. Dann sank er auf das Sofa. Vielleicht wurde er krank. Er hatte weder Hunger noch Durst, obwohl, als er seine Uhr konsultierte, stellte er fest, dass er sehr lange geschlafen hatte. Es war bereits nach Mittag.

Eine einzelne Schneeflocke trieb am Fenster vorbei, blassweiß vorm grauen Himmel. Morton kniff die Augen leicht zusammen, um zu sehen, ob er sich nicht getäuscht hatte, doch da war noch eine, und noch eine, bis ein wirbelnder weißer Schleier den Blick auf die niedrigen Wolken verhängte. Nach und nach entspannte sich Morton. Es war angenehm hier drinnen beim knisternden Feuer, während der Schnee geräuschlos um das Haus herumwehte. Morton versank in einer Art Trance und sah hinaus in die wild tanzenden Flocken, die in angedeuteten Formen gegen das Fenster wogten. Vielleicht, weil es draußen kälter geworden war, vielleicht erschienen ihm das Murmeln und Ächzen, während sich die Wärme im Zimmer ausbreitete, deswegen lauter und klarer, das Quietschen der Angeln, das Klopfen in den Dielen, das sich nach Schritten anhörte, das Seufzen des Sessels … Er drehte den Kopf aus einem Reflex heraus, obwohl er doch wusste, dass niemand da sein würde.

Das Schachspiel stand auf dem Tisch.

In seinen Ohren rauschte das Blut. Er holte bebend Luft. Das musste er sich einbilden – aber nein, es war da, perfekt aufgestellt, ein Läufer mit zersplittertem Kopf, den er mit dem Deckel der Schachtel erwischt haben musste. Vier Bauern waren vorgerückt, zwei weiße, zwei schwarze. Jemand hatte die Figuren so aufgebaut wie zuvor und dem Ganzen einen weiteren Zug hinzugefügt. Jemand, der im Haus gewesen war. Nicht die Zugehfrau, nicht der Gärtner und auch nicht der Junge. Jemand anders.

Und die Figuren waren noch nicht da gewesen, als Morton sich hingekniet hatte, um das Feuer zu entfachen.

Er saß ganz still da. Wie gern hätte er laut geschrien oder wäre aus dem Zimmer gerannt, doch es ging beides nicht. Für einen langen, schrecklichen Moment dachte er, vielleicht werde er sich nie wieder bewegen. Dann endlich brandete Wut in ihm auf, so heftig, dass sie den Schrecken überwand, der ihn lähmte. Er stieß vor, wischte die Figuren mit zitternder Hand zurück in die Schachtel, bückte sich nach einem heruntergefallenen Bauern, der über den Boden rollte, rutschte auf den Knien zum Kamin und warf die Schachtel samt Inhalt in die Flammen. Das Feuer brach unter dem neuen Gewicht ein; entsetzt griff er nach dem Schüreisen, doch schon flammte es wieder auf, leckte um die Schachtel, entzündete ihre Ecken und schlang nach den Figuren, die oben aus ihr herausragten. Dunkle Kronen, Türme, Springerköpfe ragten ins rotgoldene Licht. Und dann verschwanden sie, von den Flammen eingeschlossen, und das Zimmer war voll mit ihrem tanzenden Licht. Ein Gefühl des Triumphes durchflutete Morton, und er lehnte sich keuchend zurück. Dann blickte er zur Seite, und ihm stockte der Atem.

Im Sessel saß ein Mann.

Ein heimtückischer, verbissener, hungriger alter Mann aus Schatten und Höhlungen: war da und nicht da, welk und spindeldürr, aber fürchterlich, ein Mann, dessen einziger Wunsch darin bestand zu *gewinnen* …

Wie Morton auf die Füße kam, wusste er nicht … wie er zur Tür stolperte, in den Flur, wie er blind zur Tür gelangte und hinaus … Er wusste nicht zu sagen, wie er in den Schnee hinaustaumelte, ob er um Hilfe rief oder ihm der schreckliche Schattenmann folgte. Alles, was blieb, waren das Bewusstsein der eigenen Machtlosigkeit und eine entsetzliche, verzweifelte Panik. Ihm blieb keine Zeit, sich zu fragen, wer der Mann wohl war, er spürte nur die schreckliche Last seiner Fehler und wusste um die Unmöglichkeit, sie jetzt noch zu korrigieren.

~

Es war kaum jemand überrascht, dass Morton nicht im schwarzweißen Haus blieb. Niemand blieb dort. Seit dem Tod des alten Mannes hatten es nur wenige Fremde länger als ein paar Stunden unter diesem Dach ausgehalten. Alle waren ohne weiteren Kommentar wieder verschwunden. Ohne je wieder gesehen zu werden. Es wurde allgemein angenommen, dass Morton wie seinen Vorgängern die Atmosphäre nicht gefallen und er seine Sachen gepackt hatte, um dahin zurückzukehren, woher er gekommen war. Die Dorfbewohner, die froh waren, sich nicht mit dem schwarzweißen Haus befassen zu müssen, waren ähnlich froh, sich über Morton keine weiteren Gedanken machen zu müssen. Ohne den Schnee hätte sich niemand, nicht mal der Makler, gefragt, was mit ihm war. Nur Robbie, der Junge der Zugehfrau, wollte es wissen und erzählte eine so befremdliche Geschichte, dass seine Mutter ihm befahl, seine Zunge zu hüten.

Es schien, dass der kleine Robbie am nächsten Morgen, als kein Schnee mehr fiel und die Sonne schien, zum Spielen hinausgelaufen war. Die Welt funkelte weiß, und die Wintersonne färbte den Himmel blau und golden. Robbie streifte umher, warf Schneebälle und kämpfte sich durch Verwehungen. Als er schließlich zurück nach Hause lief, führte ihn der Weg am hinteren Tor des schwarzweißen Hauses vorbei. Er blieb stehen, zitternd, um durchs Gitter zu spähen, und sah … etwas. Am Ende überwand seine Neugier die gewohnte Skepsis, was das Haus anging, und er wagte sich hinein ins grelle Weiß, um sich die Sache genauer anzusehen.

Was er vorfand, waren die Fußspuren eines Mannes, die aus der Haustür kamen, verwischt vom Wind und danach von gefallenem Schnee, aber noch gut zu erkennen. Der Mann war in gerader Linie vom Haus weggegangen, vielleicht auch gerannt, bis zwischen die Eiben, und dann … Dann, sagte Robbie, veränderte sich die Spur. Im Zickzack, hin und her, vor und zurück führte sie, wie die Spur eines Mannes in einem Labyrinth. Offenbar war er hin und wieder gestürzt, hatte sich aber wieder hochgekämpft. Falls er vor etwas davongerannt war, hatte dieses Etwas seinerseits keine Spuren im weißen Schnee hinterlassen. Aber das Seltsamste war, sagte Robbie, dass die Spur so abrupt vor einer der größeren Eiben endete – als hätte sich Morton in Luft aufgelöst, geschlagen vom schwarzen König.

Imogen Hermes Gowar

THWAITES MIETER

ES REGNETE IN STRÖMEN, als wir ankamen, es war ein wahres Unwetter, das die Pferde verschreckte. Die Nacht war pechschwarz, und während das Wasser über die Fenster der Kutsche spülte, dachte ich: *Die Flut ist gekommen, um uns alle fortzuschwemmen.* Ich drückte den kleinen Stanley noch fester an meine Brust, aber er schlief fest und bekam von alldem nichts mit. *Das ist meine Strafe*, dachte ich, hielt aber die Tränen zurück, weil, wenn meinem Vater etwas aufgefallen wäre, hätte er nur gesagt: »Tust du dir selbst leid?«

Wir waren zunächst gut vorangekommen, aber der Regen wurde immer schlimmer und die Kutsche langsamer. Sie schlingerte und rutschte. Wieder und wieder steckte mein Vater den Kopf aus dem Fenster, um mit dem Kutscher zu reden, und wenn er ihn wieder hereinholte, lief ihm das Wasser über Nase und Bart. Der Kutscher verfluchte und lobte die Pferde in einem Atemzug, und je mehr unser Gefährt wankte, die Tiere gegeneinanderstießen und Stanleys Kopf auf meiner Schulter hin- und herrollte, umso größer wurde meine Angst. Endlich hielten wir an einer Stelle, an der die Straße sich teilte, und fuhren nicht wieder an.

»Alles in Ordnung?«, rief mein Vater, und der Kutscher antwortete etwas, das ich nicht verstand. »Verflixt!«, sagte mein Vater, sprang nach draußen, und seine Stiefel versanken im Matsch. Wasser floss unter den Rädern der Kutsche hindurch, die Straße war zu einem Fluss geworden, und ich saß ganz allein mit meinem kleinen Jungen da und hielt seine Wange mit meiner Hand.

Als mein Vater wieder einstieg, sagte er: »Es geht nicht mehr. Wir müssen zu Fuß weiter.«

»Was? Wie weit?«

Er fragte den Kutscher. »Zwei Meilen, ein bisschen mehr.«

»Wir sind eine Frau und ein Kind«, rief ich. »Von uns kann doch nicht erwartet werden …«

»Dummkopf! Die Pferde rutschen weg, wenn wir weiterfahren. Die Kutsche wird umstürzen. Du begibst dich offenbar lieber in Gefahr, als es ungemütlich zu haben.«

Wenn das so wäre, hätte ich sagen können, *wäre ich noch zu Hause.* Aber ich biss mir auf die Zunge und machte mich daran, Stanley zu wecken, der sein Gesicht nur noch tiefer in meinen Mantel grub und seine Finger mit meinen verschränkte. »Wir müssen ein Stück zu Fuß gehen«, sagte ich. »Kannst du das?«

»Mama, nein!«

»Ich trage ihn«, sagte mein Vater. »Du nimmst deine Reisetasche, die Truhe muss zurückbleiben.« Sie war aufs Dach der Kutsche geschnallt, und ich rang die Hände bei dem Gedanken daran – meine Kleider, meine Nadeln, meine Tücher, Stanleys Spielzeug und seine Bücher, das alles rutschte da oben auf der Kutsche hin und her, Regenwasser sickerte durch die Ecken und Fugen der Truhe und beschmutzte, was gut und schön war.

Ich hob Stanley von meinem Schoß und gab ihn meinem Vater. Er schrie verängstigt auf, der kleine Kerl, doch ich fand keine Worte, um ihn zu trösten. Niemand reichte mir die Hand, um mir aus der Kutsche zu helfen, ich sprang praktisch ins Nichts und landete stolpernd auf der Straße. Ich kam mir auf der Stelle komplett durchnässt vor, aber als die Kutsche im Regen verschwand und wir die abzweigende Straße weitergingen – schmal, ungepflastert, bergauf führend –, bekam ich erst einen Begriff davon, wie nass ein Mensch wirklich werden kann. Das Wasser drang unter meine Haube und in mein Haar, es lief mir zwischen den Schulterblättern hinab und fing sich zwischen den Knochen meines Korsetts, aus dem Luftblasen aufstiegen, als wären es fleischliche Wesen. Meine Röcke klebten mir an den Beinen, und jeder Schritt war mit der Angst verbunden, der Boden unter meinen Füßen würde nicht halten. Das Wasser rauschte durch meine Stiefel, und ich dachte: *Jetzt ist alles ruiniert.*

Blind, taub, stumm, ich folgte der dunklen Silhouette meines Vaters, der sich, Stanleys kleinen Körper tragend, vor mir vorankämpfte. Mir kamen die Tränen, nicht meinetwegen, sondern wegen meines kleinen Jungen, der nichts von dem hier gewollt hatte, der glücklich gewesen war, wo er war, mit seinen Spielzeugen und seinem Lieblings-Kletterbaum, mit Dash, seinem Hund, seinem Kindermädchen und – Gott vergib mir! – seinem Vater. Welches Recht hatte ich, ihn hierher zu zerren, wo er doch nichts mit dem Streit zu tun hatte? War ich so selbstsüchtig, wie mein Vater sagte?

Ich zitterte am ganzen Leib, als wir das Haus erreichten. Es gab eine schmale Zufahrt zwischen hohen Mauern und dann Steinstufen, alle unterschiedlich hoch, die mich stolpern und wegrutschen ließen. Mein Vater hatte seinen Wetterumhang um Stanley gezogen, und ich sah die winzigen blassen Händchen, die sich an seinen Hals klammerten, den blonden Kopf, der auf seiner Schulter lag. *Oh, was habe ich getan?*

Das alte Haus der Thwaites stand bei mir und meiner Schwester in zweifelhaftem Ruf. Wir selbst waren nie dort gewesen, aber unser Vater, und das öfter, als wir es für nötig hielten. Manchmal fuhr er ein Jahr oder länger nicht hin, aber wann immer er sagte, er habe »bei Skipton zu tun« oder »Geschäfte in Bradford zu erledigen«, wechselten Mariana und ich einen Blick, denn in der Richtung, das wussten wir, lag auch das alte Haus der Thwaites. Mein Vater war in jungen Jahren einmal ein gut aussehender Mann gewesen – war es immer noch –, und es schien offensichtlich, was er dort zu tun hatte. Ich stellte mir das Haus kitschig und überladen vor, mit dicken Teppichen und schweren Vorhängen, Schränken voller exotischer alkoholischer Getränke und raschelnder, kaum getragener Kleider, und so mögen Sie mir meine aufflackernde Neugier vergeben, als mein Vater die Tür aufschloss.

Es war ganz und gar nicht so, wie ich es mir vorgestellt hatte. Eine einzelne Kerze brannte in der schmalen Eingangshalle, deren unruhig graue Wände so sauer rochen, als wohnte hier nur selten jemand; durch eine Tür ging es in ein dunkles Wohnzimmer, das so karg wie hässlich altmodisch möbliert war. *Hierher* würde sicher keine Mätresse gern gebracht werden. Mein Vater legte Stanley auf das Sofa, während ich noch bestürzt in der Eingangshalle stand. Wasser tropfte von meiner Haube, meiner Nase, meinen Händen. Ich legte meinen Umhang ab und drapierte ihn über einen rauchgeschwärzten alten Stuhl im krummen, unschönen Stil von vor zweihundert Jahren.

»Nun denn, Miss«, sagte mein Vater und betonte das *Miss* dabei auf eine steife, gebieterische Weise, als wäre ich eine Fremde, die er in seinem bevorzugten Zugabteil angetroffen hatte. »Ich lasse euch dann in Ruhe.«

»Geh nicht bei diesem Wetter«, bettelte ich. Die Aussicht, allein mit Stanley an einem so ungastlichen Ort zu sein, erfüllte mich mit fürchterlicher Angst. »Bleib. Bitte. Es muss doch Platz für dich geben.«

»Ich muss zurück zur Kutsche, zum Gasthof, wenn sie denn so weit gekommen ist. Wenn nicht, könnte meine Hilfe vonnöten sein.« Er seufzte, und sein Seufzer besagte: Natürlich kannst *du* jetzt ausruhen, Lucinda. Natürlich ist *dein* Tag hiermit beendet.

»Oh, Pa«, sagte ich. Ich sah auf den steinernen Boden und ließ den Blick durch die so trübe, leere Halle gleiten, ohne Blumen, um mich willkommen zu heißen. Ein braunfleckiger Druck des *Floßes der Medusa* in einem schwarzen Rahmen hing an der Wand, sonst nichts. »Willst du uns wirklich hier zurücklassen? So ganz allein?«

Er sagte nichts.

»Pa«, sagte ich noch einmal und löste mich in Tränen auf. Er ertrug es nicht, mich weinen zu sehen, und ich kannte keine andere Möglichkeit, ihn zu rühren. Hilflosigkeit war meine einzige Rhetorik. »Kannst du mir nicht helfen?«

»Mein Mädchen«, sagte er, »das hier *ist* die Hilfe.«

~

Stanley zitterte, als ich ihn vom Sofa holte, das Haar klebte ihm am Kopf, und er strömte den erbärmlichen Welpengeruch aus, der mich an die Zeit erinnerte, als er ein Säugling gewesen war. Stumm stand er da, ohne jede Neugier, das Haus zu erkunden, wie er es in dem hübschen Hotel in Scarborough getan hatte, wohin ich zunächst mit ihm gezogen war, in den Urlaub, hatte ich gesagt, oder in Marianas Haus, wohin wir uns geflüchtet hatten, als kein Geld mehr da war. Ich hatte angenommen, Ausgelassenheit sei sein natürlicher Zustand, ich könnte ihn überall mit hinnehmen und er wäre dort glücklich, doch jetzt hatte ihn alle Begeisterung verlassen. Wir wagten uns nach oben und fanden zwei Schlafzimmer vor. Eines war groß, aber seltsam, mit dunklen Holzverkleidungen, und erst dachte ich, es hätte kein Fenster, sah dann aber, dass es sogar ein großes hatte, das allerdings mit Brettern vernagelt war, nur ganz oben gab es einen schmalen Spalt. Das andere Zimmer, gleich an der Treppe, war kleiner und einladender.

»Das wird dein Zimmer«, sagte ich. Er steckte den Daumen in den Mund.

Das Wasser im Becken war eisig kalt, aber es half nichts. Ich zog

Stanley aus, und er zitterte und wimmerte, als ich ihm mit einem Schwamm zu Leibe rückte. Er verschränkte die Arme vor der kleinen, weißen Brust.

»Nicht, Mama«, rief er. Er wehrte sich, aber ich gab nicht nach und war vielleicht etwas grob, um es hinter mich zu bringen – er stieß mich weg, mit aller Kraft. »Nicht!«

»Was erlaubst du dir?«, rief ich. Meine Augen brannten, wie auch die Stellen an meinen Schultern, wo mich seine Hände getroffen hatten.

»Ich will nach Hause!« Seine Stimme überschlug sich. Ich konnte es kaum ertragen. »Warum sind wir hier?«

Ich fasste ihn bei der Schulter, aber er schrie und machte sich los. »Sei brav!«, sagte ich, doch er schrie wieder, und seine kleinen Füße stampften auf die Dielen. Halb gebückt stand er da, Arme und Beine gespreizt, und blickte mich finster und herausfordernd an, wie ein kleiner, weißer Wilder. Nicht zum ersten Mal seit seiner Geburt fragte ich mich: *Was habe ich da hervorgebracht? Wie ist es zu alldem gekommen?* Wenigstens hatte ich daran gedacht, sein warmes Flanellnachthemd einzupacken, und es war nicht so feucht wie alles andere, aber als ich es ihm hinhielt, wollte er es nicht, und ich jagte ihn durchs Zimmer, bis er vor Zorn kreischte, ohrenbetäubend laut, und die Kerze verlosch. »Nun, dann schläfst du eben, wie du bist«, rief ich, lief hinaus und knallte die Tür hinter mir zu. Sie hatte draußen einen Riegel, und ich schob ihn vor. Seine Fäuste hämmerten gegen die Tür, und ich stand da und lauschte seiner Wut, die zu Angst wurde.

»Mama!«, rief er, und dann leiser: »Mama!«, mit zitternder Stimme. Ich hätte mich erweichen lassen können, aber schon brüllte er wieder wütend, und ich ging nach unten.

Ich kämpfte mich aus meinem Kleid und den Unterröcken, die lauter sumpfige Pfützen auf dem Wohnzimmerboden hinterließen.

Mein Korsett zog ich besonders vorsichtig aus, weil ich kein anderes dabeihatte, und die Truhe war vielleicht für immer verloren. Ich breitete es auf dem Sofa aus. Das Unterzeug darunter war ebenfalls durchnässt, die Schuhe waren voller Matsch, den ich bereits die Treppe hinauf- und hinuntergetragen hatte, und mein Rock hatte die Strümpfe verfärbt. Bibbernd vor Kälte und mit klappernden Zähnen hockte ich mich vor den Kamin und fummelte mit den Streichhölzern herum.

»Kommt schon«, murmelte ich den Funken zu, die auf dem klammen Anmachholz erloschen, »kommt schon, kommt schon«, aber es war zu lange her, dass hier ein Feuer gebrannt hatte, und die Flämmchen, die ich entfachen konnte, waren schwache, kränkliche Dinger, die sich wanden, rauchten und verloschen. Ich fluchte.

In der Dunkelheit zog ich die Knie an die Brust. Mein Körper war mir ohne Korsett unangenehm, hier zu knochig, dort zu nachgiebig, und die schlaffen, kalten Brüste hingen zu tief herunter, ihre feuchten Unterseiten klebten auf meinem Körper. Die Kälte schnitt förmlich durch mich hindurch, und die Haare auf meinen Waden reckten sich aufrecht in die Luft. Ich sah mich um und fragte mich, ob das der Beginn von Tollheit war oder sie sich eigentlich schon seit einer Weile anschlich. Vor gar nicht so langer Zeit noch hatte ich das Haus meines Mannes geschmückt. Nicht protzig, nein, aber *glänzend*, und ich hatte diesen Glanz als eine mir angeborene Eigenschaft betrachtet, genau wie bei Stanley das Glück. Und nun war ich innerhalb von Wochen zu einer hageren, ausgemergelten Vagabundin geworden, und die schöne Lucinda Lisle fluchte ohne einen Penny und ohne Freunde in einem öden kleinen Zimmer vor sich hin, während ihr Sohn ein Stockwerk höher in Tränen schwamm.

Ich nahm die Wolldecke, die über einer Stuhllehne hing, legte sie mir um die Schultern und wartete, dass mir wärmer wurde. In

Gedanken begann ich einen Brief an meine Schwester Mariana aufzusetzen, aber immer, wenn ich an sie dachte, sah ich, wie sie mich angestarrt hatte, als ich ihr eröffnete, dass es mit mir und meinem Mann zu Ende sei. Erst schien sie alarmiert, dann argwöhnisch … und plötzlich wie unbeteiligt, als hätte sich eine Tür zwischen uns geschlossen. *Warum hast du mich abgeschrieben?*, wollte ich sie fragen. *Wie kannst du das tun, wo du doch weißt, was ich zu ertragen hatte?*

Tapp, tapp, tapp.

Ich erstarrte. Und noch einmal: *Tapp, tapp, tapp.* Schritte, oben! Schwere Männerschritte, auf dem Treppenabsatz.

Und obwohl ich wusste, dass es unmöglich war, dachte ich: *Lisle hat uns gefunden. Lisle ist hier!*

Dann wieder *tapp, tapp, tapp*. Ich war auf den Beinen. Oh, lieber Gott, wenn es nicht mein Mann war, wer konnte es dann sein? Jemand, *irgendjemand*, war da oben, wo mein kleiner Junge war, und ich war hier unten. Ich rannte die Treppe hinauf, mit der Decke um die Schultern wie ein Schotte aus den Highlands, aber kaum, dass ich oben ankam, wusste ich, da war niemand. Man spürt es, wenn ein Körper den Raum mit einem teilt, und ich war allein.

Eine unbeschreibliche Furcht erfüllte mich. Meine Kopfhaut prickelte. Ich presste die Hände aufeinander, damit sie nicht zitterten. *Nun*, dachte ich, *damit ist es klar. Ich verliere den Verstand.*

Aus Stanleys Zimmer war nichts zu hören. Vielleicht schlief er. Ich zog den Riegel auf und sagte: »Bist du herumgerannt?«

»Nein, Mama.« Er hockte auf dem Boden, gegenüber der Tür, den Daumen im Mund.

»Ich hoffe, du belügst mich nicht.«

»Nein, ich war hier. Ich hatte Angst.« Er streckte die Arme aus, und ich lief, ohne zu zögern, zu ihm. Sein Gesicht war gerötet und tränennass, und bald darauf auch meines. Als er noch ein Säugling war, hatte ich den ganzen Tag mit ihm in den Armen dagelegen, Lieder gesungen und sein kleines Gesichtchen geküsst. Ich hatte begriffen, dass ich als Mutter allumfassend zu sein hatte und er und ich eine wohlige kleine Zweier-Republik bildeten, in die niemand eindringen durfte. Die Distanz war entstanden, als er in Hosen gesteckt, sein hübsch gelocktes Haar abgeschnitten worden war und er, wie es bei Jungen nun mal sein muss, mehr zum Sohn seines Vaters wurde.

»Ist ja gut«, sagte ich. »Und jetzt ins Bett.«

Er klammerte sich an mich. »Ich mag es hier nicht.«

Was hätte Lisle gesagt? *Sei ein Mann, Stanley!* Es hatte eine Zeit gegeben, da hätte ich es vielleicht auch gesagt, doch jetzt flüsterte ich: »Morgen früh sieht alles anders aus.«

»Bitte, Mama. Geh nicht wieder weg.«

»Das werde ich nicht.« Ich war erschöpft und mitgenommen von den Geschehnissen. *Ich darf nicht verrückt werden*, dachte ich. *Das geht einfach nicht.*

Ich zog mein Nachthemd an und half ihm in seines. Er gab jetzt kleinlaut nach. Wir legten uns gemeinsam in das schmale Kinderbett, und obwohl ich zögerte, das klamme Bettzeug über uns zu ziehen, weil ich Angst vor dem Ungeziefer hatte, das darin sein mochte, gewann die Kälte schließlich. Erst weinte Stanley, dann zitterte er, aber eng an mich gekuschelt beruhigte er sich schließlich. Ich lauschte seinem Atem und dachte, wie viel weniger Umstand ein schlafendes Kind ist und wie viel leichter man es lieben kann.

~

Aber manchmal sind auch schlafende Kinder eine Plage.

Ich träumte, ich wäre wieder in Scarborough und säße auf der Terrasse, während Stanley über den Sand darunter rannte. Die Sonne stand tief und färbte das Meer bis zum Horizont rosig golden. Aber so schön das alles war – was der Traum viel stärker heraufbeschwor als den Ort, war das Gefühl: eine rosarote Vorfreude auf den nächsten Tag, von der ich angenommen hatte, dass sie ganz natürlich mit den Mädchenjahren verblasst und die Eheschließung nicht überdauert. Am wunderbarsten für mich an jenem Tag in Scarborough war das Gefühl gewesen, dass meine Zukunft völlig offen vor mir lag. Zum ersten Mal in meinem Leben hatte ich eine leere Seite vor mir, und das war so belebend. In den ersten zwei Wochen weg von Lisle glaubte ich, das Schlimmste läge hinter mir, und jetzt, wo wir ihm entkommen waren, würden all unsere Tage Scarborough-Tage sein, lang und sorglos, bis in einen rot glühenden Sonnenuntergang hinein. In meinem Traum hielt ich jedoch ein rosafarbenes Stück Papier mit den Worten meiner Schwester in der Hand:

Du kannst dich nicht schuldlos nennen.
Du hättest dich mehr bemühen können.
Ich will damit nichts zu tun haben.

Ich hob den Blick und sah, dass sich das Meer grau verfärbt hatte und auf die Küste zujagte. Wo war Stanley? Ich vermochte ihn nirgends zu entdecken, und bevor ich loslaufen und ihn suchen konnte, hatte mich das Wasser schon erreicht, wirbelte mir um die Füße, fürchterlich, grauenerregend kalt, und es stieg weiter, ich wankte, strauchelte, die Röcke klebten an meinen Beinen, ich war nass bis auf die Knochen, stieß stumme Schreie aus und hielt panisch nach dem geliebten blonden Schopf Ausschau, dabei wusste ich bereits, dass ich ihn verloren hatte.

Ich wachte keuchend auf. Das Bettzeug war nass, voll mit einem schweren, süßen Geruch, der mir in die Nase stieg. Es war immer noch ziemlich dunkel, und ich lag eine Weile verwirrt da und bewegte meine Beine mit ebenjenem heraufziehenden Entsetzen, an das ich mich aus meiner Kindheit erinnerte. Ich spürte, wie die Bettwäsche an mir klebte, das Federbett seltsam tot und schwer, und dachte erst, ich hätte es selbst getan, begriff dann aber, dass es Stanley gewesen war. Es trieb mich aus dem Bett. Aus meinem Nachthemd troff sein Urin.

»Stanley!« Ich schüttelte ihn. »Stanley! Wach auf! Komm, komm, du musst aus dem Bett.«

Er erwachte nur langsam, schreckte dann plötzlich hoch und schrie, als ihm bewusst wurde, was geschehen war.

»Mama, das wollte ich nicht!«

»Es macht nichts.« Ich war zu sehr damit beschäftigt, die Laken vom Bett zu bekommen, um groß an ihn zu denken. Nach dem Bettzeug kam die grobe Wollunterlage, und ich hoffte gegen alle Wahrscheinlichkeit, dass nicht auch die Matratze durchnässt worden war. Das Glück hatten wir nicht, sie war ruiniert. »Oh, Stanley, wie konntest du so viel Flüssigkeit in dir haben?«, rief ich, und er saß schluchzend da, während ich die Matratze aus dem Rahmen hievte. Sie war mit Rosshaar gefüllt, denke ich, fest und ungemütlich, und hing schlaff über meinem Arm. Ich musste an ein Bild in den *Illustrated News* denken, »Seebegräbnis« hatte darunter gestanden, und die Seeleute hatten sich mit einer ebenso formlosen Last abmühen müssen.

»Warum hast du den Nachttopf nicht benutzt?«, keuchte ich, als mir die Matratze auf den Boden rutschte.

Das arme Kind vergrub das Gesicht in den Händen, die schmalen Schultern bebten. Im wenigen Licht, das der Mond uns schenkte, glänzten seine Beine. »Ich hatte Angst«, schluchzte er.

»Komm, komm jetzt. Es ist ja nichts passiert«, sagte ich. »Wir schlafen im anderen Zimmer.«

»Ich will nicht da rausgehen, Mama!«

»Warum?«, fragte ich knapp. Hatte er gehört, was ich gehört hatte? Was wäre schlimmer? Dass er es gehört hatte oder nicht? Der arme Junge! Entweder hatten wir einen Eindringling draußen vor dem Zimmer oder eine gestörte Mutter darin. Er hatte kaum eine Chance.

»Es ist so dunkel«, sagte er.

»Davor muss man keine Angst haben. Komm.«

Ich zündete die Kerze an und führte ihn hinaus auf den Flur, auch wenn meine Hand auf dem Türknauf zitterte. Der kurze Weg hinüber ins andere Zimmer war nervenaufreibend. Ich rechnete jeden Moment damit, dass sich eine unsichtbare Hand um meinen Arm schloss oder ein Körper gegen meinen stieß, aber ich blieb vor Stanley und ließ mir meine Angst nicht anmerken.

Auch beim zweiten Hinsehen gefiel mir das Zimmer keinen Deut besser. Die alte Holzvertäfelung schluckte alles Licht, die Ecken waren so finster, dass die Augen keinen Halt fanden, und das schmale Stück Fenster lag hoch und ermöglichte keinerlei Ausblick, war ebenfalls alles andere als beruhigend. Ich beschloss, die Kerze die ganze Nacht brennen zu lassen. Allerdings freute es mich, im Schrank einen Stapel Frauennachthemden zu finden, die, obwohl sie da sicher schon einige Zeit lagen, sorgfältig gewaschen schienen. Sie waren die ersten Hinweise auf die Frauen meines Vaters, die ich im Haus fand, und es drehte mir den Magen um, als ich Stanley half, sich eines davon über den Kopf zu ziehen. Aber wenigstens hatten wir jetzt beide etwas, das wir anziehen konnten.

»Siehst du?«, flüsterte ich ihm ins Ohr, als wir im Bett lagen. »Es findet sich alles, oder? Wir sind sicher, und uns ist warm. Und du bist bei mir, also kann dir nichts geschehen.«

Ich sagte das mit einer Überzeugung, die ich nicht wirklich verspürte, aber es schien ihn zufriedenzustellen. Ich legte einen Arm um ihn und zog ihn an mich, seinen Rücken gegen meinen Bauch, sein Handgelenk in meiner Hand, sodass ich seinen Puls spüren konnte, als er zurück in den Schlaf sank. Es schmerzte mich in diesem Moment so sehr, dass ich ihn aus seinem Zuhause geholt hatte, in dem er glücklich und sicher gewesen war. Denn das will ich klar sagen: Auch wenn Lisle sich mir gegenüber entsetzlich verhalten hatte, unser Sohn war nie in Gefahr gewesen. Sein Leben war behaglich und freudvoll. Er war jedermanns kleiner Liebling. Mein Einwand war allein, dass, mochte sein Leben auch in angenehmen Bahnen verlaufen sein, es doch keinesfalls *gut* gewesen war. Nach und nach wäre er von Lisle verdorben worden, hätte großzutun, andere zu schikanieren und zu beschimpfen gelernt, sie zu verspotten, herabzumindern und zu misshandeln. Was hätte ich dagegen tun können? Ich war nur seine Mutter. Ich hatte kein Recht zu gebieten, was für eine Art Mann aus ihm werden sollte. Und am Ende gibt es sowieso nur eine Sorte, oder?

Tapp, tapp, tapp.

Ich saß aufrecht im Bett! Die Hände auf die Brust gedrückt. Wieder diese Schritte! *Tapp, tapp, tapp,* direkt vor der Tür, den Treppenabsatz hinauf und hinunter, und jetzt vielleicht auch noch ein Stock, der gegen das Geländer schlug. Es waren die Schritte eines wütenden Mannes, eines Mannes voller Zorn, der mir Angst machen wollte und dem ich, wenn ich weise war, mit Furcht begegnete. Ich regte mich nicht.

Oh, was es bedeutet zu begreifen, dass das Einzige, was noch schlimmer ist als dass da *jemand* ist, da tatsächlich *niemand* ist. Und da *war* niemand, niemand aus Fleisch und Blut, niemand, dessen Blick ich auffangen und dessen Schlägen ich hätte ausweichen können. Da war niemand, und ich war sicher, dass er mir ein fürchterliches Leid antun wollte.

Die Schritte gingen drängend weiter, schwere, zornige Stiefel vor meiner Tür, dann die Treppe hinunter und wieder hinauf, als suchten sie etwas. Da stürmte jemand durchs Haus, der bemerkt werden wollte und keine Angst hatte, seine üble Laune zu zeigen, ins Wohnzimmer lief er, kam wieder heraus, lief zur Hintertür und zum Eingang, und immer, immer kamen die Schritte zurück zu unserem Zimmer.

»Lisle?«, flüsterte ich dümmlich, als sie vor der Tür innehielten.

Tapp, tapp, tapp.

»Verschwinde!«, zischte ich.

Stanleys Atem fiepte in seiner Nase. Ich wollte ihn keinesfalls aufwecken, legte ihm eine Hand auf den Rücken und tröstete mich mit seiner Ruhe. Und die Schritte liefen weiter, auf und ab, hinauf und hinunter. Manchmal, wenn sie zur Treppe kamen, hoffte ich, dass mein Besucher gehen und das Haus verlassen würde, manchmal verhallten sie, und ich dachte: *Da! Es ist vorbei!*, aber schon ging es weiter.

Genau so war Lisle durchs Haus geprescht. Wenn ich hörte, dass seine Schritte schneller und zielbewusster wurden, versteckte ich mich, aber er lief von Zimmer zu Zimmer, bis er mich fand; die Jacke offen, das Hemd halb aufgeknöpft, riss er Türen auf und Vorhänge zur Seite. Packte mich bei den Handgelenken, brachte sein Gesicht nahe an meines und spuckte seinen Zorn heraus. Wenn ich zurückzuckte, wurde es nur noch schlimmer für mich.

Ich blieb im Bett und lauschte den Wegen meines merkwürdigen Besuchers. Wie konnte ich einem wütenden Mann entkommen und einem anderen direkt in die Arme gelaufen sein? Hatte ich Buße zu tun?, fragte ich mich, während ich zusah, wie der kleine Fensterspalt oben mit dem heraufziehenden Tag heller wurde. War das die Bürde, die ich zu tragen hatte?

Hin und wieder hörte ich ein Schaf draußen auf dem Hang blöken, den Abschiedsruf einer Eule. Und dann, als würde ich von einer Krankenschwester an meinem Bett getröstet, füllten sich meine Gedanken mit ruhigen Dämmerungsbildern: Ich sah weiße Asche, die aus einem Kamin gefegt wurde, Milch in einem Topf auf einem frisch entzündeten Herd, einen über ein Gebetbuch gebeugten Kopf. Diese Bilder gehörten in die sanfte, geordnete Welt, bei der ich darauf vertraute, wieder in sie zurückkehren zu können, und so glitt ich endlich in einen unruhigen Schlaf. Als Stanley erwachte und seine Arme um meinen Hals schlang, waren die Schritte verstummt.

~

Ich betete, dass es im Haus etwas zu essen gab, denn in meinem geliehenen Nachthemd konnte ich mich nirgends sehen lassen und Stanley war seins viel zu groß, mit Ärmeln so lang, dass er wie ein Hypnotiseur mit den Armen wedeln musste, um seine Hände zu finden, als wir den Treppenabsatz überquerten. Mein Kopf brummte, ich hatte viel zu wenig geschlafen, aber bei Tageslicht erschien das Haus kaum noch bösartig, es war nur heruntergekommen und müde, keine Schreckensruine, und ein Großteil des Verfalls hätte sich mit ein paar Rollen hübscher Tapete leicht aufbessern lassen. Auf dem Weg die Treppe hinunter sah ich nach dem kleinen schwarzen Stuhl in der Halle, auf den ich meinen Mantel gelegt hatte. Die Dielen darunter waren dunkel vom heruntergetropften Regenwasser, aber der Mantel selbst war nicht mehr da.

Ich hielt Stanleys Hand fest, damit er nicht fiel.

»Jemand war hier«, sagte ich und versuchte erfreut zu klingen, obwohl mein Puls plötzlich raste und mir das Blut in den Ohren rauschte.

Am Fuß der Treppe angekommen, warf ich einen Blick ins Wohnzimmer und sah auch dort dunkle Flecken, wo meine Kleidungsstücke gelegen hatten – die Sachen selbst waren nicht mehr da. Ein höchst befremdliches Gefühl erfasste meinen ganzen Körper, ein Schauder und gleich darauf eine Hitzewallung, sodass mir gleichzeitig heiß und kalt war, ich schwitzte und zitterte. Jemand war hier gewesen. Jemand hatte sich durch die Zimmer bewegt, ohne dass ich davon wusste. Eine unbekannte Hand hatte meine tropfnassen Strümpfe ausgewrungen, ein Fremder meine Flanellwäsche an sich gebracht, die doch gerade erst noch meine nackte Haut bedeckt hatte! Die Überbleibsel der finstersten Nacht, die ich je durchlebt hatte, das Wenige, was mir noch geblieben war! Gesehen, inspiziert, weggenommen!

Ich hatte aufgehört zu atmen und stand kurz davor zusammenzubrechen, als sich die Hintertür öffnete und eine mittelalte Frau mit einem Eimer hereinkam. Ihr rundes Gesicht strahlte solch eine Abscheu aus, dass ich keinen Zweifel hatte, sie war es, die meine Sachen genommen hatte. Als sie mich dort stehen sah, änderte sich ihr Ausdruck nicht, nur meinen Jungen betrachtete sie mit einem überraschten Blick.

»Guten Morgen«, sagte ich. Ich hielt Stanley an den Schultern fest und schob ihn vor mich, doch der Frau konnte nicht entgehen, wie wenig ich trug und wie unförmig mein Körper unter dem Nachthemd war. Sie sagte nichts, stellte nur den Eimer ab und sah mich erwartungsvoll an, als sollte ich etwas sagen.

Am Ende grummelte sie: »*Sie* haben also all die Sachen hier herumliegen lassen.«

»Ich bin Mrs Lisle«, sagte ich und lächelte nur noch heftiger, »und das ist mein Sohn Stanley.«

Sie warf ihm einen schnellen, unleidlichen Blick zu, als sie hörte, dass er den Namen meines Vaters trug, und nickte kurz.

»Waren Sie oben?«, fragte ich.

»Jepp, und was Sie *da* angerichtet haben, habe ich auch gesehen.«

Ich fasste Stanleys Schultern fester. »Das wird nicht wieder vorkommen«, sagte ich. Lisle hatte mir erzählt, dass er im Alter unseres Jungen auch ins Bett gemacht hatte und dafür geschlagen und gehänselt worden war. Ich dachte mittlerweile, dass es bessere Möglichkeiten gab, ein Kind zu beherrschen, als es zu beschämen – wenn man es denn beherrschen wollte.

»Nun«, sagte sie, »ich bin Mrs Farrar. Ich mache hier sauber. Ich werde Sie nicht lange belästigen.«

»Was?«, stotterte ich. »Es gibt keine Haushälterin? Kein Mädchen? Keine Kinderfrau?«

Mrs Farrar sah aus, als würde sie gleich loslachen. »Wo es so viel Platz für sie gäbe?«

Ich war so bestürzt, dass es mir die Sprache verschlug. Nie im Leben hatte ich nur mit einer Tageshilfe auskommen müssen! Das war etwas für die Frauen von Angestellten, arme Frauen mit gemieteten Möbeln, die so taten, als ob. Was dachte sich mein Vater nur? Bevor ich mich dagegen wappnen konnte, füllten Tränen meine Augen, so erschreckend schnell, dass sie mir über die Wangen zu laufen drohten, und ich konnte die Röte nicht verbergen, die mir vom Hals aufstieg, auch nicht den Muskel, der mir in der Wange zuckte, während ich mich zu fassen versuchte.

»Mr Stanley hat trockene Sachen für Sie geschickt«, sagte die Frau einen Moment später in sanfterem Ton. »Es gibt Brot und Milch für den Jungen, und Sie können so viel Tee trinken, wie Sie mögen, hat er gesagt.«

Ich nickte stumm, und die Tränen liefen. Eine platschte mir auf die Hand bei Stanleys Ohr, aber er merkte es nicht.

»Machen Sie schon«, sagte Mrs Farrar, »ich habe zu arbeiten. Sehen Sie, dass Sie den Jungen gefüttert bekommen.«

Die Küche war hinten im Haus, noch ein einfacher kleiner Raum, und doch unterschied er sich auf eine unmerkliche Weise sehr von den anderen. Während der Rest eher unwirtlich war, besaß die Küche etwas Willkommen-Heißendes, Geselliges, und ich spürte, wie mich die gleiche Ruhe überkam wie während der Morgendämmerung. Das sollte das Reich einer beflissenen Freundin sein, für die all die Töpfe, Krüge und Bücher geliebte Gefährten waren und die am großen, vernarbten Tisch heiße Getränke und wohlmeinenden Rat anbot. Stanley aß sein Brot mit Milch, und ich saß schweigend bei ihm, starrte in meine Tasse und versuchte mir in Erinnerung zu rufen, was ich über die Thwaites wusste. Sie waren die Leute meiner Großmutter, und sie waren nicht ganz so gewesen, wie … Nun, es gab da nichts Anstößiges, aber doch eine gewisse Scham, dass sie nicht ganz so waren, wie sie es hätten sein sollen. Mehr konnte ich nicht sagen. Ich ging Mrs Farrar suchen.

Ich fand sie auf der Rückseite des Hauses, sie stand über die ruinierte Matratze gebeugt da. Sie hatte die Ärmel bis zu den Ellbogen hochgekrempelt und schüttelte das Pferdehaar mit heftigen Schlägen auf. Eine Wolke hielt die Anhöhe umhüllt, sodass hinter ihr keine Landschaft, keine Häuser und auch kein Himmel zu sehen waren. Es war, als stände sie vor einer Theaterkulisse.

»Ich hatte eine Truhe«, sagte ich. »Was weiß man von ihr?«

»Sie steht im New Inn.« Mrs Farrar richtete sich auf und drückte sich eine Hand unten in den Rücken. Der Hof war übersät von kurzen, grauen Haarsträhnen. »Aber die Furt ist überflutet. Kein Problem, oben her zu kommen wie ich, aber ein Wagen schafft das im Moment nicht.«

»Wie lange wird es dauern, bis man wieder durchkommt?«

Sie sah zum Himmel hinauf – nicht, dass da viel zu sehen gewesen wäre. »Wenn das Wetter besser wird, in ein paar Tagen. Wenn es wieder zu regnen beginnt, nun …«, sie blies die Wangen auf, »wer weiß?«

Das bekümmerte mich, brauchte ich doch meine Toilettensachen so sehr. Mrs Farrar wühlte in ihrer Tasche und holte ein blechernes Behältnis nicht größer als eine Schnupftabakdose hervor. »Ich nehme an, Sie brauchen die hier«, sagte sie.

Ich streckte die Hand aus, ohne weiter nachzudenken. Es rappelte, als sie mir das Döschen gab. »Was ist das?«, fragte ich.

Sie blickte verstohlen drein, als ständen wir in einer belebten Straße. »Frauenpillen. Pennyroyal. Wenn sie nicht wirken, weiß Mr Stanley einen Doktor. Es rührt sich noch nicht, oder?«

Mir fehlten die Worte. Ich drohte ins Schwanken zu geraten und ließ das Döschen fallen, das auf die Steinplatten schlug. Wie naiv ich gewesen war, anzunehmen, dass mein Vater das Haus für seine Verführungen genutzt hatte! Es hatte hier keine Hemmungslosigkeiten gegeben, keine verbotenen Vergnügungen. Das hier war ein grausamer, kalter, verlassener Ort, um Affären zu beenden, nicht um sie zu beginnen. »Nein!«, krächzte ich. »Mrs Farrar, Sie täuschen sich. Deshalb bin ich nicht hier. Ich bin eine ehrbare Dame, die in eine kleine Notlage geraten ist, das ist alles.«

»Oh, Madam«, sagte sie mitleidig. »*Das* sagen sie alle.«

Tage vergingen. Stanley und ich, anständig gekleidet, wenn auch in scheußliche geliehene Sachen, die ich mir niemals ausgesucht hätte, verbrachten viel Zeit in der freundlichen Küche, wo auf das Feuer Verlass und die Teekanne immer gut gefüllt war. Unsere kurzen Ausflüge ans Ende der Einfahrt hatten mir einen besseren Eindruck davon verschafft, wo wir uns befanden. Es war ein wirklich abgelegener Ort. Das Haus saß auf dem Rücken eines Moores, auf drei Seiten von Wildnis umgeben und meist in eine Wolke gehüllt. Nach Osten hin öffnete sich ein Tal und ließ, wenn das Wetter es erlaubte, weiter oben den Kamin einer Bleimine sehen, unten am Fluss eine kleine Mühle und ein Dorf. Die Felder standen halb unter Wasser, graue Seen blühten am Flussufer, und ich verstand, wie tückisch die Straße hinunter zu den überfluteten Feldern sein musste.

Ich drückte mich auf der Veranda unter dem Vordach herum, während Stanley über die Einfahrt und durch den kleinen Garten rannte und mir mit hoher, klagender Stimme zurief, was er gerade wieder gefunden hatte, komm, versuch mal dieses neue Spiel, und der Kreis zog sich immer enger um mich, bis wir Seite an Seite auf unserer traurigen Bank saßen und dem Regen zusahen.

An einem Nachmittag eine Woche nach unserer Ankunft, es begann bereits dunkel zu werden, saßen wir wieder dort auf der Veranda, und Stanley versuchte mir auf den Schoß zu klettern, obwohl ich meinen Kopf doch über ein Buch gebeugt hielt. »Mama! Mama, was sollen wir jetzt machen?«

»Lass uns mal eine Weile ruhig hier sitzen.« Die Romane im Haus waren billige, reißerische Schmöker, auf die ich mich auch ohne Stanley kaum hätte konzentrieren können. Ich fragte mich zu sehr, wer sie wohl hergebracht hatte und unter welchen Umständen. Waren diese Frauen genauso gelangweilt gewesen wie ich? So gelangweilt und so verängstigt? Hatten auch sie diese Schritte gehört?

Denn die kamen jede Nacht.

Das Klopfen des Stocks, das Auftreten der Füße. Das Knarzen des Geländers. Müde fand ich mich mit den Störungen ab. Ich nannte ihn jetzt Mr Thwaite. Wild umherlaufend stahl er mir allen Frieden, und kam die Nacht, bettete ich meinen Kopf nicht erleichtert aufs Kissen, sondern voller Grauen, wusste ich doch, dass ich wieder keine Ruhe finden würde. Meine Augen brannten, mein Kopf war schwer. Ich war nervös, schreckhaft und zu angespannt, um meinem Sohn eine gute Gesellschaft zu sein, der jetzt mein

Kinn fasste und es anhob, damit er mir ins Gesicht sehen konnte. Seine Finger drückten in meine Wangen, und seine Augen leuchteten ernst und blau. Ich spürte seinen Atem auf meiner Haut.

»Lass mich, Stanley«, sagte ich.

»Spiel mit mir!« Er schob meine Mundwinkel zu einem Lächeln in die Höhe.

»Hör auf.« Ich zog seine Hände weg, und er sprang von meinem Schoß.

»Schreckliche Mama!«

Ich stand auf und rief: »Sag so was nicht noch mal!«, und er warf die Arme zurück und kreischte mich voller Wut an. In dem Moment sah ich nicht den aufsässigen kleinen Jungen, sondern seinen Vater, der mir in seinem Zorn wehtat und dessen Zärtlichkeit unversehens in Tyrannei umschlagen konnte. Mein Gesicht brannte. Ich hielt mein Buch immer noch in der Hand, und bevor mir bewusst wurde, was ich tat, packte ich Stanley beim Kragen und gab ihm ein, zwei Schläge auf den Hosenboden. Kurz war es schauderhaft still. Stanley und ich standen entsetzt da. Dann fing er an zu weinen, und ich keuchte: »Stanley … Stanley! Ich wollte dir nicht …«

Die Stimme eines Mannes ging dazwischen.

»Ist es jetzt schon so weit mit deinem Experiment gekommen?«

Ich schrie auf, riss Stanley an mich und sah mich nach dem Besitzer der Stimme um. War Mr Thwaite hier? Verfolgte er mich jetzt auch schon hier draußen?

Aber es war natürlich mein Vater, der die Stufen heraufkam und uns unter der Krempe seines Hutes her ansah. Ich ließ meinen Sohn los, stand aufgewühlt und mit rotem Gesicht da und versenkte die Hände in meinen Röcken. Stanley hörte auf zu weinen. Er wischte sich die Nase mit dem Ärmel ab, und ich sah, wie er sich mit der Schuhspitze über die Wade fuhr.

Ich brachte vor lauter Scham kein Wort heraus. Mein Vater kam näher, hob das Buch auf, das ich in den Schmutz hatte fallen lassen, und gab es Stanley. »Geh hinein und stell es zurück ins Regal, junger Mann. Und bleib bei Mrs Farrar. Lucinda, komm, wir machen einen kleinen Spaziergang.«

Meinen Jungen im Haus verschwinden zu sehen, war schmerzlich. Es war ganz und gar nicht richtig, ihn wegzuschicken, wenn er sich elend fühlte: Ich wollte ihn an mich drücken, drehte mich stattdessen aber um und folgte meinem Vater die Zufahrt hinunter. Er musste Neuigkeiten haben, einen Plan, wie er uns weiterhelfen würde.

Die Straße war verschlammt, und etliche Steine ragten daraus hervor, ein schlechter Untergrund für eine Kutsche. Da war es besser, wie wir es taten, einen Pfad hinter einem Tor zu nehmen, der am Rand des Moores entlangführte und in einer so heroischen wie wohl einsamen Anstrengung mit Sandsteinplatten befestigt worden war. Der Wind wehte wie eine gefangene Fliege um den Rand meiner Haube, und ich zog meinen Schal fest um den Hals und versuchte, mit meinem Vater Schritt zu halten.

»Ich schlage ihn nie«, stammelte ich, als wir ein Stück vom Haus entfernt waren. »Das war das einzige Mal.«

»Du bist zu vernarrt in ihn«, sagte er.

Ich antwortete nicht. Eine Wolke wehte heran, dicht wie nasse Wolle, aber ihre Tropfen stachen mir wie kalte Nadeln ins Gesicht.

»Zu eifersüchtig an ihn gebunden«, fuhr mein Vater fort. »Was für ein Mann kann Stanley werden, wenn du dich so an ihn klammerst?«

»Ein besserer als sein Vater.«

Er sah mich ernst an. »Ich vergebe dir das, so mitgenommen, wie du bist. Aber es zeigt deine Unfähigkeit – wie die jeder Frau –, aus einem Jungen einen Mann zu machen. Du bist emotional, impulsiv und kindisch. Denk nur daran, wie ich dich eben vorgefunden habe.«

»Ich war noch nie völlig allein mit ihm! Er langweilt sich, und er ist unglücklich. Ich werde dazulernen … Ich tu es bereits. Ich werde es besser machen …«

»Nein, Lucinda. Sein Platz ist bei Lisle, und deiner auch.«

»Ich werde diesen Mann nicht in die Nähe meines Kindes lassen.«

»*Sein* Kind. Du kannst den Bund der Ehe nicht wie eine bloße Laune betrachten: So habe ich dich nicht aufgezogen.«

Mein Vater sagte diese Dinge in Blickweite eben des Hauses, in dem er seine eigenen Indiskretionen verbarg. Abscheu stieg in mir auf, aber ich zügelte mich und sagte ruhig: »Lisle hat den Bund gebrochen, *er* ist der Ehebrecher, *er* ist der Lasterhafte, er ist ein …« Dieses letzte Wort brachte ich nicht heraus. Mein Herz kämpfte dagegen an, es auch nur zu denken. Mir war schlecht. Ich griff nach der Hand meines Vaters, die in einem Handschuh steckte, und versuchte, mich zu sammeln. »Er hat mich missbraucht«, fauchte ich. »Er hat *Dinge* getan …«

Mein Vater sah meine Hand in seiner und dann mich an. »Wie es sein Recht ist«, sagte er kühl.

Tränen schossen mir in die Augen, und ich stand erneut geblendet da, wie vor Mrs Farrar, Scham ließ meine Wangen glühen. Mein Vater ging weiter, als fiele ihm nichts von alledem auf. Ich dachte: *Vielleicht bleibe ich hier für immer stehen*, starr wie Lots Frau, der Wurzeln aus den Zehen sprangen und sich in die Erde bohrten, und Scham und Trauer verhärteten ihre Haut und versteiften ihre Glieder, bis sie im Wind ächzten. Es wäre so angenehm aufzugeben. Ich könnte hier im Moor stehen, bis alles Menschliche aus mir geblasen war und nichts als ein gefühlloser Stumpf von mir blieb.

»Ich habe dir eine Ruhepause gewährt«, sagte mein Vater über die Schulter. »Aber jetzt musst du zurück nach Hause.«

Das rüttelte mich wach. »Ich will die Scheidung«, sagte ich kühn und folgte ihm durch den Wind. »Die ist *möglich*. Seine Ehebrüche sind wohlbekannt.«

Er schüttelte den Kopf. »Das reicht nicht.«

»Dann werde ich sagen, was er mir antut!«

»Alle Männer tun das mit ihren Frauen! Du willst deine Familie vors hohe Gericht zerren, weil *du* nicht ertragen kannst, was andere zehnfach ertragen? Du hast zu essen, oder? Wenn er dich schlägt, dann nicht ständig, wenn er sich ehebrecherisch verhält, dann kaum zu deinem Nachteil, da du seine Aufmerksamkeit ablehnst. Du hast Muße, Unterhaltung, schöne Kleider.« Er schüttelte bedauernd den Kopf. »Du hast nicht ein Argument auf deiner Seite.«

»Aber ich …«

»Ist dir klar, dass du dir bereits alles verscherzt hast? Vielleicht hättest du Stanley, bis er sieben ist, für dich gehabt, aber nach dieser Vorstellung …« Er hielt inne, drückte sich die Nasenwurzel und kniff die Augen zusammen. Als er sie wieder öffnete, waren sie voller Sorge. »Das ist Kindesentführung, Lucinda. Kein Gericht würde dich für eine taugliche Mutter halten.«

Ich kam mir wie eine Betrunkene vor, wankend und unwirklich. Entsetzen umwirbelte mich. Ich tastete nach Tatsachen, nach einer vernünftigen Entgegnung, wusste aber, dass ich zu nichts anderem fähig war als einem unausgegorenen Gefühlsaubruch, der nur Wasser auf seine Mühlen wäre. Ich sackte in mich zusammen und biss mir auf die Zunge.

»Das Wasser geht zurück«, sagte mein Vater. »Du kannst sicher nach Hause, und über diese leidige Episode muss niemand ein Wort verlieren. Du hast einfach deinen Besuch in Scarborough etwas verlängert, sonst nichts.«

Das Licht ging zurück, und der Pfad, der in einem weiten Bogen um das Haus herumführte, näherte sich ihm wieder. Ich sah zu den Fenstern hinauf und hoffte, Stanley dort zu entdecken, aber mein Blick wurde vom oberen, von innen vernagelten Fensterflügel angezogen. Etwas dort war ungewöhnlich, ohne dass ich zunächst hätte sagen können, was, doch dann sah ich es: eine weiße Hand, eine Handfläche und Finger, die von innen gegen die Scheibe drückten.

Ein Schauder durchfuhr mich, aber ich blieb nicht stehen, sondern ging weiter, starrte dort hinauf und konnte kaum glauben, was ich sah. Wer war da in meinem Zimmer? Wie war das möglich? Es war *nicht* möglich, man kam an die Scheibe nicht heran. Nicht mal ein so schmaler, dünner Junge wie Stanley hätte zwischen Holz und Glas gepasst. Und doch war sie da, diese bleiche Hand, die Finger gleichermaßen bettelnd auf der Scheibe gespreizt. Mein Vater redete weiter, Mariana würde keinen Ton verlauten lassen, Lisle hätte mir meine Dummheit schon vergeben … und ich sagte nichts. Es war ebenso ein Wahnsinn, von Geistern und Aberglauben zu reden wie von Scheidung und Mutterliebe. Der Druck in meinen Augen. Ich presste meine kalten Hände auf sie, um den Schmerz zu vertreiben. Es war so lange her, dass ich richtig geschlafen hatte.

»Pa«, sagte ich. »Wie kommt es, dass dir dieses Haus gehört?«

»Die Thwaites, das war die Familie meiner Mutter. Und Emily Thwaite, die letzte Mrs Thwaite, war ihre älteste Schwester. Sie hat ihren Mann verlassen.«

Ah. Das war es. »Vielleicht hatte sie einen guten Grund?«, sagte ich.

»Und ihre Kinder, die hat sie auch verlassen«, erwiderte er. »Sie wurden weggeschickt. Ihr Vater konnte sie kaum allein großziehen. Er wurde nicht alt, und ich fürchte, sie auch nicht. Vielleicht denkst du, Frauen sind unwichtig, aber ein Kartenhaus kann ebenso gut von einer Lusche wie von einem Ass zum Einsturz gebracht werden.«

»Und was wurde aus ihr?«, wollte ich wissen.

»Wer kann das sagen? Vielleicht ist sie nach Paris oder London … an einen der Orte, wo die Unglückseligen enden. Flach auf dem Rücken in der finsteren Ecke einer verrufenen Gegend. Es würde mich nicht wundern.«

Wir hatten die hohe Gartenmauer erreicht und betraten das Grundstück durch ein kleines Tor darin. Ich sah erneut zum Fenster hinauf, doch da war keine Hand mehr – da waren nur die alten Bretter zu erkennen, schwarz wie eh und je.

»Ich weiß, was hier vorgeht«, sagte ich leise. »Die Frauen.«

Er blieb stehen und sah mich lange an. »Und?«

»Wenn es herauskäme …«

Er lachte. »Mach dich nicht lächerlich. Es gibt einen Unterschied zwischen Geheimnissen und Dingen, die niemand wissen will: Wenn du eine große Sache daraus machen willst, endet es schlimmer für dich als für mich.«

Die Dämmerung zog an diesem Nachmittag verstohlen herauf. Es gab keine langen Schatten oder goldenen Sonnenstrahlen, allein das schwächer werdende Licht. Die Dunkelheit sickerte wie Nässe herab. Als wir die Veranda erreichten, drückte mein Vater meine Hand. »Ich weiß, du bist ein gutes Mädchen. Ich hole dich und Stanley morgen ab.«

~

An diesem Abend schlief Stanley wie schon an den vorhergehenden auf dem Sofa ein, während ich las. Es war unmöglich, dass er allein nach oben schlafen ging: Der Gedanke, dass mir irgendein grausiges Wesen den Weg zu ihm versperren könnte, war unerträglich. Was mich selbst anging, so war mir schlecht vor Kummer. Ich hatte gedacht, mein Vater wollte uns hier in Sicherheit bringen, tatsächlich aber war nun klar, dass er auf Lisles Seite stand. Die Scheidung, nach der ich so stürmisch verlangt hatte, war unmöglich, und selbst wenn mir mein Vater erlauben würde, hierzubleiben – gäbe Mr Thwaite keine Ruhe. Ich betrachtete Stanley, wie er neben mir auf dem Sofa lag, und wusste, wenn er zurück zu Lisle musste, blieb mir nichts anderes übrig, als mit ihm zu gehen. Auch wenn es bedeutete, dass er Zeuge meines Elends wurde, auch wenn er mich am Ende verachtete, auch wenn er zu einem Mann wurde, den ich fürchtete. Mein Platz war an seiner Seite.

Ich stand leise auf, sammelte unsere wenigen Dinge ein und packte sie in meine Tasche. Dann nahm ich ihn auf den Arm. Er war schwer und wollte nicht recht, als ich ihn hochhob. Doch dann merkte er, dass ich es war, und legte den Kopf auf meine Schulter, und sein Körper entspannte sich. Ich hätte ihn ewig so halten, die Wärme hinter seinem Ohr einatmen und das völlige Vertrauen genießen können, das in seinen auf mir ruhenden Händen zum Ausdruck kam. Stattdessen trug ich ihn nach oben ins Bett.

Mr Thwaite kam erst spät und ließ die Kerze flackern. Ich setzte mich auf, meine Geduld war ziemlich am Ende. Jetzt, wo ich mich entschieden hatte, wieder zu gehen, brachten seine einschüchternden Attacken mein Blut in Wallung. »Hauen Sie ab!«, sagte ich. »Lassen Sie mich in Ruhe!«

Schon lief er wieder wütend draußen auf und ab, klackerte gegen das Geländer und ließ die Dielen knarzen. Ich hörte einen Schlag und das Klirren von Glas. Da war zweifellos ein Bild von der Wand gefallen.

»Ihr Wunsch wird erfüllt«, sagte ich. »Ich gehe zurück. Lassen Sie mich schlafen, ich bitte Sie.«

Von unten schallte ein weiteres Krachen herauf: Offenbar war das Floß der Medusa zu Boden gegangen. Ich hatte ihn noch nie so fieberhaft erlebt. Seine Schritte ließen die Dielen erbeben, die Bettvorhänge erzitterten, und die Wassergläser auf der Kommode klirrten gegeneinander.

Ich stand auf und hockte mich vor die Tür, die Kerze zu meinen Füßen. Ich glaubte ihn auf der anderen Seite zu spüren, eine knisternde, alles schwärzende Präsenz, voller Ungeduld. Ich dachte: *Morgen, wo immer ich auch sein werde, werde ich schlafen,* und empfand eine trübe, dumme Freude. »Mr Thwaite«, sagte ich.

Ein Knurren oder etwas Ähnliches.

»Mit mir haben Sie keinen Ärger. Ich bin nicht Ihre Frau. Mrs Thwaite ist nicht mehr, und Sie müssen auch gehen.«

Stille. Eine lange Stille. Alles, was ich hörte, war Stanleys Ein- und Ausatmen auf dem Bett, den Gezeiten eines ruhigen Abends gleich, sanft, unbeirrbar, beständig. Ich war ihm bisher keine gute Mutter gewesen, würde aber eine bessere werden. Ich akzeptierte, dass ich uns nicht so befreien konnte, wie ich es mir vorgestellt hatte. Gäbe es keinen Lisle, wären da andere Männer, denn bei denen hieß es: einer für alle, und alle für einen. Die Männer waren eine Hydra, die ich nicht besiegen konnte. Und sogar die Toten machten mit! Kniend drückte ich die Stirn gegen die Tür. Die Erleichterung, die mir die Aussicht auf körperliche Erholung nach dem Aufenthalt hier verschaffte, wurde durch die Trauer um die kurze, rosige Hoffnung gedämpft, die in Scarborough in mir aufgeblüht war, als ich Stanley über den Sand hatte laufen sehen. Diese Hoffnung war nicht mehr. Ich konnte nicht gewinnen. Ich gab auf.

Und dann hörte ich wie zur Bestätigung, dass der Riegel vorgeschoben wurde.

Was! Ich sank auf die Fersen, versuchte die Tür vorsichtig aufzudrücken, dann hektischer. Sie war verschlossen, das war sicher, von außen verschlossen. Ich stand auf und rüttelte am Türknauf, traute mich aber nicht, noch mehr Kraft aufzuwenden, um Stanley nicht zu wecken. So grausig die Situation für mich sein mochte, wie viel grausiger noch wäre sie für meinen Jungen, wenn er mitbekam, was hier gerade geschah!

»Es gibt keinen Weg hinaus«, war eine tiefe, krächzende Stimme zu hören. Meine Kerze verlosch, als hätte sie jemand zwischen Zeigefinger und Daumen ausgedrückt. Ich unterdrückte meinen Aufschrei halb. Noch brannte eine zweite Kerze auf der Kommode, doch auch die verlosch in diesem Moment. Es war finster wie in einem Grab – so ohne jedes Licht, dass meine Augen es zu erfinden versuchten. Rote und grüne Flecken schwollen vor mir an und zerstäubten. Ich versuchte ein weiteres Mal, die Tür zu öffnen. Erfolglos. Ich tastete mich entlang der holzvertäfelten Wand zum Fenster vor, Hand für Hand, und stolperte über Dinge, an die ich keine Erinnerung hatte. Ich hoffte, etwas Mondlicht hereinlassen zu können, bekam die Finger aber nicht unter die Bretter, sie waren zu fest vernagelt. Mein Herz hämmerte. Ich setzte mich seitlich aufs Bett, legte die Hände in den Schoß und verschränkte immer wieder die Finger.

Mehr Geräusche von unten. Jetzt aus der Küche. Gläser zerschellten auf den Steinfliesen, Töpfe schepperten. »Du gehst nicht!«

Er machte weiter, lief wie eingesperrt auf dem Treppenabsatz hin und her, und zwischendurch wurden seine Schritte durch Ausbrüche von Aktivität unten unterbrochen. Bücher donnerten aus den Regalen, Stühle tapsten von einem Bein aufs andere. Es ging nicht länger darum, mich einzuschüchtern, er drehte eine Ehrenrunde. Er war der Sportler, der, als sein Gegner am Boden lag, noch mal nachsetzte, weil es ihm nicht genügte, ihn einfach nur zu schlagen. Er wollte ihn, wollte mich zerbrechen.

Ich legte mich neben Stanley, oben aufs Bettzeug, und ließ Mr

Thwaites Wut ein weiteres Mal die Luft um meinen Kopf aufwühlen. Eine Träne rann mir übers Gesicht, heiß und in den Falten des Ohrs dann kalt. Ich wischte mir über die Augen, aber es kamen immer noch mehr Tränen. Ich dachte darüber nach, dass ich zurück zu Lisle musste und wie viel grausamer er nun sein würde, nachdem ich zu entkommen versucht und es nicht geschafft hatte. Vorher hatte es keinen Grund für Vorwürfe gegeben, und es wäre nicht richtig gewesen, mich *so* schlecht zu behandeln. Aber jetzt … Nun, ich hatte ihn provoziert. Mein Ausflug würde alles rechtfertigen, was er mir antun wollte.

Etwas verlangte nach meiner Aufmerksamkeit. Etwas Sanftes, Zögerliches, nichts wie Mr Thwaite, aber doch ähnlich unleugbar. Ich kann nicht sagen, dass ich etwas gesehen, gehört oder mich etwas berührt hätte. Aber ich war mir unversehens einer weiteren Präsenz im Zimmer bewusst.

Emily.

Es gab keine Worte. Ich hatte das Gefühl, dass mich die Luft grüßte.

Emily, Emily, solch eine Substanzlosigkeit!

Sie stand am vernagelten Fenster, das keinerlei Mondlicht hereinließ, neben der Kerze, die verloschen war. Und doch sah ich sie, mottenfarbig, schmuddelig, in der um sie herumschwimmenden Dunkelheit schwankend. Sie trug ein helles Kleid im Stil von vor sechzig Jahren, voller Flecken, und sein Saum wie auch die der Unterröcke hingen in unterschiedlichen Längen und Fetzen herunter, nachdem aus Gründen, über die ich mich nicht nachzudenken getraute, einzelne Stücke aus ihnen herausgerissen worden waren. Ihr Haar war lang und zottig, und sie war dünn, so dünn wie jemand, der lange tot war, sodass die Gelenke wie Knollen hervortraten und ihre dürren Lippen Mühe hatten, sich vor ihren Zähnen zu schließen. Ihre Augen lagen schwer in tiefen Höhlen.

Draußen stürmte immer noch Mr Thwaite herum und murmelte: »Niemals! Niemals! Niemals kommt *sie* hier heraus!«

Ich presste mir die Hand auf den Mund. Mrs Thwaite war nicht weggelaufen. Vielleicht hatte sie damit gedroht – vielleicht hatte sie es versucht –, aber sie hatte es nicht geschafft. Hier in diesem Zimmer hatte sie gehockt und ihren herumwütenden Mann gehört, dazu die gedämpften Stimmen ihrer Kinder, als sie wegfuhren. Sie musste verfolgt haben, wie das Licht in ihrem Fensterspalt die Farbe wechselte, die Stunden gespürt und gesehen haben, wie sich die Jahreszeiten dehnten und verkürzten. Hilflos wartend. Niemand kam sie holen, am Ende nur der Tod. Sie wandte den Kopf auf ihrem gerupften Vogelhals und sah mich an.

Ich wich zurück, aber etwas ließ mich zögern. Trotz ihrer fürchterlichen Erscheinung strahlte sie eine gewisse Liebenswürdigkeit aus, und obwohl sie sich nicht bewegte, schien sie zu kommen und sich zu mir zu setzen, so wie Marianne es früher getan hätte, wie es jede liebe Freundin tun würde, um mir in meinem Unglück beizustehen.

Ich hatte schon seit langer Zeit kein solches Mitgefühl mehr empfunden und weinte umso heftiger. So hatte sie hier auch mit den anderen von meinem Vater hergebrachten Frauen gesessen, während sie darauf warteten, dass das Mittel wirkte, oder nachdem der Doktor bezahlt worden war. Vielleicht waren auch eine oder zwei Frauen länger hier gewesen, schwer an einem Kind tragend, das sie nicht haben durften. Sie hatte ihnen beigestanden – und sie war auch die ganze Zeit bei mir gewesen, hatte die Küche mit Wärme und meine Gedanken immer wieder mit einem Gefühl von Sicherheit und Sanftmut erfüllt, während ihr Mann mir den Schlaf zu rauben versuchte.

Stanley seufzte und drehte sich um. Ich legte ihm eine Hand auf die Schulter, um seine geliebte Wärme zu spüren, sein Fleisch, seine Knochen, wie sich der Körper hob und senkte. Und eine stille Botschaft erreichte mich:

Du kannst hier weg.

Ich zögerte.

Du *musst* hier weg.

»Mein Vater bringt mich morgen nach Hause«, sagte ich.

Emily Thwaite schüttelte den Kopf. *Nein! Nein! Geh nicht mit ihm.* Unter Mühen trat sie vom Fenster in die Mitte des Zimmers, die Glieder zu steif, die Sehnen zu gedehnt. Sie taumelte und torkelte wie eine Marionette. Ich spürte den Luftzug ihres Kleides, als sie an mir vorbeikam. Ihre Haare waren ein wildes Gebüsch, ihre Nägel lang und gelb. Sie deutete auf die Tür.

Thwaite ist deine Warnung, erklärte sie mir. *Ich bin deine Warnung.*

Ich sah Scarborough. Das rosafarbene Licht und das goldene Leuchten des Sandes. Die rot gefrorenen Hände meines Sohnes, seine freudig zusammengekniffenen Augen. Wenn es dunkel wurde, würden wir gemeinsam den Berg hinaufgehen und die Stufen zählen, und ich würde mich nicht beklagen, dass er uns aufhielt, sondern mein Gesicht den Sternen zuwenden und mir wünschen, dass es niemals aufhören musste.

~

Ich erwachte, weil jemand an der Tür rüttelte, und war zunächst zu verwirrt, um sagen zu können, ob ich wachte oder träumte. Ich schrie auf, als der Riegel zurückfuhr und sich die Tür öffnete. Graues Tageslicht fiel vom Flur herein, nicht viel, aber doch genug, um zu sehen, dass mein Vater dort stand.

»Was ist passiert?«, fragte er verblüfft. »Was ist unten geschehen? Wer hat dich eingeschlossen?«

Ich rieb mir die Augen. Ich lag immer noch oben auf dem Bettzeug, voll angezogen wie am Abend zuvor, Stanley wie ein Siebenschläfer eingerollt unter der Decke neben mir. Meine letzte Erinnerung war die an Mrs Thwaite, an ihr verhärmtes Gesicht, die ausgestreckte Hand.

»Was ist geschehen?«, fragte mein Vater noch einmal. »Wer war das?«

»Stanley muss die Tür zugeknallt haben«, sagte ich. »Mir ist öfter schon aufgefallen, dass der Riegel nicht ganz verlässlich ist.« Mein Herz hämmerte immer noch – sähe er genau hin, würde ihm auffallen, wie mein Puls die Biesen auf meiner Brust und meine Bündchen zittern ließ. Ich stand auf, strich mir die Röcke glatt und ging hinüber zum Frisiertisch. »Ein Glück, dass du gekommen bist«, bemerkte ich leichthin.

»Wenigstens bist du angezogen und fertig«, sagte er und kam ungewöhnlich zögerlich ins Zimmer. Ich betrachtete ihn im Spiegel, aber er sah nicht zu mir her, sondern wandte sich Stanley zu. Er behielt den Blick absichtlich dort, während ich mir das Haar bürstete und scheitelte und dann ans Fenster trat, wo Emily Thwaite in der Nacht gestanden hatte. Ich studierte die angenagelten Bretter.

»Es war nicht schön, hier oben eingeschlossen zu sein«, sagte ich und strich mir übers Haar. In Spiegel sah ich, wie eine andere Gestalt neben ihn trat, bleich und knochig, ein Fleck auf dem Glas, ein gebrochener Lichtstrahl. *Du kannst gehen*, sagte sie.

Mir wurde schwindelig, und ich drückte meine Hände auf den Tisch, um ihrem Zittern Einhalt zu gebieten, doch sie wollten nicht aufhören. Meine Ellbogen stießen gegen die Schubladengriffe. »Ist Mrs Farrar da?«, fragte ich. »Ich muss mich von ihr verabschieden.«

»Ich habe ihr gesagt, dass sie heute nicht zu kommen braucht. Aber wie ich sehe, wird sie am Dienstag einiges zu tun haben, um alles wieder in Ordnung zu bringen.«

Ich nickte, steckte eine letzte Strähne fest und warf einen Blick zum Bett hinüber, wo sich Stanley aufsetzte und umsah. »Du bist wach! Komm, mein süßer Junge. Bist du bereit für ein Abenteuer?«

Er schüttelte den Kopf und ließ sich wieder zurücksinken. »Mama, nein.«

»Es ist das letzte Mal«, sagte ich. »Danach gibt es kein Durchs-Land-Sausen mehr.« Ich ging zu ihm, nahm ihn auf den Arm, wiegte ihn hin und her und steckte ohne weitere Scham meine Nase hinten in seinen Nacken, obwohl ich doch wusste, dass mein Vater mir zusah. Emily Thwaite sah *ihm* zu, und während sich Tadel und Trauer in ihrer Miene vermischten, fand ich zu einem weiteren Gefühl: Entschlossenheit. Ich zog Stanley an, während er sich noch ganz warm vom Schaf an mich drückte, und wieder hörte ich Mrs Thwaites Stimme: *Du kannst gehen. Du* musst *gehen.*

Sie hielt sich nahe an der Wand, bewegte sich kauernd voran, langsam, wobei sie den Blick auf meinen Vater gerichtet hielt, wie ein gefangener Panther, der, so geschwächt und ausgemergelt er sein mochte, immer noch seinen vollen Instinkt besaß. Ich begann mich zu fürchten.

Ich werde seine Warnung sein, flüsterte Mrs Thwaite. *Er wird wissen, was er getan hat.* Mein Vater ließ den Blick über die Bücher auf der Fensterbank gleiten, geschmacklose Romane, die ihn den Mund verziehen ließen.

»Wir fahren mit Großvaters Kutsche«, erklärte ich Stanley bester Laune.

»Die mag ich nicht«, sagte er und versteckte sein Gesicht in meinem Rock.

»Heute ist es anders.«

Eine Atmosphäre begann das Zimmer zu füllen, die sich wie ein Parfüm darin ausbreitete, süß, geduldig und kummervoll. Emily Thwaite saß in der Ecke und drückte die Stirn gegen ihre gefalteten Hände, und einen Moment lang dachte ich, dass auch mein Vater sie sähe, denn er blieb vor dem Spiegel stehen und betrachtete das Zimmer in ihm. Es gab vieles, was er sehen, darunter einiges, was ihm Sorgen bereiten mochte. »Kommst du?«, fragte ich ihn, nahm meine Tasche und schob Stanley vor mir aus dem Zimmer.

Er wirkte nachdenklich, als ergriffe ihn etwas, was er bis dahin noch nicht gekannt hatte. »Sofort«, sagte er.

Stanley tappte bereits die Treppe hinunter. Ich wartete, bis mein Vater mir den Rücken zukehrte, schloss die Tür und schob langsam und leise den Riegel vor.

Die Diele lag voller Scherben und dahingeworfener, aufgeschlagener Bücher, die Küche war ein Schlachtfeld. Der Mantel meines Vaters lag über dem Dielenstuhl, und ich durchsuchte seine Taschen, bis ich seinen Geldbeutel fand und im Futter einen Stapel Geldscheine, der uns eine Weile über Wasser halten würde.

Stanley sah mir zu und zog die Brauen zusammen.

»Das ist schon gut so«, sagte ich. »Großvater kommt später nach. Setz deine Mütze auf.«

Ich nahm seine Hand, und wir gingen hinaus. Vor den Stufen wartete die Kutsche, die Pferde warfen die Köpfe hin und her, und als die Sonne herauskam, konnte man quer durchs Tal sehen, in dem ein perlmuttfarbener Nebel hing. Fenster von Farmhäusern und Cottages blitzten auf, und der Schornstein der Mühle ragte wie aus einer Luftspiegelung in die Höhe. Die Felder, die Bäche und die gewundenen Mauern und Weißdornhecken strahlten im rosa Dunst. Ich legte die Arme um Stanley und drückte ihn fest an mich. Dann half ich ihm in die Kutsche und sah noch einmal zum Haus. Die Fenster waren leer.

»Fahren Sie«, sagte ich. »Bringen Sie uns nach Scarborough.«

Natasha Pulley

DIE AAL-SÄNGER

KEITA MORI KONNTE sich an die Zukunft erinnern, und wenn er ehrlich war, was nicht oft vorkam, gefiel ihm das nicht.

Glücklicherweise war er ein schlechter Schauspieler, sodass Ehrlichkeit keine besonders große Rolle spielte, und Thaniel war schon lange genug sein Untermieter, um zu sehen, wenn er unglücklich war.

Heute Abend gingen sie über den Weihnachtsmarkt des japanischen Dorfes in Knightsbridge. Als Thaniel vor ein paar Jahren hergezogen war, war das Dorf noch eine kleine Sache gewesen, eingerichtet in einem einzelnen großen Ausstellungsraum. Aber es hatte sich als so beliebt erwiesen, dass es nach einem Brand weit größer wieder aufgebaut wurde, mit schönen Brücken draußen, Pagoden und hellen Schreinen mit Gebetsglocken. Die Leute, die im Dorf lebten, durchweg Künstler, hatten alles für die Weihnachtszeit hinausgebracht. Es gab Stände und Lichter, die emaillierten Schmuck schimmern ließen, Sonnenschirme und ganze Ballen Kimonoseide. Die Besitzerin des Teeladens hatte zusätzliche Leute eingestellt, die Tabletts mit heißem Matcha-Tee herumtrugen, der so herrlich grün war, dass er Thaniel an das prächtige Moos erinnerte, wie es in den üppigsten Wäldern wuchs. Man konnte ihn kaufen, mit Sake oder Whisky, und sein Dampf wand sich zusammen mit dem Pfeifenrauch der Leute süß und heiß in die Nachtluft, vom Licht der Laternen orange gefärbt. Das Gemurmel rechts und links war eine Mischung aus Englisch und Japanisch, und in der Luft war ein glückliches Perlen zu spüren, ganz so, als hielte man die Fingerspitzen über ein frisch eingeschenktes Glas Champagner.

Mori wirkte so fragil, dass es schien, die Kinderstimmen ringsum könnten ihn bald schon zerbrechen.

»Beschäftigt dich etwas?«, fragte Thaniel und schlug den Kragen seines Mantels gegen die Kälte hoch.

Direkt vor ihnen verhandelte Six mit dem Feuerwerkmacher, der besorgt schien, ihr nicht gewachsen zu sein.

»Wir sollten ihn retten«, sagte Mori und nickte zu ihnen hin. »Bevor sie ihm mit noch mehr Statistiken kommt.«

»Sonst noch was?«, sagte Thaniel, der sich mit Ablenkungstaktiken auskannte.

»Ich … Nein, alles in Ordnung«, sagte Mori. Schon näherten sie sich dem Stand des Feuerwerkmachers, und das knisternde Funkengewitter der Wunderkerzen tauchte Mori in ein schonungsloses Licht. Sein Haar und seine Augen sahen aus wie schwarzes Glas. Er zuckte zusammen und schob eine Hand unter das Matcha-mit-Whisky-Tablett eines Jungen, eine Sekunde, bevor der es fallen ließ, weil er von einem vorbeikommenden Hund angerempelt wurde. Mori gab es ihm zurück.

Thaniel betrachtete das Tablett mit schlechtem Gewissen. Wahrscheinlich war es nicht gerade ehrbar, das zu denken, aber Mori stammte aus einem der ältesten Samurai-Häuser Japans, das Tausende von Jahren darauf verwandt hatte, zarte Ladys von unter anderthalb Metern sowie kristalline Ritter hervorzubringen. Eine Tasse schon würde Mori ziemlich schnell betrunken und ehrlich werden lassen.

Mori wandte den Blick ab, just bevor Six mit einer Papiertüte mit weit mehr Feuerwerkskörpern zu ihnen gelaufen kam, als der Feuerwerkmacher einer Achtjährigen normalerweise verkauft hätte. Wie immer ließ sie sich nicht bei der Hand nehmen. Stattdessen stahl sie Moris Taschenuhr und dann Thaniels, sodass sie an den zwei kurzen Ketten zwischen ihnen gehen konnte.[1]

Thaniel stieß sie an. »Wozu all das Feuerwerk, Liebes?«

»Das ist für Weihnachten, dann fühlt es sich für Mori mehr wie Neujahr an und nicht wie ein heidnisches Fest anlässlich eines Einbruchs und eines sich sorgenden Perversen«, erklärte sie ihm.

»Okay«, sagte Thaniel. »Okay. Und zum hundertsten Mal, *für euch beide*: In der Weihnachtsgeschichte geht es *nicht* um einen Einbruch und einen sich sorgenden Perversen. Der Erzengel Gabriel erscheint der Jungfrau Maria, um ihr die gute Nachricht zu überbringen, dass der Heilige Geist über sie kommen wird, das ist alles!«

»Tu mir einen Gefallen, Six«, murmelte Mori, »und lauf weg, wenn dir irgendein wahnsinniger Fremder mit seinem Heiligen Geist kommen will.«

Thaniel drohte ihm mit der Faust.

Sie hatten den Weihnachtsmarkt wieder verlassen, und Thaniel hätte fast nicht gemerkt, dass Mori unversehens am Rand des Bürgersteigs stehen geblieben war. Sie wollten die Straße überqueren, auf der es von Droschken, Pferden und Leuten, die zum oder vom Markt kamen, nur so wimmelte. Ein Omnibus mit einer Reklame für Lipton's Tea auf der Seite kam auf dem Eis ins Schleudern und fuhr kurz auf zwei Rädern, bevor er zurück aufs Pflaster knallte. Ein paar Mädchen applaudierten dem Fahrer.

»Kei?«, sagte Thaniel.

Mori lächelte schwach. »Entschuldige«, sagte er. »Es ist viel Verkehr, oder?«

---

1 Sie waren so etwas wie eine zufällige Familie. Six hatte für Mori gearbeitet – er hatte sie im örtlichen Armenhaus gefunden, aber eines Tages nicht wieder zurückgebracht, und jetzt wohnte sie bei ihnen auf dem Dachboden. Six sagte, sie würde sie beide gern adoptieren, wenn sie denn höflich und ruhig blieben.

Thaniel brauchte einen Moment, um ihn zu verstehen. Als er es tat, ärgerte er sich, nicht schon vorher daran gedacht zu haben. Natürlich, wenn du ein Hellseher warst, musste eine geschäftige, vereiste Straße ein wilder Wust potenziell schrecklicher Erinnerungen daran sein, von Rädern oder Hufen zermalmt zu werden.[2]

Man konnte Mori nicht fragen, ob er für eine Minute stehen bleiben wollte, bis er sich besser fühlte. Er reagiert auf Sorge wie die meisten Leute darauf, verflucht zu werden.

»Six«, sagte Thaniel stattdessen, »sollen wir uns an dem Stand dort eine heiße Schokolade kaufen?« Es gab eine Schlange, und so würde der Verkehr ausreichend Zeit haben, sich zu beruhigen.

Six war nicht unbedingt begeistert. Eine heiße Schokolade stand nicht auf dem Plan eines normalen Nachhausewegs, und spontane Änderungen waren nicht das, worauf sie aus war. Hätte sie die Möglichkeit gehabt, sie drei auf Schienen zu stellen, mit einem klaren Fahrplan und ohne Haltestellen zwischendurch, hätte sie es getan.

Thaniel drückte ihre Schulter und versuchte sie wissen zu lassen, dass er das nicht gefragt hatte, um sie zu ärgern. Er sah, wie sie

---

2 An was Mori sich erinnerte, waren *mögliche* Zukünfte. Erst hatte Thaniel gedacht, das müsse beruhigend sein, weil der Umstand, dass es sich nur um *mögliche* Zukünfte handelte, bedeutete, dass nichts in Stein gemeißelt war. Wenn Mori sich erinnerte, von einem Einspänner überfahren zu werden, hieß das nicht, dass es auch so kam, nur dass die klare Möglichkeit bestand. Aber Moris Einstellung dazu war, dass wenn du dein Leben damit zubringen musstest, dich daran zu erinnern, gleich die Treppe herunterzufallen, ermordet zu werden oder anderweitig schwere Unannehmlichkeiten erlitten zu haben, es dann ein Wunder war, nicht über kurz oder lang als nervöses Wrack zu enden. Und dafür war Mori nicht der Typ, und so war es für gewöhnlich unmöglich zu sagen, ob er sich gerade an etwas Fürchterliches erinnerte. Er besaß eine jener gepanzerten Seelen, die eher einem unsinkbaren Luxus-Ozeandampfer als einem der anfälligen Schoner glichen, mit denen die meisten Leute vorliebnehmen mussten – wobei er mit finsterer Miene meinte, es könne immer Eisberge geben.

Mori betrachtete. »Ich denke«, sagte sie mit ernster Miene, »das wäre großartig.«

~

Moris Werkstatt im Haus in der Filigree Street war über Weihnachten geschlossen. Als sie hineingingen, überkam Thaniel eine Welle der Erleichterung, was ihn sich schuldig fühlen ließ. Er liebte die Werkstatt und all die schimmernden Apparaturen darin, aber es war gut zu wissen, dass niemand kommen und die Glocke auf der Theke läuten würde. Bis Neujahr gehörte das Haus ihnen allein, mit Feuern in allen Kaminen und Lichtern in den ins Treppengeländer gewobenen Stechpalmenzweigen. Mori machte die Glühbirnen selbst und gab den Drähten darin verschiedene Formen. Es gab Bäume, Sterne und ein japanisches Schloss. Ihr Licht war honigfarben und voller Behaglichkeit.

Als Thaniel gegen Mitternacht ins Bett fiel, nachdem Mori Six etwas Glühwein gegeben hatte, schlief er fast sofort ein. Seine Rippen schmerzten, so sehr hatte er lachen müssen. Gewöhnlich war Six ein ruhiges Mädchen, aber leicht betrunken hatte sie ihm eine Predigt gehalten, warum es so verstörend war, wenn er unerwartet den Mantel wechselte, und wäre es so *schrecklich*, wenn er so etwas auf die Liste in der Küche mit den »Bedeutenden Dingen, die heute geschehen können« setzte?[3]

---

3 Die Liste der »Bedeutenden Dinge« war einer der Vorteile, mit einem Hellseher zusammenzuleben. Mori notierte mögliche Vorfälle darauf, so wie er sich an sie erinnerte – ein eventueller Selbstmord in der U-Bahn morgen früh, Dauerregen. Für Dinge, die Six betrafen, gab es eine extra Spalte. Dienstag: Mistress Jenkins könnte einen spontanen Schulausflug ins Vivarium verkünden. Six war der Meinung gewesen, Mistress Jenkins hätte für den spontanen Ausflug den Tod verdient. Es hatte einige Zeit gedauert, bis Mori sie auf einen Streich mit etwas Puderzucker heruntergehandelt hatte. Thaniel hätte sich wahrscheinlich einmischen und hervorheben sollen, dass die

Er war nicht sicher, wie viel Uhr es war, als ihn etwas weckte. Thaniel setzte sich im Bett auf und lauschte. Er hatte das dumpfe Gefühl, dass es ein Knall gewesen war, aber die Erinnerung war schlafvernebelt, und er fuhr zusammen, als es an der Tür klopfte.

»Ist alles in Ordnung, Six?«, sagte er ins Dunkel hinein. Er musste gehört haben, wie sie die Leiter vom Dachboden heruntergekommen war. »Es ist nicht abgeschlossen, Liebes.«

»Ich bin's«, sagte Moris brüchige Stimme. Er klang erschüttert. »Kann ich …«

»Ja«, krächzte Thaniel.

Sie lebten seit drei Jahren zusammen, und noch kein einziges Mal hatte Mori an Thaniels Tür geklopft. Es war immer andersherum, und Thaniel quälte sich jedes Mal, bevor er es tat. Er war nie sicher, ob er willkommen war. Mori ließ ihn hinein, aber Mori war Mori. Er war kein Engländer, war kein Christ und in einem Land aufgewachsen, wo ein Klopfen bei Freunden nichts bedeutete. Es bedeutete nicht, dass man verliebt war, nur höflich. Thaniel wagte nicht zu fragen, was von beidem es war. Es war feige, aber solange er es nicht wusste, konnte er hoffen. Mori kam leise herein, schloss die Tür hinter sich und ließ sich auf den Rand des Bettes sinken. »Danke. Entschuldige. Heftige Albträume.«

»Wegen der Straße?«, fragte Thaniel sanft. Er zog die Decke zurecht, damit Mori etwas davon abbekam. Mondlicht und Kälte fielen durchs Fenster, rautenförmige Schatten überzogen das Bett.

Mori nickte. »Es ist die Jahreszeit. Alles schwankt. Ich komme nie ganz zur Ruhe.« Er fuhr sich mit den Händen durch die Haare. »Es wird mit jedem Jahr schlimmer. Ich will nicht mal mehr

---

Fertigung primitiver Bomben nichts war, was normale Leute ihren Kindern beibrachten, aber er hatte zu großen Spaß an ihren Versuchen hinten im Garten.

rausgehen. Ich … ich erinnere mich ständig, überfahren zu werden oder hinzufallen oder daran, dass Six unter eine Kutsche gerät oder du, und an Krankenhäuser, Beerdigungen und …«

»Dann geh nicht raus. Dafür bin ich da«, sagte Thaniel, dankbar, für *irgendetwas* da sein zu können. Ganz allgemein war er es nicht. Er war im Außenamt angestellt. »Ich kann doch einkaufen gehen und so.«

Mori sah ihn verzagt an. »Aber das hieße, klein beizugeben.«

»Hör auf. Wenn ich etwas täte, was mir wehtut, wärst du der Erste, der mir eins draufgeben und sagen würde, ich solle es lassen.«

Mori lachte. »Stimmt.«

Thaniel legte vorsichtig einen Arm um ihn und zog ihn an sich. Eine dumme, überglückliche Erregtheit erfüllte ihn, als Mori ihn ließ. »Gibt es etwas, das helfen könnte? Können wir irgendwo hin, wo es ruhiger ist?«

»Wir können Six nicht mit in einen unerwarteten Urlaub nehmen, dann explodiert sie.«

»Auch sie muss sich mit der Realität abfinden«, sagte Thaniel. »Und … nenn mich ruhig einen Mistkerl, aber ich glaube nicht, dass man seinen Kindern seine Gesundheit opfern sollte. Dann hasst man sie am Ende nur.«

Mori schwieg für eine Weile, und als er etwas erwiderte, tat er es vorsichtig, ganz so, als testete er das Eis am Rand eines Sees. »Es gibt einen Ort, wo es nicht funktioniert.«

»Nicht funktioniert?«

»Das alles«, sagte Mori. Er berührte seine Schläfe. »Ich weiß nicht, warum.«

»Und woher weißt du, dass es da nicht funktioniert?«, sagte Thaniel, der mit der Vorstellung zu kämpfen hatte.

»Weil ich mich erinnere, dass wir einmal da waren, aber an

mehr nicht.« Mori zögerte. »Sonst kann ich mich an rein gar nichts erinnern. Was nicht normal ist. Es ist wie … eine Lücke im Gewebe des Ganzen.«

»Wo ist dieser Ort?«

»In den Fens. Richtung … Peterborough.«

»Ich dachte schon, du meinst die Mongolei«, sagte Thaniel ungläubig. »Peterborough, das sind nur ein paar Stunden mit dem Zug. Warum sind wir nicht schon da? Ich überrede Six.«

Mori sah ihn an, und in seinem Blick vermischten sich Freude und Scham, was Thaniel das glückliche Gefühl gab, etwas Nützliches getan zu haben, aber auch unerträglich jung und fehl am Platz zu sein.

Die Fens erstreckten sich grau und glitzernd in alle Richtungen. Es begann zu dämmern, und Thaniel hatte noch nie einen so weiten, großen Himmel gesehen, malven- bis zinnfarben von Horizont zu Horizont, über wogenden Schilfspitzen. Der Bahnhof hatte keinen Namen, es war nicht mehr als ein hölzerner Bahnsteig, ohne einen Schalter, ohne einen Wärter, nur mit einem Weg, der von einem Ende ins Marschland führte.

Thaniel war es egal. Er war einfach nur dankbar, aus dem Zug zu kommen.

Der Bahnsteig war das größte Ding im Umkreis von vielen Kilometern. Thaniel konnte kein einziges Gebäude sehen, bis auf etwas in der Ferne, das eine halbe Ruine zu sein schien. Sie mussten am falschen Ort sein. Hier waren seit Ewigkeiten keine Menschen mehr gewesen.

»Nein, es stimmt schon«, sagte Mori und sah aus, als hörte er ihm zu.

Der Hausmeister des Gästehauses sollte sie abholen, aber es war niemand zu sehen.

Thaniel wollte Mori fragen, was sie tun sollten, als er ein Licht sah, halb versteckt im Schilf, das weit höher wuchs, als er gedacht hatte – und dahinter eine Frau und einen Mann mit Schal und Mützen. Sie winkten.

»n'Abend!«, riefen die beiden.

»n'Abend!«, rief Thaniel dankbar zurück.

Six, die nie viel für neue Leute übrig hatte, nahm Moris Uhr und wickelte sich die Kette um die Hand, sodass sie nicht weiter als zehn Zentimeter von ihm wegkonnte. Thaniel eilte die Stufen hinunter, damit die Leute sie nicht für unhöflich hielten. Er musste kurz die Augen zusammenkneifen, weil sie viel näher waren, als er gedacht hatte. Etwas an der endlos flachen Landschaft sorgte dafür, dass sich kaum einschätzen ließ, wie weit oder nah etwas war.

»Hallo, ist jemand von Ihnen der Hausmeister?«

»Genau«, sagte die Frau. »Und Sie sind Mr Steepleton und Mr Mori? Hier entlang.«

»Ja, hier entlang«, sagte auch der Mann gut gelaunt. »Gibt es etwas zu tragen?«

»Nein, ist schon gut«, sagte Thaniel, der selbst in Diensten gewesen war. Er hasste Leute, die sich gleich all ihr Gepäck tragen ließen.

»Es ist ein Stück zu gehen«, warnte ihn der Mann.

»… ein Stück zu gehen«, fiel die Frau mit in seinen Satz ein.

»Wir schaffen das schon«, sagte Mori. »Wir brauchen etwas Bewegung. Es sind fünf Stunden von London hierher.«

Die beiden sahen ihn plötzlich mit eindringlicher Aufmerksamkeit an, was Thaniel ein ungutes Gefühl gab. An einem so abgelegenen Ort konnte man Ausländer nicht gewohnt sein. Aber sie lächelten beide. »Willkommen im Hreodwater!«

»Was ist das?«, fragte Thaniel, neugierig und erleichtert. Er stammte aus Lincolnshire, was nicht mal so weit von hier war, aber die Fens waren eine ganz eigene Gegend, und auch die Leute hier waren anders. Sie sahen sogar anders aus, hatten dunkles Haar und wässrig blaue Augen. Hier war seit den Dänen niemand mehr weit von zu Hause weg gewesen. Das Marschland hielt die Leute innerhalb seiner Grenzen. Und offenbar auch die Sprache.

»Oh …« Sie sahen einander an und lachten. Sie mussten sich seit Jahren kennen, weil sie es zur genau gleichen Zeit taten und auf die gleiche Art. »Nur der Ort hier!«

Thaniel sah instinktiv zu Mori hinüber, der ein wandelndes internationales Wörterbuch war. Aber Mori schüttelte den Kopf. Thaniel hatte noch nie erlebt, dass er so glücklich aussah. Sähe er ihn in diesem Moment zum ersten Mal, würde er ihn womöglich für einen Mann halten, der seit Jahren unter Migräne gelitten hatte und gerade jetzt spürte, wie sie ihn verließ.

»Keine Ahnung«, sagte Mori und fing ebenfalls an zu lachen, und die Hausmeisterin und ihr Mann stimmten mit ein. Thaniel lächelte; er war froh, dass es zu funktionieren schien. Six allerdings sah sie alle sonderbar an. Ohne ein Wort zog sie den Papierstreifen von einer der sich selbst entzündenden Long-Life-Wunderkerzen von Mr Tanaka und ging den schmalen Weg voraus. Ihr Schatten zuckte und sprang.

Einen halben Kilometer sahen sie nichts als Sumpf und Schilf. Nach London schmeckte die Luft hier süß. Thaniel hatte immer gedacht, dass es nur etwas war, was die Leute so erzählten, aber es stimmte, mit verbundenen Augen hätte er gesagt, dass da jemand Puderzucker in die Luft gewirbelt haben müsse. Süß, erdig und kalt. Zwischendurch sah er helle weiße Punkte und konnte nicht ausmachen, was es war, bis aus einem ein langer Hals herauswuchs. Schwäne, Dutzende von ihnen. Seine Perspektive kippte – er hatte, was er da sah, für viel kleiner und näher gehalten. Es war verblüffend, aber auch aufregend.

Und dann änderte sich das Gleichgewicht zwischen Wasser und Land. Der Weg endete und wurde zu einem hölzernen Steg, dessen Streben in einem Stück schwarzen Wasser verschwanden.

Es gab eine einzelne Insel, und auf der Insel, so unversehens wie klar, stand das Haus, plötzlich und einsam. Seine Lichter wirkten körperlos, und das auf eine Weise, die Thaniel an Alchemie denken ließ. Er sah Mori an und grinste. Er hatte so was noch nie gesehen, geschweige denn darin gewohnt. Er stellte fest, dass er auf ein Gespenst hoffte.

Die Hausmeisterin trat als Erste auf den Steg und ging voran, und wieder spielten ihnen die Fens einen Streich. Der Weg bis zur Insel war viel weiter, als er auf den ersten Blick erschienen war. Ihre Schritte hallten dumpf unter den hölzernen Bohlen nach, die so alt waren, dass ihre Oberfläche etwas schwammartig Nachgiebiges besaß. Moos überzog die Geländerpfosten. Es war mittlerweile dunkler geworden, und die Laterne der Hausmeisterin warf ihr Licht nur ein paar Meter voraus und ließ schwarze Streifen um den Saum ihres Rocks spielen.

Die Fens mussten von Zeit zu Zeit überflutet werden, denn eine hohe hölzerne Treppe führte zur Eingangstür des Hauses hinauf. Rings um das Haus lag ein Garten für Gemüse und Kräuter, doch der stand im Moment weitgehend unter Wasser und voller Schilf. Trotz des Lichts, das aus dem Haus fiel, bot es mit seinen hohen Mauern, scharfen Ecken und schmalen Fenstern einen düsteren Anblick, aber als die Hausmeisterin die Tür öffnete, strömte ihnen Wärme entgegen. Drinnen, auf dem großzügigen Küchentisch, stand ein Korb mit Lebensmitteln und einer Anleitung, wie man den Ofen einheizte (Gentlemen kannten sich da nicht immer so aus). Im Herd knisterte bereits ein Feuer, und alle Lampen brannten.

»Der Korb sollte Ihnen nützlich sein, das Dorf liegt gut drei Kilometer in der Richtung«, sagte die Hausmeisterin. Richtig im Licht wirkte sie so wässrig, als könnte sie jeden Moment verdampfen. Sie und ihr Mann deuteten gleichzeitig durch den Kamin hindurch, immer noch merkwürdig synchron. »Eine Karte liegt da an der Seite«, sagte sie.

»Da an der Seite«, stimmte ihr Mann mit ein.

»Nun«, sagte sie, und wieder strahlten beide Mori an. »Dann verlassen wir Sie jetzt!«

Thaniel dankte den beiden und brachte sie hinaus. Six war noch im Garten und schrieb mit der Wunderkerze ihren Namen in die Luft. Die Hausmeisterin und ihr Mann waren bald nur noch der Lichtschein ihrer Lampe, der auf dem Steg verblich. Als sie zu ihrem Boot kamen, begannen sie zu singen. Es war ein seltsames, unheimliches Lied, und sie setzten genau gleichzeitig ein.

Thaniel warf Mori einen Blick zu. »Sie sind nett. Auf eine … Wahrscheinlich-Jahre-in-einem-Keller-eingeschlossen-Art.«

Mori lachte, und Thaniels Herz schmerzte, denn normalerweise lachte er nicht so leicht. »Munter allerdings.«

Thaniel ging Six hereinholen, weil es kälter wurde und ein aschiger Schnee zu fallen begann. Als er mit ihr hineinkam, stand Mori vor dem offenen Herd und sah zu, wie die Flammen über die Kohlen leckten, als wäre er in Trance.

»Alles in Ordnung?«, fragte Thaniel nervös.

»Sieh, wie ruhig ich bleibe.« Er hielt seine Hand nahe an die Flammen. »Vielleicht sprühen Funken, vielleicht auch nicht, interessiert es mich? Kein bisschen. Deswegen lassen sich Leute mit dem Meer ein, oder? Du kannst dich nicht daran erinnern zu ertrinken, wenn es danebengeht. Himmel, du müsstest tatsächlich die Hand hineinhalten, um es zu spüren. Fühlst du dich *immer* so unsterblich?«

Thaniel lachte und setzte Wasser auf. »Weißt du, warum es hier nicht funktioniert?«, sagte er.

»Nein. Es fühlt sich so an …« Mori legte den Kopf zur Seite. »Es ist, als wäre die Gegend hier isoliert. Es gibt das auch anderswo. Aber es sind immer überschaubare Gegenden, ein paar Quadratkilometer hier und da. In Russland gibt es auch so einen Ort. Und ein paar oben im Himalaja. Ich kann nicht sagen, warum.«

Thaniel sah ihn entzückt an, denn ohne sein verdammtes Gedächtnis hatte Mori einen Akzent. Verständlicherweise, er war erst seit ein paar Jahren in England, und weder Englisch noch Japanisch ließ sich in weniger als zehn Jahren perfekt lernen. Thaniel hatte das selbst schon oft genug schmerzlich erfahren müssen. Er dachte immer, dass er langsam ziemlich gut war, doch dann erzählte ihm einer etwas über Politik, und alles, was ihm einfallen wollte, war, dass er Tintenfische mochte.

Six hatte in den Kamin gestarrt. Sie hatten ihn nicht angezündet, weil der Ofen so heiß war. Schon fiel Schnee durch den Schlot und landete auf dem Rost. »Da ist eine tote Katze drin«, berichtete sie. »Darf ich sie anstoßen?«

Thaniel rechnete mit etwas Fürchterlichem, doch es war nur ein Skelett, das in der Asche lag. »Oh, lass sie liegen, Liebes. Sie ist aus einem ganz bestimmten Grund da hingelegt worden. Die Leute hier haben das früher gemacht, um Hexen zu vertreiben.«

»Früher wie in vor ein paar Wochen?«, sagte Six.

»Nein, nein, vor Hunderten von Jahren.«

»Die Hitze hätte sie kaputt gemacht, wenn sie da schon hundert Jahre läge.«

Sie hatte recht. Thaniel musste an die Hausmeisterin mit ihrem uralt klingenden Lied denken. Vielleicht waren hier auch noch andere uralte Dinge lebendig. »Vielleicht ist es einfach nur eine höfliche Geste.«

Es schneite die ganze Nacht. Thaniel wusste das, weil er um zwei Uhr morgens im Garten hochschreckte. Er stand am Tor zum schwarzen See hin, barfuß im Schnee.

Es musste die Kälte sein, die ihn aufgeweckt hatte. Er trug keinen Mantel, nur seinen Pyjama, und der Wind, der durchs Schilf fuhr, war bitterkalt. Er starrte auf den Boden, seine Hände, das Glitzern des Wassers und versuchte herauszufinden, ob es ein außergewöhnlich realistischer Traum war oder ob er tatsächlich dort stand. Er schlug sich auf das Handgelenk, kräftig.

Es tat weh. Er war wach.

In den Sekunden, die er gebraucht hatte, um zu verstehen, dass er wirklich hier draußen stand, dass er schlafgewandelt sein musste, hatte sich etwas unter seinem Herzen fest verspannt, das sich jetzt unversehens löste und zu Panik wurde. Er zitterte am ganzen Leib.

Er lief zurück zum Haus und stieß die Tür auf, erinnerte sich daran, dass die anderen schliefen, und schloss sie weit leiser hinter sich. Er drückte den Kopf gegen das Holz und versuchte zu verstehen, warum er so erschrocken war. Schlafzuwandeln hieß nicht, dass mit einem etwas nicht stimmte, nur dass man unruhig war.

Nach dem Schnee fühlte sich der Schieferboden heiß an.

»Ist alles in Ordnung?« Mori stand auf der Treppe. Er griff nach der dicken Decke, die über dem Geländer hing, und hielt sie verwirrt in Thaniels Richtung. Er trug einen schwarzen Kimono mit weißer Schärpe über dem Nachthemd, der ihn aussehen ließ, als wäre er zum Priester geweiht worden.

Thaniel wollte lachen und sagen, ja, alles bestens, da ist mir gerade was Komisches passiert. Stattdessen sagte er: »Nein, ich bin draußen am Tor aufgewacht, und jetzt habe ich das Gefühl, ich kriege einen Herzinfarkt.«

Mori kam nach unten, legte ihm eine Hand flach auf die Brust und sagte: »Kein Herzinfarkt. Das ist mir oft passiert, als meine Brüder in den Krieg mussten. Dir geht es gut.« Er rieb Thaniels Arm. »Schlafwandeln, das ist was Neues, oder?«

»Es ist das erste Mal.«

»Wir sollten ein Glas Wein trinken«, sagte Mori mit einem Glimmern. »Wenn du Schlafprobleme hast, bist du endlich erwachsen. Das ist folgenschwer.«

»Oh, was bist du alt und bitter«, sagte Thaniel, ganz schwach vor Dankbarkeit.

»Und du jetzt auch. Komm. Wein.« Mori zog ihn in die Küche, wo er ihn auf einen Stuhl beim Herd setzte. Er nahm die Kohleschaufel, kratzte ein, zwei der noch glühenden Kohlen in eine Tasse und gab sie Thaniel, damit er sie hielt. Es folgte ein Glas Rotwein aus dem Korb der Hausmeisterin. Mori musterte ihn. »Du siehst schon eine Idee besser aus. Richtig?«

Mori küsste seine Stirn. Thaniel fiel nach vorn gegen Moris Brust und fühlte sich wieder sicher, aber auch beschämt. Es war die Art Kuss, die man einem Kind geben mochte, das wegen einer Spinne die Fassung verloren hatte.

Am Morgen war alles weiß. Six kam in Mantel und Stiefeln die Treppe heruntergerannt und stand sprudelnd vor Energie da, bis Mori ihr die Tür öffnete.

Thaniel war es als Kind immer zu kalt gewesen, und so saß er mit einer Tasse Tee nahe beim Herd und war froh, *drinnen* zu sein, ohne jede Absicht hinauszugehen, aber Mori sah hinaus, als wäre das da draußen die reine Magie.

Thaniel kam der Gedanke, dass er eine Schneeballschlacht gegen Mori gewinnen könnte, wenn der nicht im Voraus wusste, wann und wo die Schneebälle geflogen kamen. »Es wäre schade, keinen Spaziergang zu machen«, sagte er fröhlich.

Im Tageslicht waren die Fens anders. Sie schienen sich ewig weit auszudehnen, stumm unter einer dünnen Schicht Dunst.

Der See war so klar, dass man bis auf den Grund sehen konnte, wo, wie es schien, Felder dunklen Grases wogten. Aber es gab auch andere Dinge, Glitzerndes neben den Streben des Steges. Münzen und größere Formen, womöglich Messer oder Schmuck, Knochen. Thaniel konnte sogar die Zähne eines – da war er beinahe sicher – Pferdeunterkiefers erkennen.

Sofort hasste er das alles. Er mochte nicht mal auf dem Steg darüber hinweggehen. Mori erklärte Six, dass die Menschen an alten Orten manchmal Opfer im Wasser zurückließen – alle hatten vergessen, wofür, taten es aber dennoch. Thaniel hörte kaum, was die beiden sagten. So schön es auch war, das Wasser sah tot aus. Sein ganzes Skelett wollte nur weg davon. Was idiotisch war. Er hatte noch nie einfach so in seiner Seele *entschieden*, dass ein Ort schlecht war. Bis heute hätte er gesagt, dass Leute, die so etwas taten, wahrscheinlich zu glitzernden Kostümierungen und Buchstabierwettbewerben mit der Anderen Seite neigten. Es musste an seiner unruhigen Nacht liegen.

Kaum, dass sie am Ufer waren, schoss Six allein davon, aber es war leicht, sie im Auge zu behalten. Ihr Mantel war knallrot, und es gab keine Bäume, keine Hecken, nichts. Nur das Gras und schneegebeugtes Schilf, die schwarzen Wasserlachen und Nebelteppiche, die sich im spitzen Marschgrün verfangen hatten. Thaniel hatte gedacht, er würde sich besser fühlen, wenn er vom Wasser wegkam, doch das tat er nicht. Er überragte alles, er war seiner Umgebung ausgesetzt wie sonst nichts.

Der Schnee war makellos und knirschte unter ihren Stiefeln.

Thaniel sah immer wieder Six hinterher, stellte aber bald fest, dass er nicht sagen konnte, wie weit entfernt sie war. Unbehagen zog ihm den Magen zusammen. Er rief ihr zu, vorsichtig zu sein, nicht alle zugefroren wirkenden Stellen seien *fest* zugefroren, aber sie hatte bereits einen Stock gefunden, mit dem sie sich vorantasten konnte. Jetzt sprang sie mit seiner Hilfe über ein Wasserloch.

Mori berührte seinen Arm, sah ihn unschuldig an, warf einen Schneeball nach ihm und lief davon. Thaniels Laune hob sich wieder, und er rannte ihm hinterher, was weit schwieriger war, als er gedacht hatte, denn Mori war fuchsschnell und skrupellos, wenn es um Hinterhalte hinter Schilfwällen ging.

Sie wurden langsamer, als sie das Singen hörten.

Da war eine Fischereistelle, grau im Nebel.

Sie bestand aus ein paar Booten und einigen Leuten auf einem hölzernen Steg, an dem in Polster eingepackte Wagenräder hingen, damit die vertäuten Boote nicht beschädigt wurden. In einem halb offenen Schuppen standen hohe hölzerne Rahmen, an denen sie Fisch räucherten oder pökelten oder auch beides, und eine Reihe Jungen und Mädchen schlitzte den frischen Fang auf. Die Messer machten ein schmatzendes Geräusch. Es waren die Kinder, die sangen, dasselbe Lied wie die Hausmeisterin und ihr Mann.

Sie alle bemerkten Thaniel und Mori zur gleichen Zeit und sahen zu ihnen herüber. Thaniel spürte aufs Neue die Panik der Nacht in seiner Brust. Er hatte schon zweimal erlebt, dass Leute Mori auf der Straße angeschnauzt hatten. Es schien Mori nichts auszumachen[4], aber es bohrte sich in Thaniels Brustbein.

Alle strahlten.

»Morgen!« Es war ein perfekter Chor.

---

4 Er arrangierte die Zukunft der Angreifer in einer Weise, dass sie umgehend in die Themse fielen.

»Sind Sie im Gästehaus?«, fragte jemand.

»Nur für eine Woche«, sagte Thaniel erschrocken über sich selbst, weil er zum ersten Mal Moris Misstrauen gegenüber Menschen empfand, die zu nett waren. Er hatte das Gefühl, dass sie etwas wollten. Er befahl sich, sich zusammenzureißen. »Frohe Weihnachten.«

»Frohe Weihnachten!«, stimmten ihm alle zusammen bei. Es mochte der Nebel sein, aber ihre Farben waren wie die der Hausmeisterin verblichen. Sie hatten schwarzes Haar, doch es war ein verwässertes Schwarz, ganz und gar nicht wie bei Mori.

Six tauchte neben ihm auf. Ein wenig vor ihm, wie er feststellte. Thaniel fasste ihre Schulter im Versuch, ihr zu versprechen, dass alles in Ordnung sei.

»Kommen Sie und probieren Sie unser berühmtes Wasser«, sagte eine der Frauen und lächelte immer noch. Als sie näher kam, lag etwas Hungriges in ihrem Lächeln. »Es ist gut für Sie.«

»Das werde ich … ganz sicher nicht«, sagte Six und ging den Weg zurück, auf dem sie gekommen war.

Thaniel zuckte zusammen. »Six, sei nicht unhöflich, komm zurück«, sagte er, allein um des äußeren Eindrucks willen. Sie fühle sich nicht durch die gleichen Dinge wie andere Leute vor den Kopf gestoßen, hob Six hervor, und ohne diesen Bezugsrahmen sei es ein reines Ratespiel, wobei sie persönlich nicht das Gefühl habe, dass die Hauptaufgabe ihres Lebens darin bestehe, es zu lösen. Thaniel stimmte ihr zu.

Die Frau lachte nur.

»Wir würden es schon gern probieren«, sagte Mori, und wieder schienen alle entzückt.

Als die Frau sie über den Steg führte, studierte Mori die Fässer mit Salz und Fisch und schien so fasziniert, wie er es schon vom Schnee gewesen war. Messer blitzten auf, als die anderen zurück an ihre Arbeit gingen. Sie waren alle Linkshänder. Thaniel schluckte. Er begann das leise Klirren der Messer in seinen Zahnwurzeln zu spüren, genau wie das Klatschen der Innereien, wenn sie in die Eimer trafen. Und wie sie alle Mori ansahen – wie hungernd.

Sie fingen nicht nur Fisch, wie er jetzt sah. Die Netze waren voller Aale. Einer wand sich am Arm eines Mädchens hoch.

Die Frau tauchte einen Krug ins Wasser und füllte zwei angeschlagene Teetassen.

»Na dann, Jungs. Auf euren Aufenthalt.«

Thaniels ganzer Körper reagierte, als hätte sie ihm eine Tasse Maden gereicht. Er hatte so nicht damit gerechnet, und es musste ihm anzumerken sein, weil Mori ihn fragend ansah. Er schüttelte den Kopf. Erstaunlich, was eine unruhige Nacht alles bewirken konnte.

Das Wasser war eiskalt und bitter. Es war nichts Schlechtes daran, aber Thaniel musste fast würgen, als er spürte, wie es in ihm herunterlief.

Sie beteuerten beide, dass es ausgezeichnet sei, dankten der Frau und entschuldigten sich, um Six nicht zu verlieren.

Thaniel griff nach Moris Arm, als sie weit genug im Dunst verschwunden waren. Er wollte jemandem nahe sein, der nicht diesen hungrigen Blick hatte. »Die Leute haben etwas Merkwürdiges. So wie sie alle … Es sind alles Linkshänder, hast du das gesehen?«

Mori nickte. »Vielleicht ist das erblich. An einem Ort wie diesem, da werden alle miteinander verwandt sein.«

Thaniel versuchte zu ergründen, warum er so eine Angst verspürt hatte – und es immer noch tat. Er wollte Mori sagen, dass er die Fens nicht mochte, dass sie sich tot anfühlten, oder krank, aber er hatte keinerlei Erklärung, warum er das so empfand, und selbst wenn er sie hätte, würde Mori es allein als die Bitte verstehen, zurück nach Hause zu fahren. Und dann würden sie, was immer Thaniel dazu zu sagen versuchte, schon morgen wieder im Zug sitzen, und er wollte Mori nicht bloß wegen eines Gefühls zurück nach London fahren lassen.

Er hatte zu lange nichts gesagt. Mori musterte ihn.

Thaniel schnappte sich den erstbesten Gedanken, der sich ihm bot: »Aber vielleicht bin ich es einfach nicht gewohnt, so manisch angegrinst zu werden.«

»Ich bin froh, dass du das sagst«, erwiderte Mori. »Ich wollte es nicht ansprechen, aber irgendwie sehen alle weißen Leute ein bisschen wie irre Albino-Trolle aus, und so lässt sich schwer sagen, ob sie es tatsächlich sind.«

Thaniel gab ihm einen Stoß, weil er sich bewusst war, dass Mori ihn aufzog, um ihn auf andere Gedanken zu bringen. Und er war froh, denn es funktionierte. Um sie herum schwebte der Schnee federleicht herunter.

~

Er wachte mitten in der Nacht am Rand der Insel auf.

Er sah sich um; das Gartentor lag etwa fünfzig Meter hinter ihm, und wieder war er so gut wie sicher, dass es die Kälte war, die ihn aufgeweckt hatte. Es war viel Schnee gefallen, und die Dunkelheit war fast vollkommen. Er vermochte kaum das Boot direkt vor sich auszumachen. In London gab es immer Licht, die Laternen, die elektrischen Lichter in Knightsbridge, Lampen und Kerzen in den Fenstern der Häuser, und an jenen seltsam undurchdringlichen Tagen vor der Nebelsaison färbte die ganze Stadt die Unterseite der Wolken nachts orangerot. Nichts von dem gab es hier. Hier fühlte sich die Welt wild an. Die Sterne leuchteten riesig und hell, klarer, als er sie jemals gesehen hatte. So klar wie die Münzen und Knochen im Wasser.

Er hatte keinen Mantel an, aber diesmal Schuhe. Ihm gelang ein Lachen. Wenigstens hatte sein Unterbewusstsein, oder was immer es war, das in ihm den Wunsch nach Mitternachtsspaziergängen weckte, einen gewissen Grad an Vernunft bewiesen. Er drückte sich eine Faust aufs Herz, als er zurück zum Haus ging, und versuchte die panische Enge in seiner Brust zu lösen.

Es ging nicht.

Er begann sich zu fragen, wo er wohl gelandet wäre, hätte sein schlafendes Ich seinen Willen bekommen. Vielleicht hätte er versucht, diesen Ort zu verlassen.

Er fuhr sich mit der Hand über das Gesicht. Er musste sich fragen, ob es nicht sein jahrelanges stetiges Unwohlsein war, das sich Bahn brach, jetzt, wo er endlich entspannte. Er liebte ihr Zuhause, liebte die Filigree Street, London, doch war da immer diese faulige Stimme in seinem Kopf, die ihn krächzend zur Vorsicht mahnte, Mori niemals zu berühren, wenn es jemand sehen mochte, ihn niemals zu lange anzusehen und zu sanft mit ihm zu reden. Er hatte noch nie das Innere eines Asyls gesehen, und er wollte es auch nicht, aber es wartete am Ende dieser Straße, das Eisentor weit offen.

Und jetzt, zum ersten Mal seit Jahren, trotz dieses weiten, offenen Raumes, war niemand da, der sie beobachten konnte.

Alles das, das Schlafwandeln und die dumme Angst wegen des Sees, es war genau wie der Kopfschmerz, der einsetzte, wenn man nach einem anstrengenden Arbeitstag zurück nach Hause kam.

Irgendwo draußen auf den Fens sang jemand das Lied, das auch die Hausmeisterin gesungen hatte.

~

Am nächsten Tag war Heiligabend. Im Wohnzimmer stand ein Klavier, und Thaniel setzte sich am Morgen hin und spielte Weihnachtslieder, während Mori und Six einen kleinen Kuchen backten. Sie redeten darüber, ob Menschen tatsächlich Geld zu sich nehmen sollten (er hatte sie gefragt, ob sie einen Sixpence in den Teig hineinrühren wollten). Thaniel befand sich in einem neuen, halb meditativen Geisteszustand, der es ihm möglich machte, ihnen zuzuhören und gleichzeitig Klavier zu spielen. Zwischen diesen beiden Dingen, so schien es, fanden seine Gedanken endlich ein neues Gleichgewicht. Er hatte Mori nicht erzählt, dass er wieder schlafgewandelt war, und war jetzt froh darüber. Er hatte genug Zeit damit vergeudet, Mori gegenüber die Nerven zu verlieren. Mori musste sich dabei mehr wie sein Vater fühlen, nicht wie sein Freund.

Eine Pause. Dann: »Dad«, sagte Six, die Stimme matt und merkwürdig.

»Ich höre, Liebes«, sagte Thaniel.

»Was spielst du da gerade?«

»Das ist ein Weihnachtslied.«

»Nein, ist es nicht.«

Er verstand sie nicht, doch dann, als wachte er auf, hörte er es: Er spielte das Lied, das die Hausmeisterin gesungen hatte, und auch der Jäger in der Nacht. Sogar der Text ging ihm durch den Kopf. Er handelte von einem Mädchen, dessen Schwester sich in einen Aal verwandelt hatte. Thaniel konnte nicht sagen, woher er den Text kannte. Die Sprache war zu eigen, um ihn einfach so zu erraten. »Ich muss es aufgeschnappt haben«, sagte er, doch das war eine Lüge. So perfekt hätte er Melodie und Text niemals einfach so aufschnappen können.

Six sah ihn lange an, ausdruckslos, und ging dann ohne eine Erklärung. Mori lehnte sich zur Seite, um zu sehen, wohin sie wollte. Die Haustür öffnete und schloss sich.

»Habe ich sie verärgert?«, fragte Thaniel hilflos.

»Ich glaube, sie wollte nicht, dass sich das Lied auch in ihrem Kopf festsetzt.« Mori lächelte sanft. »Sie muss vorsichtig sein, was sie hineinlässt. Da drinnen wird alles so laut, wenn es erst mal hineingefunden hat.«

Nachdem sie beschlossen hatten, dass Six schon zurückkommen würde, wenn sie die beiden wiedersehen wolle, schoben sie den Kuchen in den Ofen und wuschen ab. Mori hielt die Hände unter den Wasserhahn und wartete darauf, dass das heiße Wasser vom Herd herüberkam. Er wollte die Veränderung spüren, als wäre es eine Art Zauber. Normalerweise wüsste er, wann es warm werden würde. Thaniel sah ihn an und dachte, wie viel glücklicher er aussah und wie viel weniger zerbrechlich.

Er summte sogar vor sich hin. Es war das Lied der Hausmeisterin.

»Was, denkst du, hat das zu bedeuten?«, fragte Thaniel nach einer Weile. »Ich würde sagen, es handelt von einem Mädchen und einem Aal, aber ich weiß nicht, warum ich das denke.«

»Hm?«

»Der Text von dem Lied.«

»Von welchem Lied?«

»Das du gerade gesummt hast.«

Mori schien verunsichert. »Das war … mir nicht bewusst. Entschuldige.« Er blinzelte zum Abwaschwasser hin, tat einen Schritt zurück, und seine Schultern strafften sich. Dann war er wieder sein normales Selbst, der gewohnte zerbrechliche Mori. »Wie lange stehst du da schon?«

Thaniel starrte ihn zu lange an und merkte es zu spät. »Eine Weile. Bist du …«

»Entschuldige. Es tut mir leid. Ich bin etwas … benebelt.« Mori fuhr sich mit dem Ärmel über die Augen, als läge ein Schleier davor, den er wegwischen wollte. »Es muss an der Wärme liegen. Hier so zu stehen, macht einen ganz benommen.«

Thaniel spürte immer noch ein Kribbeln im Nacken. »Nun, dann lass uns eine Minute nach draußen gehen.«

Mori musste bemerkt haben, wie unruhig er war, denn schon wischte er sein eigenes Unbehagen beiseite und setzte – fürchterlich – eine strahlende Miene auf. Thaniel hatte nicht gewusst, dass er ein so guter Schauspieler war. »Es ist an der Zeit, einen Schneemann zu bauen, denke ich.«

Sie bauten einen. Direkt neben dem Gemüsebeet, wo sich der Schnee an der Gartenmauer hoch aufgetürmt hatte. Dahinter führten Six' Stiefelabdrücke zum Steg. Mori sah, wie er in die Richtung blickte, und klopfte ihm auf die Schulter.

»Sorg dich nicht.«

»Ich weiß.« Thaniel schüttelte den Kopf. Er wollte wieder sagen, dass sich der See irgendwie falsch anfühlte und er nicht wollte, dass Six in seiner Nähe spielte, doch dann, das wusste er, würde Mori auf der Stelle zurück nach Hause fahren, und Thaniel würde sich dumm und beschämt fühlen. »Ich, hmm … Ich habe nicht richtig geschlafen, ich bin wieder draußen gelandet.«

Mori nickte leicht. Es war nichts so Ekliges wie Mitleid, nur ein Nicken. Er ließ die Stille offen und lehnte eine Schulter kameradschaftlich gegen den Schneemann.

»Ich glaube, ich habe mehr von einer Hausmaus, als ich dachte«, sagte Thaniel und mühte sich ein Lachen ab. »Ich scheine einen tiefen Schock erlitten zu haben, weil wir von zu Hause weg sind. Es ist so peinlich.« Er pappte eine weitere Handvoll Schnee auf den Schneemann, um eine Delle zu glätten.

Mori stieß ihm ganz leicht mit dem Fuß vor die Wade. »Thaniel. Hier geht etwas Merkwürdiges vor, das wissen wir. Ich habe allerdings keine Ahnung, was. Ich weiß nur, dass es die obere Hälfte meines Denkens ausschaltet. Vielleicht macht es auch etwas mit dir. Etwas, das schwerwiegend genug ist, dich schlafwandeln zu lassen. Wenn es so ist, dann zum Teufel mit dem Ganzen hier. Willst du zurück nach London?«

»Nein! Nein, komm mir verflixt nicht damit. Ich bibbere nur. Im Übrigen wird es sowieso keine Züge mehr geben. Morgen ist Weihnachten.«

»Six ist wieder da«, sagte Mori mit einem Blick am Schneemann vorbei.

Sie rannte wie ein junger Hund. Statt das niedrige Tor zu öffnen, sprang sie darüber und blieb stehen, als sie sie sah.

»Guter Sprung«, sagte Thaniel für den Fall, dass sie sich Sorgen machte, sie würden so etwas nicht gutheißen.[5]

»Was soll das sein?«, fragte sie und sah den Schneemann an.

»Man … baut nun mal Schneemänner, Liebes.« Hatte er das wirklich noch nie mit ihr gemacht?

»Ja«, sagte sie, »aber es ist keiner.«

Thaniel sah ihn an. Sie hatte recht. Er war etwas, das er noch nie gesehen hatte. Eine große Spinne beugte sich über sie, eine Gestalt, die er nicht kannte, aber dann doch, im selben Teil seines Denkens, der das Lied der Hausmeisterin kannte.

---

5 Mistress Jenkins in der Schule schien zu denken, dass jede Form körperlicher Ertüchtigung nichts für Mädchen war. Das verblüffte Mori, dessen Großmutter mit ihren Schwestern in die Schlacht geritten war und einem der Feinde den Kopf abgeschlagen hatte, statt sich überwältigen zu lassen. Thaniel argwöhnte, dass Mori insgeheim stolz auf Six wäre, wenn sie Mistress Jenkins den Kopf abschlüge.

Er war kein Feigling, das wusste er. Aber er hatte noch nie etwas gesehen, das er so ganz und gar nicht verstehen konnte, und eine Angst, wie er sie noch nie empfunden hatte, kroch um all seine Organe und umschloss sie mit einer Kraft, die er bislang nicht für möglich gehalten hätte.

Mori schnitt mit einem Arm durch das nächstgelegene Bein, und es zerfiel, aber die übrigen Teile behielten ihre schreckliche Form. Der Schnee ließ ein wieherndes Geräusch hören, als er herunterfiel, knirschend und voller Leben.

Six zog die beiden nach drinnen.

~

Im Arbeitszimmer fand er einen Fahrplan, aber es gab nur einen Zug am Tag, und der war morgens um neun schon gefahren. Sicher, dass er keine weitere Nacht hier verbringen wollte, suchte er auf der Karte der Gegend nach dem nächsten Haus. Wie groß, hatte Mori gesagt, war der Bereich mit dieser Wirkung auf ihn? Ein paar Quadratkilometer – sie würden nicht weit gehen müssen, um da herauszukommen.

Ein Dorf war eingezeichnet, fast direkt hinter der Fischereistelle, aber das war eindeutig noch *innerhalb* der paar Quadratkilometer.

Das einzige andere Haus auf der Karte lag allein im Marschland. Vielleich wohnte da ein Jäger oder Köhler. Aber es waren sicher acht Kilometer bis dorthin, durch immer mehr Schnee, und es gab keine Straßen oder Orientierungspunkte. Dazu kam, dass auf der Karte keine Wasserflächen eingezeichnet waren. Sie waren offenbar nicht von genügend Dauer.

Nach und nach wurde er sich bewusst, dass da jemand summte, und dann, dass er selbst es war. Es war das Aal-Lied. Er wusste jetzt, welches der Worte »Aal« bedeutete und welches »Wald«, obwohl er die Sprache doch nie zuvor gehört hatte. Und er wusste auch, was für eine Sprache es war. Es war Englisch wie zur Zeit der Wikinger.

Er trug die Karte hinunter in die Küche, wo Mori und Six beim offenen Herd standen.

»Ich denke, wir sollten es versuchen«, sagte er, nachdem er ihnen das Haus auf der Karte gezeigt hatte. »Es ist weit, aber wir haben noch Tageslicht.«

Mori schüttelte den Kopf. »In dem Schnee durch die Marsch, ohne Straße? Wie sollen wir das Haus finden? Ich werde mich nicht erinnern, wie wir da hinkommen, bevor wir nicht weit weg von hier sind.«

»Etwas stimmt hier nicht. *Ernsthaft* nicht.«

»Ich stimme dir zu. Aber uns hat niemand etwas getan, und selbst wenn wir uns nicht verlaufen, sind acht Kilometer bei diesem Wetter nicht sicher. Ich weiß nicht, wie weit Six laufen kann, und wenn wir das Haus verpassen … Es wird vor vier schon dunkel, und es ist bereits ein Uhr. Ich denke, es ist sicherer, heute Nacht noch zu bleiben und morgen früh zu gehen. Dann haben wir viel länger Licht.« Er sah Thaniel an. »Es sei denn, du denkst …«

Thaniel ließ sich auf einen Stuhl sinken. »Nein. Nein, du hast recht. Passiert ist uns hier noch nichts.«

Sie blieben zusammen in einem Zimmer und spielten bis tief in die Nacht Karten. Die Lampen brannten, im Kamin flackerte ein Feuer, und sie saßen auf Thaniels Bett, Six in eine Decke gehüllt. Ihr gefiel das sehr. Normalerweise konnten sie mit Mori nicht Karten spielen, weil er immer wusste, was kommen würde, und fürchterlich gelangweilt war. Thaniel entspannte sich ebenfalls. Mori hatte recht, es war nichts Gefährliches vorgefallen, und trotz aller Aussetzer, trotz des Liedes und der Schnee-Spinne war es immer noch gut, ihn lachend gegen eine triumphierende Six verlieren zu sehen.

Er schlief ein, eine Hand auf der von Mori. Es war ruhig, und sie hatten ihren Wecker auf sieben Uhr morgens gestellt. Als er aus seinem normalen Denken herausrutschte, wollte ein Teil von ihm noch wissen, warum er seine Hand nicht an etwas band, damit er nicht schlafwandeln konnte, aber schon hatte die Traumlogik von ihm Besitz ergriffen, und er konnte sich nicht erinnern, warum er sich wegen des Schlafwandelns Sorgen machte.

Er wachte auf, und das Wasser des zugefrorenen Sees reichte ihm bis zu den Schultern.

Es war so kalt, dass es brannte und die Luft über dem Wasser saunaheiß schien. Jede Faser seines Körpers versteifte sich vor Schreck. Die Oberfläche war zwei, drei Zentimeter dick mit Eis bedeckt, und er stand in einem gezackten Loch. Er fasste den Rand des Eises und zog sich hinauf, was weit schwerer war, als er gedacht hatte, da ihm alle Kraft aus den Armen gewichen war. Er musste sich flach auf das Eis legen und versuchen zu atmen. Irgendwie fühlte sich das Eis warm an. Als er sich auf alle viere gehievt hatte, hämmerte ihm das Herz in der Brust.

Es versuchte ihn zu ertränken. Was immer es war – es hatten nur Zentimeter gefehlt, und er wäre ganz untergetaucht.

Er stand auf, wankte und musste stehen bleiben, weil das Eis knirschte. Er brauchte lange, um das Ufer zu erreichen, und noch länger, um im Dunkeln zurück zum Haus zu kommen. Seine Kleider froren ein, die Falten an den Ellbogen verfestigten sich.

Die Haustür stand offen.

Er lief hinein und wäre fast mit Mori zusammengestoßen, der, obwohl er sich nicht vorauserinnern konnte, schnell reagierte und einen Schritt zur Seite machte. Seine Lampe schwang hin und her.

»Thaniel! Wir wollten gerade nach dir suchen«, sagte er mit hängenden Schultern. »Himmel, du bist ja tropfnass … was …?«

»Der See, ich bin in dem verdammten … hallo«, sagte Thaniel, weil die Hausmeisterin in diesem Augenblick mit einer zweiten Lampe aus der Küche kam.

»Sie ist gekommen, um zu sehen, ob mit uns alles in Ordnung ist«, sagte Mori. »Gerade passend.«

»Mitten in der Nacht?«, fragte Thaniel und hörte, wie seine Stimme zu Dampf wurde.

»Da kann Sie das Schlafwandeln erwischen«, sagte sie sanft. »Ich wäre gestern schon gekommen, aber ich habe es einfach vergessen. Sie sollten sich aufwärmen.«

~

Nachdem er sich gewaschen und umgezogen hatte, ging Thaniel wieder zu ihnen hinunter. Er war immer noch durchgefroren, doch der Wunsch, zu erfahren, was die Hausmeisterin zu sagen hatte, war größer als der, sich wieder aufzuwärmen. Mori hatte eine Decke neben den Herd gehängt und gab sie Thaniel, als er sich auf den freien Stuhl am Tisch setzte.

»Es ist immer so«, sagte die Hausmeisterin, ohne dass es sie zu beunruhigen schien. Sie hielt eine Tasse Tee in der Hand. Mori gab Thaniel auch eine. »Dieser Ort beeinflusst die Leute auf eine sehr merkwürdige Weise. Ich hätte Ihnen eine Notiz dazu hinterlassen sollen, aber ich wollte Ihnen keine Angst machen. Es ist nichts, weswegen Sie sich sorgen müssen. Es ist etwas im Wasser, wissen Sie.«

Thaniel blickte in seinen Tee. »Es ist nicht nur das Schlafwandeln«, sagte er. »Wir, nun …« Er sah Mori an und war sich nicht sicher, wie er es sagen sollte.

»Wir scheinen vieles zu vergessen«, fuhr Mori fort.

»Oh, ja. Aber deshalb sind Sie doch hergekommen?«, sagte sie. »Die Leute kommen her, um zu vergessen.« Ihre wasserblauen Augen richteten sich auf Thaniel. »Aber Sie nicht, oder? Es ist besser, nicht herzukommen, wenn Sie nicht bereit sind, dem Ort ein paar Erinnerungen zu überlassen.« Sie klang streng.

Thaniel wusste nicht, was er darauf erwidern sollte.

»Aber die Erinnerungen von dem hier!« Sie lächelte Mori an. »Was für ein Festmahl. Da gibt es *weit* mehr Zukunft als Vergangenheit. Ein Wunder, dass das alles in einen Kopf passt. Wir hatten von Ihnen schon seit … oh, seit tausend Jahren niemanden mehr.« Sie lächelte immer noch, und es war das gleiche hungrige Lächeln, wie es die Aal-Frau für sie gehabt hatte. Nicht für sie alle, für Mori. »Seit der Heilige da war.«

Thaniel stand abrupt auf und hielt inne, als er sah, dass Mori es nicht tat. Mori saß noch da und sah die Hausmeisterin an, als redete sie ganz normal.

»Wir denken«, sagte sie zu Thaniel, »dass Sie wieder schlafen gehen und damit aufhören sollten, ihn uns wegzunehmen zu versuchen.« Sie neigte den Kopf in seine Richtung. »Wir denken, Sie sollten schlafen gehen und im See ertrinken.«

Thaniel holte Luft, um zu sagen, dass sie wahnsinnig sei, aber wer immer sie war, was immer all das hier war, die Worte wogen so schwer. Er *war* müde. Schrecklich müde, und jetzt, wo sie es gesagt hatte, fühlte Schlaf sich wie eine wundervolle Idee an.

Es polterte, als Six die Treppe herunterkam.

Die Hausmeisterin lächelte sie an.

»Wir denken, du solltest auch bei uns bleiben, meine Kleine. Du erinnerst dich sehr gut an alles, nicht wahr? Laut und klar. Das sind Erinnerungen, mit denen man einen Mann zerschneiden kann.«

Ihre Stimme klang falsch, und nach und nach, als glitte ihm ein Eigelb den Rücken hinunter, begriff Thaniel, dass es daran lag, dass sie im perfekten Chor mit Mori sprach. Beide sahen zu Six hinüber.

Six starrte sie alle an. Thaniel war wie gelähmt und wusste tief in seiner Seele, dass er sich bewegen, davonlaufen und Mori und Six jetzt *sofort* hier wegbringen musste, aber es ging nicht. Ein unglaubliches Gewicht zog an seinem gesamten Denken. Er spürte, dass er gleich dort in der Küche einschlafen und dann, Gott, danach … danach würde ihn dieses Ding zurück in den See führen.

»Nein, das tun wir nicht. Zieh deinen Mantel an«, sagte Six zu Thaniel. »Und nimm Mori mit.«

»Nein«, sagte die Hausmeisterin, und Mori sagte: »Du solltest bei uns bleiben.«

»Nein«, sagte Six ernst. »Die beiden gehören mir, und du kannst sie nicht haben, also hau ab.«

Thaniel spürte, dass, was immer da an ihm zerrte, zauderte, und es reichte gerade so, dass er sich zu schütteln und seine Hand auf den Wasserkessel zu legen vermochte. Die Verbrennung riss ihn aus seinem Dämmerzustand, er atmete vor Schmerz keuchend durch die Zähne ein, und auch die Hausmeisterin schrie auf und hielt sich die Hand.

Mori kam zurück. Thaniel sah es. Er fand zurück in seine Augen.

Six drückte Thaniel seinen Mantel in die Hand und zog Mori zur Tür. Die Hausmeisterin saß nur da, sah ihnen zu und summte.

Sie hatten recht gehabt: Es war schwer, durch den Schnee zu laufen, auch so dick angezogen, wie sie nur sein konnten. Der Schnee zog an ihnen, und auch dieses Ding im See. Die Hausmeisterin war ihnen nicht nach draußen gefolgt – das musste sie nicht. Was immer es war, es war im Schnee und im Wasser. Thaniel hatte das Gefühl, seine Gedanken bewegten sich durch Melasse. Er kämpfte sich daraus hervor und konnte sich nicht erinnern, was er hier draußen in der Dunkelheit machte. Six drückte ihm eine Wunderkerze in die Hand.

»Konzentriere dich, oder sie wird dich verbrennen«, erklärte sie ihm.

Er starrte in die knisternden Funken. »Six, wie kommt es, dass du nicht …?«, fragte er und klang dabei selbst in den eigenen Ohren angeschlagen.

»Ich bin falsch verdrahtet«, sagte sie. Älter hatte sie noch nie geklungen, und es lag kein Stolz, nur Traurigkeit in ihrer Stimme. Es brach ihm das Herz. »Das haben sie im Armenhaus hinbekommen.«

»Six, für mich bist du perfekt«, sagte Mori. Er zitterte am ganzen Körper.

»Wenn wir nicht bald ins Warme finden …«, flüsterte Thaniel. Er spürte seine Hände nicht. Eine heiße Aschenflocke von der Wunderkerze traf auf sein Handgelenk, und die leichte Verbrennung ließ ihn erneut wach werden.

»Sobald ich mich wieder richtig erinnern kann, haben wir es geschafft«, sagte Mori, doch er klang verängstigt. Niemand sagte es laut, aber soweit sie erkennen konnten, liefen sie im Kreis. Hier und da in den Fens sangen jetzt Leute, alle perfekt aufeinander abgestimmt. Einige waren ihnen sehr nahe.

Thaniel wusste am Ende nicht, wie weit sie gelaufen waren. Sie stießen auf eine Straße, die mit gut einem halben Meter Schnee bedeckt war, und er hatte das Gefühl, nicht weitergehen zu können – aber so ging es ihm schon seit Stunden –, da erinnerte sich Mori, wohin sie mussten. Hinter der nächsten Abzweigung lag ein Cottage. Sie hätten es von der Straße aus niemals gesehen, weil kein Licht brannte und niemand zu Hause war. Mori knackte das Schloss und schob Thaniel und Six hinein, und eine Minute später brannten Kamin und Herd und zwei Kessel Wasser standen darauf.

»Ich habe mich noch nie so verdammt dumm gefühlt«, sagte Mori, als sie mit den Händen im heißen Wasser dasaßen.

»Werden sie uns verfolgen?«

»Das können sie nicht«, sagte Mori mit einem sauren Lachen. »Wenn sie ihren Ort verlassen, werden sie feststellen, dass all ihre Erinnerungen weg sind. Dann rennen sie davon. Kein Futter mehr für dieses Ding.«

»Es ist wie eine Honigfalle«, sagte Thaniel ruhig. Mit einem Brennen kehrte das Gefühl in die Hände zurück, und damit brannte sich auch der gesunde Menschenverstand zurück in seinen Kopf. »Das Vergessen. Für … einen Menschen wie dich. Warum konntest du dich vorher nicht daran erinnern? Als du noch …?«

»Ich weiß es nicht. Es tut mir so leid.« Mori sah Six an. »Danke«, sagte er zu ihr. »Du warst großartig.«

Sie schwang die Füße vor, trat mit den Hacken gegen die Sprosse ihres Stuhls und zuckte glücklich mit den Schultern. Mori schenkte ihr seine Uhr. Sie drückte sie strahlend an sich.

Ihr Zuhause war ganz wie immer. Die Stechpalmenzweige waren noch da, die Lampen, und an der Haustür hing eine erzürnte Nachricht von Mrs Haverly, dass Moris Tintenfisch wieder durch ihre Katzenklappe gekrochen sei und ihr alle Teelöffel gestohlen habe. Mit dem Gefühl, das Haus nie wieder verlassen zu wollen, machte Thaniel bis Neujahr keinen Schritt vor die Tür, musste dann aber schweren Herzens wieder zur Arbeit. Nach den gesellig gebeugten mittelalterlichen Balken zu Hause war Whitehall trostlos und kalt.

»Schöne Weihnachten?«, fragte der Abteilungsleiter lächelnd, als er hereinkam.

Thaniel zögerte. Er hatte schon sagen wollen, *ereignisreich*, aber wenn er recht darüber nachdachte, konnte er sich nicht erinnern, warum er das hatte sagen wollen. Es war das Gegenteil gewesen. Tatsächlich war da keine herausstechende Erinnerung an Weihnachten, auf die er den Finger hätte legen können. Die Tage waren in einem warmen Leuchten mit Glühwein und Kaminfeuer verschmolzen. Da war auch eine seltsam nachhallende Erinnerung an einen Zug und eine lange Reise, aber das musste er mit einem früheren Weihnachtsfest vertauschen. »Sehr schön«, sagte er. »Wir haben rein gar nichts gemacht.«

Jess Kidd

LILY WILT

DER JUNGE WALTER PEMBLE, der beste Gedenk-Fotograf von Sturge & Sons (*Fotostudio, Erstklassige Porträtaufnahmen bei jedem Wetter, Postkarten, Vitrinen, Kunstfotos, Schwarzweiß und Koloriert, auf kunstvollste Weise. Alle Fotografien dauerhaft und garantiert die Zeiten überdauernd, Bühnenhafte Anordnungen, Invaliden, Unsere Frisch Verblichenen, Kinder, Residenzen, Reiter et cetera. Meister aller bekannten und unbekannten Fortschritte in Mode und Methode*), stellt sich zur verabredeten Zeit in einem Townhouse am Hanover Square vor.

Er wird zum Hausherrn gebracht.

Mr Wilt sieht finster von seinem Schreibtisch auf. Pemble verbeugt sich und lächelt gewinnend. Mr Wilt fixiert Pemble mit kaltem Blick.

»Keine komischen Geschichten«, sagt Mr Wilt. »Kein Anfassen, keine anzüglichen Blicke, kein Sich-Reiben am Sarg. Mrs Wilt mag glauben, dass unsere liebe dahingeschiedene Tochter ein Objekt züchtiger Bewunderung ist, aber ich kenne die Wirkung, die mein Liebling Lily auf die Leute hat. Auf Wildböcke wie Sie ganz besonders.«

Pemble ist entsetzt. Er wird bis zu den Wurzeln seines Bartes rot.

Mr Wilt ist zufrieden. »Und nehmen Sie auch ein paar aus der Menge der Besucher auf, für die Nachwelt.«

»Aus der Menge der Besucher, Sir?«

»Wir öffnen um neun. Hopp, hopp.«

~

In einem vergoldeten Rahmen, auf einer Staffelei vor dem Eingang zum Wohnzimmer, betrachtet Pemble die Seite der gestrigen Abendzeitung mit dem Nachruf auf Lily Wilt. Er wurde von einem hervorragenden Autor verfasst, einem regelmäßigen Tischgast bei Mr und Mrs Rumold Wilt. Der hervorragende Autor beschreibt darin in wohlklingender Sprache den Taumel des Staunens, den er angesichts der Dahingeschiedenen durchlebt hat. Als Lebende war Miss Lily Wilt ein Püppchen. Tot ist sie nicht weniger als ein Wunder. Ihre Schönheit ist so erhaben wie grandios. Ihr Ausdruck rätselhaft. Ihre sterbliche Hülle erlesen und ohne den Makel natürlicher Prozesse.

Der hervorragende Autor erklärt Miss Wilt zu einer Inspiration – selbst noch im Tod ist Perfektion möglich! Das gedruckte Gedicht vergleicht Lily mit schlafenden Schneeglöckchen, einem hingekuschelten Täubchen, einem träumenden Lamm.

Ein Anblick, der sich wirklich zu sehen lohnt.

~

In dem Moment, als sein Blick auf sie fällt, weint Pemble. Pemble hat noch nie geweint, nicht mal als Baby, nicht mal direkt nach der Geburt.

Es ist keine Traurigkeit, die den jungen Mann zu Tränen rührt, auch keine Angst, nicht einmal Mitleid. Pemble hat schon viele Tote gesehen. Kinder in mit Seide ausgekleideten Särgen. Ehrwürdige, effektvoll aufgebahrte Alte. Starre, wahre Säulen der Gesellschaft. Poliert und drapiert, sind die Toten wie die guten Löffel, die bis Sonntag weggelegt werden.

Nein, Pemble vergießt Tränen des Staunens.

Sein Blick trübt sich, die Erscheinung vor ihm verschwimmt, leuchtet. Pemble korrigiert irgendeinen komplizierten Mechanismus an seiner Kamera und sieht erneut hindurch. Er braucht einen Moment, um zu begreifen, dass mit seiner Ausrüstung alles in Ordnung ist. Er selbst ist die Ursache.

Daraufhin betrachtet er sein Objekt nicht durch die Linse, sondern mit bloßem Auge.

Ihr Heiligenschein aus golden gesponnenem Haar, ihr schmaler, weißgewandeter Körper. Die aneinandergedrückten Hände wie die einer Märtyrerin. Ihr Gesicht – eine ruhende Heilige! Wobei, nicht wirklich eine Heilige. Denn ihren Mund umspielt der Hauch eines wissenden Lächelns, die vollen Lippen sind Ausdruck einer gewissen Üppigkeit (heilige Seelen sind schmallippig mit der Neigung zu nach unten gezogenen Mundwinkeln).

Nan Hooley, ein Hausmädchen, sieht vom Fenster aus zu. Sie wartet darauf, dass der Fotograf seine Arbeit beendet, damit sie die Samtvorhänge (ein tiefes Scharlachrot, mit Quasten, etwa achtmal so schwer wie sie) schließen und den Raum erneut in seine Ganztagesnacht hüllen kann. Dann muss sie den Teppich zurückrollen, ihre Position einnehmen und den Kopf senken, während die nervtötende Öffentlichkeit vorbeizieht, um in den Sarg zu gaffen. Sie muss den Diener rufen, wenn es jemanden *überwältigt*. Dann muss sie sich noch um die Kaminfeuer kümmern, den Tisch für den Imbiss der Bediensteten decken, den Sternsingern zuhören, einen Tropfen von etwas trinken und ein bisschen Feigenpudding essen, wo doch Weihnachten vor der Tür steht und so.

Pemble zieht ein Taschentuch hervor und wischt sich über das Gesicht. Er schwitzt, obwohl es kalt im Zimmer ist. Arktisch. Trotz der honiggoldenen Wintersonne, die schräg durch das vorhanglose Fenster fällt, und der Feuersbrunst der hundert sich nach oben verjüngenden weißen Kerzen.

Die Luft ist stickig und übersüß vom Duft der Lilien. Unmengen davon. Sie kommen eingewickelt, Armvoll um Armvoll, jeden Morgen an der Kellertür an, aus Gewächshäusern landauf, landab. Lilien im tiefen Winter! Mit Reif auf dem Boden und Eisblumen auf den Fenstern! Und ihre blühenden Namensvetterinnen üben den gleichen berauschenden Zauber wie die dahingeschiedene Lily aus, die einzige Tochter von Mr Rumold und Mrs Guinevere Wilt, den Bewohnern eines Spitzen-Townhouses am Londoner Hanover Square. Eines Hauses in Trauer. Die Spiegel sind verhängt, die Pendel der Uhren angehalten, die Fensterläden geschlossen. Der Türklopfer ist mit Krepppapier umwickelt. Die Familie flüstert nur noch, und die Bediensteten verständigen sich mit Augenrollen.

Pemble bückt sich, fummelt an der Kamera herum, tritt vor und zurück, hält inne, um zu staunen. Und zu staunen. Und zu staunen.

Das Hausmädchen hüstelt höflich. Pemble blinzelt und nimmt seine Arbeit wieder auf.

Nan hat nie etwas Ähnliches gesehen wie Mr Pembles merkwürdigen Tanz mit seiner Vorrichtung. Er berührt sie mit Vorsicht, als könnte sie ihn beißen oder aus dem Wohnzimmer flüchten wollen. Mit entschuldigender Miene läuft er um das Tuch an der Rückseite herum und verschwindet manchmal darunter. Kommt wieder hervor, um die Stirn zu runzeln, eine Blume zu verrücken oder auch ein Tischchen. Nan kann nicht wissen, dass Mr Pemble ein Künstler und Alchemist ist. Dieser junge Mann ist in der Lage, das Wesen der Verstorbenen einzufangen. Ihr Gebaren, mit dem sie ihrem letzten Abenteuer entgegensegeln. Dieser junge Mann hat täglich mit Glasplatten und schwindendem Licht zu tun, mit Chemie und Staub. Um wunderbare Bilder zu schaffen, auf denen die Toten zum Leben erwachen, in leuchtender Gesundheit, frisch und voll und in der Blüte ihrer Jahre eingefangen (wie alt auch immer sie sein mögen), für alle Ewigkeit. Pemble weiß das letzte Aufflackern der Seele für die Nachwelt zu konservieren.

Nur heute nicht.

Heute zittern seine Hände, in seinem Kopf dreht es sich, und er ringt japsend nach Luft.

»Wären Sie so freundlich«, sagt er zu dem Hausmädchen, das sich an den Vorhängen festhält, »mir ein Glas Wasser zu holen?«

Aber selbst als das Hausmädchen gegangen und er ganz allein im Zimmer ist, hat er noch dieses enervierende Gefühl, dass ihn jemand beobachtet.

~

Nan Hooley kriecht auf allen vieren über den Boden des Wohnzimmers und fegt verstreute Teeblätter auf. Solche Dinge geschehen: Ein Bilderrahmen fällt um, die Kerzen flackern, eine winterliche Brise quirlt um ihre Knie. Nan setzt sich zurück auf die Fersen, den Feger in der Hand. Sie sieht hinauf zum Sarg, von dem schwarzer Krepp herabhängt. Das polierte Holz beschlägt, als hauchte jemand darauf. Buchstaben erscheinen, wie mit dem Finger in die Feuchtigkeit geschrieben.

L. I. L. Y.

Nan steht auf und wirft einen strengen Blick auf die Tote. Strahlend, die Hände aneinanergepresst, oh, wie eine Heilige. Nur, dass Miss Wilt nie eine Heilige war, nicht mit diesem Mundwerk – der Schmutz, der aus ihm herauskam. Nan kann ihren verschlagenen Blick unter den Lidern erkennen.

»Bleiben Sie, wo Sie sind, Miss«, sagt sie mit fester Stimme. »Fangen Sie nicht an herumzugeistern.«

~

Draußen macht das Licht ein großes Gewese um sein Verschwinden. Tätowierte Dachfirste vor einem rauchorangefarbenen Himmel. In den Straßen herrscht ein prächtiges, festliches Durcheinander, heiße Kastanien, Orangenhändler, mit Gaslicht erleuchtete Läden und ein nicht abreißender Verkehr mit Kutschen und Omnibussen, Leiterwagen und Handkarren.

Das Gästehaus von Mrs Peach ist jedoch freudlos wie immer.

Es ist ein hohes, schmales und müdes Haus mit einem mürrisch dreinblickenden Giebel und zugigen Fenstern. Die Diele liegt im Dunklen, und darin ist es noch ein paar Grad kälter als draußen.

Pemble schießt die Treppe hinauf, die Ausrüstung des einfacheren Aufstiegs halber auf den Rücken geschnallt. Er versucht Mrs Peach heute Abend aus dem Weg zu gehen.

Die Tür zu ihrem Zimmer springt auf, ihre Füße tapsen in den Flur.

»Mr Pemble, einen Moment …«

Pemble fällt in Galopp, erreicht sein Zimmer und schließt die Tür hinter sich ab.

Eine brennende Frage treibt ihn um. Sie hat sich in dem Moment entzündet, als er von der Seite der toten jungen Frau gewichen ist, und ist zu einem wahren Inferno angeschwollen.

Wie kann er hoffen, ihr gerecht zu werden? Mit seinem Eiweiß und seinen Silbernitratbädern.

Vermag er Lily Wilts übernatürliche Schönheit einzufangen?

Pembles zwei Zimmer zählendes Mansardenreich wird von Kuttel- und Zwiebelgeruch heimgesucht und leidet unter dem launenhaften Durchhängen des Daches. Kommt er nach Hause, nimmt er eine gebückte Haltung an, weil er sich immer wieder den Kopf stößt. Er kann sich nicht recht an die schiefen Balken gewöhnen und auch nicht an den seekranken Charakter der Bodendielen. Das kleinere der beiden Zimmer ist seine Dunkelkammer.

Dort arbeitet er.

Nebel überzieht das Papier. Die Chemikalien bilden Wolken.

Als es dämmert, endlich, eine Ähnlichkeit!

Pemble studiert die Fotografie. Die Lilien wölben sich in ihren Vasen. Die Kerzen wachsen schlank in die Höhe. Die entzückende Tote ruht …

Aber Moment!

Pemble greift nach einem Vergrößerungsglas, dreht das Gaslicht heller und sieht genau hin.

Ans Kaminsims gelehnt, mit einem schiefen Grinsen unbeweglich in die Kamera blickend, steht …

Eine Täuschung des Lichts? Eine seltsame Laune der Chemie?

Aber sie ist es. Diese perfekte kleine Stupsnase, die vollen Lippen, der blonde Heiligenschein!

Lily Wilt.

Und doch nicht ganz Lily Wilt.

Pemble holt langsam Luft. Das Vergrößerungsglas in seiner Hand zittert. Er sieht ein schönes Gesicht. Er sieht einen anmutigen Körper. Und er sieht eine goldbronzene Uhr und eine Vase voller Blumen *durch* das Gesicht und den Körper.

Pemble kehrt zurück zum Townhouse am Hanover Square. Er kämpft sich durch die anwachsende Menge und gelangt an die Eingangsstufen, wo er dem Butler gesteht, dass er aufgrund der Feinheiten und Anforderungen des fotografischen Prozesses nicht in der Lage war, ein befriedigendes Bildnis von Miss Wilt einzufangen.

Pemble wird zum Hausherrn gebracht.

Pemble verneigt sich und lächelt schwach. Mr Wilt blitzt ihn von seinem Schreibtisch aus an. Er hört Pembles Entschuldigungen. Der Ruf von Sturge & Sons (*Nach Vereinbarung für den Adelsstand & Personen der Besseren Gesellschaft*) ist so gut, dass ihm eine weitere Sitzung gewährt wird.

»Das ist Ihre letzte Chance, Pemble. Ich lasse das Abschiednehmen nicht unterbrechen. Die Menschen, klangvolle Namen, kommen von nah und fern, um noch einen Blick auf unsere liebe, tote Lily zu werfen.«

Pemble dankt Mr Wilt übermäßig.

Mr Wilt wendet sich mit einem Knurren wieder seinen Rechnungen zu.

~

Wie Lilys Ruhm gewachsen ist!

Eine stetige Menschenschlange bewegt sich an ihrem kleinen Sarg vorbei. Nan steht bereit, um die Trauernden weiterzuschieben, wenn sie sich zu sehr hinreißen lassen.

Sogar Nan, mit all ihrer bodenständigen Weisheit, wird zugeben, dass Miss Wilt übernatürlich erscheint, und zwar in dem Sinne, dass es noch zu keinem der natürlichen Prozesse gekommen ist, die man bei einer Leiche erwarten würde: einer Veränderung des Teints, der wilden Anreicherung und Freigabe körperlicher Gase, dem Hervortreten der Augen, der Zunge sowie all den anderen Schrecken, die der Sensenmann bringt.

Eine alte Frau bleibt vor dem Sarg stehen: »Gott segne sie. Oh, was für eine kleine Heilige sie doch ist!«

Die Leute hinter ihr drängen heran und recken die Hälse.

Die alte Frau mit den roten Wangen springt vor, um sich ein Stück Reliquie abzuschneiden. Nan ruft den Diener.

~

Das Wohnzimmer ist leer. Die Öffentlichkeit wurde ausgesperrt, damit Pemble seine letzte Porträtaufnahme machen kann. Nan hat die Kerzen ausgetauscht, die Blumen frisch arrangiert und die Quasten am türkischen Teppich gerichtet. Mr Pemble baut seinen Apparat auf. Nan nimmt ihre Position beim Vorhang ein.

Pemble räuspert sich. »Würden Sie so freundlich sein und mir ein Glas Wasser bringen?«

Pemble wartet, den Blick fest auf den Kamin gerichtet. Aber dort erscheint kein spektrales Abbild von Lily Wilt. Er macht ein paar Schritte in Richtung Sarg und sieht hinein. Und er berührt den Saum des über sie gebreiteten Tuches, dann ihre Hände, die wie die eines Kindes im Gebet zusammengefunden haben. Sie sind eiskalt. Er beugt sich vor und küsst, verzaubert von ihrer polaren Schönheit, ihre Stirn. Seine Lippen zittern bei der Berührung.

Folgendes geschieht: Ein Bilderrahmen auf dem Kartentischchen birst, die Kerzenflammen verfärben sich blau, Lachen so kalt und hell wie der erste Frühling füllt den Raum.

Und eine honigsüße Stimme in seinem Ohr sagt: »Sieh durch deinen Apparat.«

Pemble nimmt seinen Platz hinter der Kamera ein, verheddert sich im Abdecktuch, stellt die Linse scharf und steht kurz davor, aus Angst und Verlangen die Besinnung zu verlieren.

Pemble kann nicht aufhören, über die Wenns und Warums und Wozus nachzudenken – nicht mit so einem bezaubernden Geist, wie er sich vor der Linse manifestiert.

Oh, wie sie sich manifestiert!

Diesmal steht sie nicht beim Kamin, sondern lehnt sich salopp über den Rand des Sargs und bläst einen Kuss in seine Richtung, wie ein Mädchen in einer Seifenwerbung. Nur ist Lily Wilt vollkommen durchsichtig, eine vollkommene Schönheit.

Pemble beeilt sich, Aufnahme um Aufnahme zu machen.

Der Geist von Lily Wilt, wie er sich durchsichtig auf ein kleines Sofa bettet.

Der Geist von Lily Wilt, strahlend neben der Wohnzimmerpalme.

Der Geist von Lily Wilt, nahe genug, um die Linse beschlagen zu lassen, würde er atmen.

Der Geist von Lily Wilt in der nahen Düsternis hinter der Linse, direkt neben ihm. Eine eiskalte mineralische Welle, er erzittert köstlich.

»Du scheinst dich mit diesem Apparat auszukennen«, flüstert sie. »Du musst ein Mann der Wissenschaft und der Bildung sein.«

Pemble fühlt sich geschmeichelt. »Die Fotografie ist auch eine Kunst, Miss Wilt. Das Wort selbst stammt von den griechischen Begriffen für Licht und Darstellung durch …«

»Ja, ja. Hör zu, ich habe dir einen Vorschlag zu machen. Wenn du meinen Geist zurück in meinen Körper zu bringen vermagst, bin ich dein.«

Pemble stöhnt in der Düsternis. »Lily, Liebling!«

»Ich bin es leid, ein Spektakel zu sein.« Ein leichtes Stocken in der Stimme. »Es gibt so viel, wozu ich nicht gekommen bin.« Ihre Stimme wird verschämt. »Zum Beispiel, eine Ehefrau zu sein.«

Tränen strömen aus Pembles Augen, dieses Mal vor Glück.

Doch dann trifft ihn die Ungeheuerlichkeit ihrer Bitte. »Aber wie?«

»Irgendein Trick mit Blitzen, Friedhofsbesuchen, so was in der Art, das findest du heraus. Versprich mir, dass du mich rettest, liebster … ähm …«

»Walter.«

»Liebster Walter.«

Pemble nickt. »Ich verspreche es.«

~

Es hat angefangen zu schneien. Große, dicke Flocken tanzen und wirbeln im Licht der Gaslaternen. Schnee wischt über die Fensterscheiben. Schnee erleuchtet die Dächer. Schnee lässt sich auf den Wimpern und Nasen glücklicher Kinder nieder. Pemble sieht zum Himmel hinauf und wird mit weichen, frostigen Küssen beglückt – wie von den Lippen seiner teuren, heißgeliebten Toten! Er läuft leichtfüßig durch das Gedränge auf Londons Straßen. Wie alle jungen Liebenden fühlt er sich glückselig und verdammt, erregt und erschreckt. Er erfreut sich an den Fenstern mit Zweigen und Weihnachtskugeln. Er erfreut sich an der Aufgeregtheit der Straßenkinder, die heiße Pasteten stehlen. Er erfreut sich an der Prozession der Weihnachtsbäume, die durch die vollen Straßen gekarrt werden. Er erfreut sich an den vorbeiströmenden, mit Päckchen und Paketen beladenen Menschen.

Weihnachten ist nur noch eine Woche entfernt.

Weihnachten mit Lily Wilt.

Spazierend, redend, sich eine Orange teilend, im Omnibus fahrend, wie Welpen ins Bett springend (wie rot Pemble bei dem Gedanken wird!).

Er hat nur noch die kleine und womöglich gottlose Aufgabe, Lily wieder mit ihrem Körper zu vereinen.

~

Er beginnt früh am nächsten Morgen in Mudies Ausleihbibliothek. Getrieben von seinem leidenschaftlichen Wunsch, seine Geliebte zu retten, jagt ihm die geheiligte Halle kaum einen Schrecken ein, auch die Bibliotheksangestellten mit ihren gehobenen Brauen und hochnäsigen Blicken vermögen es nicht. Jedes Ticken der Uhr bringt ihn zum Brodeln. Ärger erfüllt ihn auf jede zaudernde alte Jungfer. Mit Mordlust beobachtet er, wie geruhsam die Angestellten Bestellungen zu ihren wartenden Wagen tragen.

Endlich hält er sein Buch in Händen.

Wie man die Toten zum Leben erweckt.

In einer nahen Gasse reißt Pemble das braune Einschlagpapier herunter und ist bestürzt. Es ist keine hilfreiche Anleitung, sondern die Geschichte eines heimkehrenden Kapitäns und einer beherzten, aber einsamen Witwe, die hauptsächlich in Portsmouth und Umgebung spielt.

Pemble könnte vor Enttäuschung heulen. Dann … eine Offenbarung! Er eilt nach Seven Dials.

Pemble kauft einen Glühwein von einer anzüglich grinsenden Frau hinter der Theke, nickt den Stammgästen nervös zu und verschwindet in einer Nische. Es heißt, dass man in diesem Pub (dessen Name ungenannt bleiben soll) alles auf dieser Welt bekommen kann, zahlt man den entsprechenden Preis. Alles.

Gleich schiebt sich ein hinterhältiger und etwas schmutziger Kerl auf den Platz gegenüber und tippt sich an die Kappe.

Mit leiser Stimme erläutert Pemble die Natur seiner unnatürlichen Unternehmung. Er wird nach Camden Town geschickt.

In einer finsteren Gasse, am Ende eines finsteren Durchgangs, in einem finsteren Winkel findet sich die Fassade eines düsteren Buchladens. Auf dem Schild über der Tür steht:

Narcissus P. Thooms, Buchhändler
Wissenschaft und Esoterik
Taxonomie und Tierpräparation

Pemble zögert einen Moment, kneift die Augen zu und ruft sich die bezaubernde Figur Lily Wilts vor Augen. Gestärkt geht er hinein.

Die Türglocke klingelt. Staub tanzt in der plötzlich hereinwehenden Luft.

Auf den ersten Blick scheint es keinen Besitzer zu geben. Stapel uralter, mit Spinnweben bedeckter Bücher füllen jede verfügbare Oberfläche. Regale erheben sich staubig vom Boden bis zur Decke. Hinter der Theke sitzt eine ausgestopfte Kreischeule mit einem Monokel.

Pemble räuspert sich mehrmals.

Bewegung in einer verschatteten Ecke, und aus einem wahrhaften Bücherberg ersteht ein nackter Mann mit einem beeindruckenden Bart.

»Ihre Kleider, Sir!«, ruft Pemble.

»Ich nehme Wissen in mich auf«, erwidert der Mann gelassen. »Suchen Sie nach etwas Speziellem?«

Pemble berichtet von seiner wenig beneidenswerten Suche. Mr Thooms hört mit einem ungesunden Glimmer in den dunklen Augen zu. Mittlerweile in einen Seidenkimono gekleidet, kratzt er sich abwesend das Fell auf seiner Brust. Hin und wieder nickt er ermutigend.

Als Pemble schließt, schüttelt ihm Mr Thooms mit strafender Kraft die Hand.

»Mein lieber Junge!«, sagt er überschwänglich. »Du bist vom hell erleuchteten Weg in eine Welt von Dieben und Straßenhändlern geraten, von Huren und Tagelöhnern, Künstlern und Visionären. Eine Welt der Trinkhöhlen. Voller Gestank, selbst im tiefsten Winter. Voller Lärm, zu jeder Stunde, Geschrei und Spott, Streit und Liebe.«

»Nach Camden, ja.«

»Du kommst auf der Suche nach Wissen. Willst den innersten

Geheimnissen der Natur nachspüren, die Geheimnisse von Leben und Tod befingern und, fürwahr, die Rolle Gottes annehmen. Du willst deine bebenden Hände auf uralte, okkulte Bände legen!«

»Wenn es keine zu großen Umstände macht.«

Thooms scheint tief in Gedanken. Als er wieder spricht, ist seine Stimme ernst und gesetzt. »Es gibt eine Möglichkeit. Eine absolut gottlose, gefährliche Möglichkeit, die jedem Gesetz von Anstand, Moral und Natur widerspricht.«

Pemble erschauert.

»Eine Möglichkeit«, fährt Thooms fort, »die in Kombination mit etwas chirurgischer Trickserei den süßen kleinen Kadaver wieder atmen, seufzen, rot werden und Klavier spielen lässt, dass dir das Herz nur so hüpft.«

»Ist es wirklich möglich?«, traut Pemble sich zu fragen.

»Es ist absolut möglich, mein lieber Junge, Lily Wilt zurück ins Leben zu holen.«

Während Mr Thooms nach der genauen Ausgabe des Buches mit den Geheimnissen von Leben und Tod sucht, lässt er Pemble an seiner eigenen tragischen Geschichte teilhaben.

Vor langer Zeit einmal, da hatte Mr Thooms eine ganz andere Karriere vor sich.

Sein Großonkel, Thaddeus »Red« Thooms, konnte in unter zwei Minuten ein Bein amputieren, sein Vater, Theodore, einen Tumor in einer herausschneiden. So groß war das Talent dieser illustren Medizinerfamilie, dass, wenn du Thooms' Großmutter ein Buttermesser gabst, sie deine Gallensteine heraus hatte, bevor der Tee serviert wurde. Thooms eigene vielsprechende Chirurgenkarriere wurde jedoch durch eine tragische Liebesaffäre beendet.

Er verliebte sich am Seziertisch.

Thooms hält in seinen Erinnerungen inne und wirft Pemble einen gequälten Blick zu. Und der Kummer, das Elend und der Schrecken in Thooms' Gesicht sind so groß, dass Pemble nur erschaudern kann.

»Die Leiche war von seltener Schönheit, und ich war ein wackerer, kräftiger junger Mann.« Thooms' Augen füllen sich mit Tränen. »Manchen Anblick wird man nicht wieder los, Pemble. Manche Tat ist nicht rückgängig zu machen.«

Als der fragliche Band gefunden ist, teilen sich die Männer einen Krug guten Claret. Thooms wickelt das monumental große ledergebundene Buch in schwarzes Papier und gibt es in Pembles Hände.

Er will das Geld nicht, das Pemble für ihn abzählt.

»Ich habe nur eine letzte Frage, bevor Sie gehen.« Thooms zieht den Gürtel seines Kimonos strammer und sieht Pemble in die Augen. »Was Sie tun werden, ist nichts für Kleinmütige. Sie müssen sich sicher sein. Ist sie die Eine, die Sie wollen?«

Pemble wiegt das fürchterlich schwere Buch, das alle Geheimnisse von Leben und Tod enthält, in seinen Armen.

Lily Wilt. Lily Wilt. Lily Wilt.

Das Zauberwerk ihres Namens und ihrer ganzen Person.

Lily Wilt ist hinreißend.

Pemble beschwört ihren in süßer Ruhe liegenden Körper vor sich herauf. Ihr goldenes Haar, ihre Stupsnase, die schlanke Brust unter weißer Spitze. Den Flaum auf ihren Armen, die schweren Wimpern, die perlmuttfarbenen kleinen Nägel.

Er beschwört ihre Stimme herauf, so honigsüß und mädchenhaft.

Ihren Geist beschwört er herauf, schillernd und unbeschwert.

Pemble erfüllt plötzlich das unbeschreibliche Gefühl, dass er

Lily Wilt schon immer geliebt, sie immer schon angebetet hat! Sie ist für ihn gemacht und er für sie.

»Ja«, antwortet Pemble. »Lily ist die Eine.«

~

Es ist eine langwierige, harte Arbeit. Der uralte Band liegt offen auf seinem Tisch. Pemble folgt schrecklichen Geheimnissen durch die vergilbten Seiten. Die Einsichten, die er sucht, sind tintenschwarze Nymphen, und sie flattern davon, wenn er nahe genug ist, um nach ihnen zu greifen.

Pemble verlässt seine Bleibe tagelang nicht, hält nicht einmal seine Fototermine ein. Und wenn er schläft, plagt ihn der immer gleiche Traum.

Es ist kein guter Traum.

Er steht auf einem belebten Platz inmitten einer Meute ruchloser junger Kerle. Lautes Geschrei, Hohn und Spott. Es riecht nach abgestandenem Schnaps, kaltem Tabakrauch und billigem Haaröl. Dunkel beginnt Pemble zu verstehen, was er da sieht. Die Männer um ihn herum sind Medizinstudenten, er befindet sich in einem Sezierraum.

Es wird still.

Doppeltüren werden aufgerissen und von zwei stämmigen Männern wird eine Leiche hereingefahren. Es ist Lily Wilt. Nackte Beine, nackte Füße, ihr Körper ist mit einem Tuch abgedeckt, das Gesicht ausgemergelt, das Haar stumpf wie nach langer Krankheit.

Ein Chirurg, den Kopf gesenkt, die Krempe seines Zylinders tief ins Gesicht gezogen, folgt der Bahre im Gleichschritt. Die Medizinstudenten summen ein Requiem.

Lily wird auf einen Seziertisch gelegt, ein weißer Arm fällt herunter, ihr goldenes Haar fließt über den Tisch. All die ruchlosen jungen Gentlemen im Raum seufzen gleichzeitig und beugen sich vor.

Der Chirurg nickt seinem Assistenten zu, der vortritt und dem Gentleman die Ärmel aufkrempelt. Eine Metzgerschürze, steif mit geronnenem Blut und schrecklich anzusehen, wird feierlich präsentiert und ihm umgebunden.

Der Chirurg legt seinen Zylinder ab. Narcissus P. Thooms betrachtet gütig lächelnd die versammelten Zuschauer.

Er dreht sich zu einem Tisch voller bereitliegender Instrumente um, wandert mit den Fingerspitzen daran entlang und wählt eine lange, mit brutalen Zähnen ausgestattete Säge. Mit einem anzüglichen Zwinkern geht Mr Thooms hinüber zum Seziertisch und legt eine Hand auf Lilys Hals.

Ihre Augen sind offen …

Es ist Nacht im Townhouse am Hanover Square. Mr Wilt schläft tief und fest, und sein prächtiger Schnauzbart flattert mit jedem sonoren Schnarcher auf. Mrs Wilt liegt kuschelig mit ihrer Schlafmütze neben ihm und brabbelt sich durch ihre Träume von Möpsen und silbernen Teekannen. Unten liegt die heilige Lily aufgebahrt im Wohnzimmer, von Gaze, Spitze und Seide umhätschelt, die Hände in ewigem Gebet verbunden. Der Koch, der Butler, der Diener, die Mäuse in der Speisekammer, die Hunde im Zwinger – alle schlummern. Nur Nan Hooley ist wach. Sie steckt eine Kerze an und geht durch das stille Haus.

Leise schließt sie die Tür zum Wohnzimmer hinter sich und entzündet die Gaslichter. Die Luft ist kühl, der Sarg blank poliert, aber es liegt ein süßlicher Geruch von Verfall in der Luft. Die Lilien welken, ihre Trompeten hängen herunter, die Blütenblätter wellen sich.

Nan zieht einen Stuhl neben den Sarg. Lilys Gesicht sieht noch genauso aus wie am Morgen ihres Todes. Nan kneift die Augen zusammen und sieht genauer hin. Nach einer Weile kann sie erkennen, dass Lily sich doch verändert hat. Ihre Schönheit lässt nach. Die vollen Lippen werden schmaler, und die Augen scheinen ganz leicht zu schielen, was der Leiche einen sauren, mürrischen Ausdruck verleiht. Eine grünliche Blässe überzieht die Haut, und das Haar um die Schläfen wird schlaffer.

Lily mag die Welt ja auf eine unnatürliche Weise zu verzaubern, aber niemand kann den Tod austricksen.

»Was hast du vor, Miss?«, flüstert Nan.

Folgendes geschieht: Der Bilderrahmen auf dem Tisch vollführt einen Hopser, die stehen gebliebene Uhr auf dem Kaminsims beginnt zu ticken, und die Quasten des türkischen Teppichs sträuben sich.

Nan wartet. Das polierte Holz des Sargs beschlägt auf der Seite und Buchstaben erscheinen:

L.I.L.Y.L.E.B.T.

»Komm auf keine dummen Gedanken«, schimpft Nan. »Was du brauchst, Miss, ist ein hübsches, friedliches Begräbnis. Es ziemt sich nicht, vorgeführt und von halb London begafft zu werden. Es ist nicht natürlich!«

Nan meint, einen Schatten von Verärgerung über Lilys schöne, stille Gesichtszüge gleiten zu sehen.

Sie denkt eine Weile nach, den Blick auf das schlafende Gesicht von Lily Wilt gerichtet. Nach und nach reift der Beschluss, den Rat eines bestimmten hervorragenden Autors und regelmäßigen

Dinner-Gastes von Mr und Mrs Rumold Wilt zu erbitten. Schließlich hat sein Nachruf das alles losgetreten. Nan ist zuversichtlich, dass sie eine Audienz bei dem berühmten Gentleman bekommen wird, denn hat er nicht in einer seiner beliebten Geschichten ein Bildnis von ihr entworfen?

»Ich werde mit Mr D reden, du wirst schon sehen. Er wird deine liebe Mama und deinen lieben Papa zur Vernunft bringen.«

Folgendes geschieht: Die Gaslichter flackern, die Lilien schrumpfen in ihren Vasen zusammen, und ein arktischer Wind heult im Nans Ohren.

Nan, unbeeindruckt, schließt den Deckel des Sargs und scheint froh zu sein, Lily nicht mehr sehen zu müssen.

~

Pemble erwacht, weil jemand anhaltend an seine Tür klopft. Er öffnet die Augen. Die Seiten des Buches über Leben und Tod liegen zerknittert unter seiner Wange.

Das Klopfen hört auf und wird durch ein entschlossenes Hämmern ersetzt. Er setzt sich aufrecht am Tisch hin.

Jemand drückt die Klinke herunter. Rüttelt daran. Eine Stimme ruft, es ist ein tückisches nasales Gejammer.

»Mr Pemble, sind Sie da drin?«

Pemble schließt das Buch, versteckt es und kann noch die Hose anziehen, bevor Mrs Peach durch die Tür kommt, das Schloss bereitet ihr keine Schwierigkeiten. Pembles Vermieterin steht vor ihm, eine Gewitterhexe, spindeldürr, nichts als Ellbogen, Schlüsselbein, Knochen und dazu ein verblüffend rabenschwarzer Haarschopf (nicht ihr eigener).

»Entschuldigen Sie mein Eindringen, Mr Pemble.« Sie schenkt ihm ein bitteres Lächeln. »Ich habe Sie die ganze Woche nicht gesehen, und die Miete ist fällig.« Sie sieht sich im Zimmer um, sieht das Bett, in dem niemand geschlafen hat, die Reste halb gegessener Mahlzeiten.

»Haben Sie vor, Ratten in mein Gästehaus zu locken, Mr Pemble?«

»Entschuldigen Sie, nein.«

»Ich führe ein reinliches Etablissement, Mr Pemble.«

»Ich bringe Ihnen das Geld sofort hinunter«, bietet Pemble mit aller Höflichkeit an, die er aufzubringen in der Lage ist.

Mrs Peach durchquert den Raum, schiebt den Vorhang vor Pembles Dunkelkammer zur Seite und sieht hinein. »Mr Pemble, ich dachte, wir hätten uns darauf geeinigt, dass dies Ihr Schlafraum ist?«

»Entschuldigen Sie, ja.«

Mrs Peach richtet ihre Aufmerksamkeit auf die Fotografien, die im Zimmer hängen.

Pemble spürt Wut in sich aufbranden, als er sieht, wie Mrs Peach neugierig die prächtigen Bilder der toten Lily Wilt anstarrt.

»Tot, oder?«

»Traurigerweise.«

»Armes kleines Ding, zwölf?«

»Siebzehn.«

»Schwindsucht, oder? Die große Geißel entzückender junger Frauen.«

»Nein. Keine Schwindsucht.«

Mit zusammengekniffenen Augen betrachtet sie das Bild. »Ein Unfall? Hat eine komische Kopfform, mit einer Delle da an der Schläfe.«

»Ihr Kopf ist vollkommen. Lily Wilt ist im Schlaf gestorben.«

»Das ist Lily Wilt?«

»Ja.«

»Die *berühmte* Lily Wilt?«

Pemble fügt sich.

»›Das ewige Dornröschen‹! Die Zeitungen nennen sie ›Londons Top-Weihnachtsattraktion‹!« Mrs Peach wirft ihm einen spitzbübischen Blick zu. »Aber nicht mehr für lange.«

Pemble beschleicht ein böses Gefühl. »Wie meinen Sie das?«

»Sie ist an einen Schausteller verkauft worden. Lily Wilt wird ins Ausland verschifft, und zwar gleich nach Amerika.«

Pemble schreckt zusammen.

»Stellen Sie sich vor!«, ratscht Mrs Peach. »Sie haben eine Seife nach der Kleinen benannt!«

Pemble nimmt Hut und Mantel und eilt zur Tür.

»Mr Pemble, die Miete bitte!«

Pemble hastet zum Townhouse der Wilts am Hanover Square. An der Tür registriert der Butler folgende Dinge: seine derangierte Erscheinung, den wilden Blick und wie sehr seine Hände und Lippen zittern. Der Butler informiert Pemble, dass sein geschätzter Arbeitgeber, Sturge & Sons, in Pembles Abwesenheit seinen zweitbesten Gedenk-Fotografen, Mr Stickles, geschickt hat. Mr Stickles war umgehend zur Stelle, hat diskret seine Aufnahmen gemacht und Mr und Mrs Wilt mit Fotografien beliefert, die sie rundum begeistern.

»Könnte ich kurz …? Bitte, nur einen Moment mit Miss Wilt …«

»Ich fürchte, nein, Sir.« Der Butler schließt die Tür mit festem Griff.

Pemble geht weiter. Ihm ist kaum bewusst, dass es Heiligabend ist. Die fröhlichen Leute und der tanzende Schnee, die glücklichen Straßenjungen und Orangenverkäufer, die heißen Kastanien und geschmückten Schaufenster … Das alles sieht er nicht. Doch dann, oh, ein Lichtstrahl schneidet durch die Düsternis. Eine Erinnerung an seine Geliebte ereilt ihn, und er beschwört ihren munteren Geist vor seinem inneren Auge herauf, ihren reizenden Körper, dem Körper einer Heiligen gleich.

Er hört ihre geliebte Stimme.

»Nun mach schon Walter, mein Lieber. Ich warte.«

Mit erneuter Energie eilt er nach Seven Dials.

Pemble kauft einen Glühwein bei der mürrischen Frau hinter der Theke, nickt wissend den Stammgästen zu und zieht sich in eine der Nischen zurück. Sofort schiebt sich der hinterhältige und etwas schmutzige Kerl auf den Platz gegenüber und tippt sich mit einem Finger an die Kappe.

Mit gesenkter Stimme erläutert Pemble seine kriminellen Wünsche.

Der schmutzige Kerl saugt die Luft zwischen den ihm verbliebenen Zähnen ein. »Das kostet. Den doppelten Preis. Heiligabend und so weiter.«

»Sorgen Sie nur dafür, dass sie vorsichtig behandelt wird.« Pemble erinnert sich an die Regeln des Umgangs mit dieser Sorte Mensch. »Ein Bonus, wenn sie sicher ankommt.«

Der schmutzige Kerl grinst und tippt sich an die Kappe. »Wir werden sie wie eine Schneeflocke behandeln.«

~

Mitternacht. Ein Bündel wird vorsichtig die Treppe von Mrs Peaches Gästehaus hinauf in Pembles Mansarde gebracht. Die Lieferung erfolgt ohne Zwischenfall, da die Vermieterin mit einem präparierten Gin in den Schlaf geschickt wurde.

Pemble lässt das Bündel in die Dunkelkammer tragen. Er hat alles für die Wiedervereinigung von Lily Wilts Körper und Geist vorbereitet. Atemlos vor Aufregung wartet er darauf, dass die maskierten Männer wieder gehen. Er schließt die Tür hinter ihnen ab.

Pembles Hände zittern, als er das Paket auspackt. Er ist voller Ehrfurcht und traut sich kaum, den Körper seiner Geliebten in seiner Gänze zu betrachten. Stattdessen nimmt er kleine Schlucke. Ihre zarten Zehen, die schönen Schienbeine, die wunderbaren Wölbungen ihrer Brauen, ihre lieben, ernsten Wangen …

»Walter, mein Lieber«, sagte sie mit bissigem Ton. »Ich habe wirklich genug davon, angestarrt zu werden. Wie wäre es, wenn du dich darum kümmertest, mich zurück ins Leben zu holen?«

~

Pemble konsultiert Thooms' Buch über Leben und Tod. Er überprüft die erforderliche Ausrüstung und geht die Prozedur noch einmal in Gedanken durch. Er versucht sein Herz zu beruhigen.

Der Geist von Lily Wilt treibt durch den Raum, schimmernd in seinem körperbetonten Totenhemd, und inspiziert die Fotos von sich. »Ich bin ziemlich fotogen, oder?«

Pemble wischt sich über die Stirn. »Ja, Liebste.« Er zögert. »Wir könnten die Dinge einfach so lassen, wie sie sind. Es stört mich nicht, wenn du etwas, du weißt schon, unkörperlich bist.«

Lilys Blick ist eisig. »Nun, mir macht es was. Du hast es mir versprochen, Walter. Ich möchte Bonbons essen und tanzen gehen.« Ein laszjver Ton schleicht sich in ihre Stimme. »Ich möchte die körperlichen Aspekte des Lebens wieder kosten.«

Walter wird rot und sieht weg. »Ich will sehen, was ich tun kann, Liebste.«

Die sterblichen Überreste von Lily Wilt liegen auf einer stabilen Bank. Um ihren Körper herum brennen Lampen. Neben der Bank steht ein Tisch voller chirurgischer Instrumente – Pemble erschaudert, wenn er hinsieht. Unter der Bank stehen eine Blechwanne und mehrere Korbflaschen. Sägemehl ist auf dem Boden verstreut. In einer Ecke des Zimmers wartet ein Waschgestell mit einem geheimnisvollen Aufgebot von Objekten. Darunter der Flügel eines Hänflings und ein Spiegel, ein Teller Kreide und ein Kelch.

Stunden vergehen. Die Glocken läuten. Es ist der erste Weihnachtstag.

Lily Wilt, Geist und Körper wiedervereint, sitzt auf einem Stuhl am Fenster. Neben ihrem rechten Ellbogen steht eine Tasse Gin, und sie drückt sich einen großen Wattebausch auf das Ohr. Sie trägt Pembles Nachthemd. Pemble wendet den Blick von den zornigen Stichen ab, die sich über ihr Dekolleté ziehen.

In der Dunkelkammer herrscht ein wildes Durcheinander. Die Blechwanne ist voller Blut, das Sägemehl zu verklebten Haufen zusammengeschoben. Die chirurgischen Instrumente sind in Lilys Totenhemd gewickelt, der Flügel des Hänflings klebt an der Wand.

Lily Wilts Blick fängt Pembles auf. »Ich will Eiscreme«, sagte sie mit der verheulten Übellaunigkeit eines Kleinkindes.

Lily sitzt gern am Fenster und sieht die Leute unten auf der Straße vorbeilaufen.

Meist hat sie keine Lust zu irgendwas. Sie verbringt ihre Tage damit, Nüsse aufzubeißen und die Schalen auszuspucken. Gelegentlich singt sie ein ordinäres Lied.

Pemble ist fix und fertig. Er bringt Lily alles, wonach sie verlangt: Bücher, Bänder, einen Kreisel, einen Vogel in einem Bauer und eine Mandoline.

»Ich will tanzen gehen«, jammert sie.

»Du musst dich erst erholen, Liebes.«

»Ich fühle mich schlechter, nicht besser! Was hast du überhaupt mit mir gemacht?«

Pemble stellt sich die gleiche Frage.

Lily hat sich verändert, sie verändert sich täglich. Sie hat die Alabasterfarbe verloren, die sie als Tote hatte. Ihre Haut erschlafft, ihre Zähne wackeln, die Augen fallen ein, und ihr goldenes Haar wird stumpf.

~

Pemble geht zum Fluss und sieht hinein. Es fällt immer noch mehr Schnee, der auf Londons vielbefahrenen Straßen zu schwarzem Matsch wird. An den Zeitungsständen wird die Nachricht von Lily Wilts Verschwinden in die Welt geschrien. Die Trauer ihrer sie abgöttisch liebenden Eltern ist herzzerreißend. Die Belohnung für ihre Auffindung ist erstaunlich. Pemble stolpert vorbei und zieht sich die Krempe seines Hutes ins Gesicht. Es ist zu kalt, um im Park zu sitzen, und so flüchtet er sich in Kneipen. Er trinkt starken Schnaps. Ihm graut vorm Schlafen, vorm Aufwachen und vor allem vorm Nachhausegehen.

~

Lily hat ihr Bett ans Fenster gezogen, damit sie während ihrer Genesung hinaussehen kann. Mit den Fingernägeln kratzt sie Muster ins Eis innen auf dem Glas. Sie mag das Geräusch.

Mit Lilys Genesung kommen Gelüste. Lammkoteletts weichen Kalbsleber. Auf Kalbsleber folgt Katzenfutter. Auf Katzenfutter Katzenfleisch. Auf der Suche nach Katzen streift Pemble durch die nächtlichen Straßen. Er schaudert, als er ihr den zappelnden Sack gibt. Lily feixt und zieht den Bettvorhang zu. Nach einer Weile hört Pemble ein widerliches Knirschen und Schlürfen. Kurz darauf sammelt er die weggeworfenen Bälge ein und wirft sie ins Feuer. Die Mansarde stinkt nach verbranntem Fell. Eines Tages führen Pemble seine Schritte nach Camden Town. Einen finsteren Weg hinunter, durch einen finsteren Durchgang zu einem finsteren Winkel. Er steht vor der Fassade eines verlassenen Buchladens. Das Schild über der Tür ist zu verblichen, um etwas darauf lesen zu können. Die leeren Regale wachsen voller Staub vom Boden bis zur Decke.

Die Katzen werden umsichtiger, Pemble muss weit entfernt jagen. Er kommt spät zurück ins Gästehaus. Er steigt die Treppe hinauf, einen fauchenden Sack über der Schulter. Die Tür zu seiner Mansarde steht offen. Mrs Peach steht mit großen Augen neben Pembles Bett und redet Unsinn.

Pemble muss Lily Wilt seiner Vermieterin nicht vorstellen. Die Vorhänge sind bereits aufgezogen.

Zum Glück hat er die Blechwanne und die chirurgischen Instrumente noch.

~

Nan Hooley geistert durch die Straße vor Mrs Peaches Gästehaus. Sie sucht Schutz unter der Markise des Ladens gegenüber, hält ihren Einkaufskorb an sich gedrückt und sieht düster zu den Mansardenfenstern hinauf. Der Straßenkehrer hat das Kommen und Gehen von Mr Pemble verfolgt. Nan drückt dem Jungen eine Münze in die Hand, und er berichtet Seltsames. Manchmal ist Mr Pemble weit weg, um Dinge einzukaufen, eine Spieluhr, eine Ananas, einen Kanarienvogel samt Käfig. Dann wieder ist er die halbe Nacht unterwegs und kommt mit einem zappelnden Sack zurück.

Und da ist Mr Pemble selbst. Lauernd tritt er hinaus auf die Straße, schlägt den Kragen hoch und eilt davon.

Nan bekommt einen Schreck, so sehr hat sich der junge Mann verändert. Seine Augen sind glasig und blutunterlaufen, sein Bart ist ungepflegt, Kleidung und Stiefel sind verschmutzt.

Sie hastet ihm hinterher.

~

Eine verrufene Kneipe beim Seven Dials. Nan sieht zu, wie Pemble ein Getränk bestellt, sich in eine Nische setzt und in sein Glas starrt. Sein Gesicht trägt den Ausdruck der Verdammten.

Nan setzt sich auf den Platz ihm gegenüber und stellt den Korb ab.

Pemble sieht sie an und zieht die Brauen zusammen. Er kennt ihr Gesicht, kann aber nicht sagen, woher.

»Mr Pemble, wissen Sie zufällig, wo sich Miss Wilt befindet?«

Sein Blick hellt auf, er erkennt sie. »Sie sind das Hausmädchen.«

»Ja, Sir.«

Pemble holt eine Fotografie aus der Tasche seines Mantels. Er legt sie auf den Tisch.

»Diese Aufnahme von Lily habe ich gestern gemacht. Bitte, sagen Sie mir genau, was Sie sehen.«

~

Nan bietet Pemble auf dem Rückweg zu seinem Gästehaus ihren Arm an. Erst wankt er leicht, aber die kalte Luft und Nans starke, stille Gegenwart scheinen ihn neu zu beleben. An der Tür lächelt er traurig.

»Wissen Sie jetzt, was Sie zu tun haben, Sir?«, flüstert Nan.

Pemble nickt.

»Sammeln Sie Ihre Kräfte.«

Pemble geht schweren Schritts hinein.

Eine Weile sieht Nan hinauf zu den Mansardenfenstern, dann zieht sie ihr Tuch enger um sich und macht sich auf den Heimweg.

Der Tag, an dem Lily Wilt beerdigt wird, ist bitterkalt mit blauem Himmel. Die Totengräber haben sich stundenlang abgemüht, in die gefrorene Erde vorzudringen. Der Leichenwagen bewegt sich ruhig voran. Durch seine Fenster ist ein Sarg zu sehen, bedeckt von einem Blumenteppich. Sechs schöne Rappen klappern durch die wabernden Wolken ihres eigenen Atems. Trauernde folgen der Toten, eingepackt in schwarzen Bombasin, Crêpe de Chine und schwere Spitze.

Der Leichenwagen nimmt auf seinem Weg durch London immer mehr Menschen mit, sodass der Trauerzug bis zum Friedhof stark anwächst. Lily Wilt fasziniert die Leute immer noch. In der Geschichte dieses Dornröschens gibt es ein letztes Geheimnis. Ihr Körper ist auf genauso unergründliche Weise im Wohnzimmer am Hanover Square wieder aufgetaucht, wie er zuvor von dort verschwunden ist. Die Öffentlichkeit war erleichtert. Bis sie feststellen musste, dass Lily Wilt nicht länger ausgestellt sein würde. Finstere Gerüchte schossen ins Kraut. Sie war in der Hand eines verderbten Menschen. Sie wurde auf unirdische Weise modifiziert. Der Polizei war jede Aufklärung untersagt. Die Familie gab keinerlei Kommentar ab.

Auf dem Friedhof wartet ein Fremder und lauscht dem Geräusch des näher kommenden Leichenwagens. Sein Herz schlägt schneller, als er die führenden Pferde sieht, sie nicken mit ihren schwarzen Federbüschen und trotten langsam an ihm vorbei. Hinter dem Wagen folgen die Trauernden, schniefen und klagen. In den Bäumen pöbeln und krächzen die immer respektlosen Krähen.

So gelangt Lily Wilt an ihre letzte Ruhestätte, eine auffällige Familiengruft am zentralen Durchgangsweg. Bald schon wird ein aus Stein gemeißelter Engel dort aufgestellt werden, der mit ihrer marmorhaften Anmut konkurriert. Die Trauernden zerstreuen sich, rücken sich die Krempen ihrer Hüte tiefer ins Gesicht, ziehen Mäntel und Umhänge fester um sich, versenken die Hände in ihren Muffs und lassen die Totengräber ihre Arbeit tun.

Nan Hooley bleibt bis zuletzt. Nur, um sicherzugehen.

Es dämmert, und Walter Pemble kniet am Grab seiner Geliebten.

Er wartet. Dann hört er ihre Stimme. Leicht verärgert.

»Das ist nicht ganz das Ende, das ich mir vorgestellt hatte, Walter.«

Pemble hebt den Blick, Lily Wilt steht vor ihm, ihre eisige Schönheit ist wiederhergestellt.

»Liebste Lily.«

Sie schenkt ihm ein graupeliges Lächeln. »Ich nehme an, es gibt noch eine Möglichkeit für uns, zusammen zu sein.«

Pemble nickt und betupft seine Augen. Pemble verlässt den Friedhof und zeigt sich selbst beim ersten Constable an, den er trifft.

~

Es ist Morgen im Townhouse am Hanover Square. Der Butler liest in der Küche laut aus der Zeitung vor, die Haushälterin buttert eine Scheibe Toast. Nan stellt eine Kanne Tee auf den Tisch.

»Hier steht es«, sagt der Butler.

»Er war ein Unmensch.« Die Haushälterin gibt etwas Marmelade auf den Toast.

»Ein wirklicher Unmensch.«

Nan rückt die Platzdeckchen zurecht und sammelt Krümel ein.

»Walter Pemble, zuletzt als Fotograf angestellt«, liest der Butler, »wurde des Diebstahls der irdischen Überreste von Miss Lily Wilt, des ›Ewigen Dornröschens‹, aus dem Haus ihrer Familie am Hanover Square für schuldig befunden. Mr Pemble gestand auch die ungesetzliche Tötung seiner Vermieterin, die sein Verbrechen entdeckt hatte.«

Die Haushälterin zischt zwischen den Zähnen hindurch.

Der Butler nippt an seinem Tee. »Verderbtheit und Verfall.«

»Alles schon zu alltäglich«, sagt die Haushälterin. »Der Verfall.«

»Der Mann hat den Verstand verloren«, sagt der Butler in einem Ton, der Mr Pemble Leichtfertigkeit unterstellt.

Die Haushälterin zieht die Stirn kraus. »Und wenn.«

»Genau.«

~

Eine Menge versammelt sich draußen vor dem Gefängnis Newgate. Nicht, dass die Hinrichtung öffentlich wäre, aber es ist mild für Januar und immerhin einen Ausflug wert. Nan Hooley ist ebenfalls gekommen. Als es so weit ist, vergießt sie ein paar Tränen für Mr Pemble.

Später am Nachmittag holt Nan eine alte Zigarrenkiste hervor, die sie unter dem Bett aufbewahrt. Drinnen sind ein silberner Fingerhut, eine graue Haarlocke, ein paar vertrocknete Blumen und eine Fotografie.

Sie sieht die Fotografie endlos lange an. Dann entzündet sie ein Streichholz und steckt sie an. Das Papier wellt sich und geht in Flammen auf und mit ihm Lily Wilts Grinsen. Nan lässt es in den Kamin fallen. Sie steht eine Weile da, tief in Gedanken über das Leben, den Tod und die schreckliche Sache dazwischen. Kurz darauf schafft sie eine halbe Kaninchenpastete.

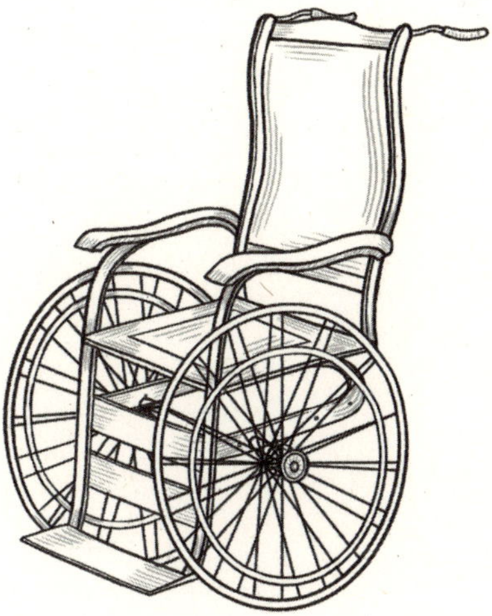

Laura Purcell

CHILLINGHAMS ROLLSTUHL

DIE ERSTE EMPFINDUNG war ein Kribbeln auf ihrer Wange. Dann nahm Evelyn ihre Ohren wahr, ein Klingeln, ein Stechen. Ihre Glieder fühlten sich taub an.

Sie schien an einem feuchten, bitterkalten Ort zu sein. Als sie sich zu bewegen versuchte, schoss ihr ein Schmerz durch das Bein und ließ sie nach Luft schnappen. Ihre Lider öffneten sich flatternd und enthüllten … nichts. Eine immense, farblose Weite.

Vielleicht war sie gestorben und befand sich im Fegefeuer, und die Nadeln, die ihr ins Rückgrat stachen, waren der Preis für ihre Sünden.

Kaum war ihr dieser Gedanke gekommen, wurde die Stille um sie herum unterbrochen. Ein Tier keuchte, irgendwo in der Nähe. Evelyn versteifte sich, unfähig, den Kopf zu heben und sich umzusehen. Die Kreatur atmete schwer, Tatzen knirschten im Schnee, sie kamen näher.

Evelyn konnte nur wimmern und die Augen schließen. Das Tier schnüffelte jetzt um ihr Ohr herum. Leckte ihr mit seiner warmen, schleimigen Zunge über die Stirn.

»Geh weg!«, stöhnte sie.

Doch stattdessen legte sich die haarige Bestie über ihre Brust, bewachte und beanspruchte sie für sich. Alle Luft wurde aus ihr herausgepresst, und ein schreckliches Heulen hallte durch die eisige Luft.

Dumpfe Geräusche und Knirschen ein Stück entfernt. Jemand rief ihren Namen.

»Gutes Mädchen!«, sagte ein Mann. »Guter Hund.«

Vorsichtig erlaubte Evelyn ihren Augen, sich zu öffnen, und alles wurde klar.

Die Weite über ihr war nicht die Verdammnis, sondern der Himmel, schwer mit Schnee, und auf ihrer Brust lag auch kein Ungeheuer. Es war ein Beagle, der nach seinem Herrchen gerufen hatte.

Gesichter schoben sich in ihr Blickfeld. Gentlemen, die sie vage zu kennen schien, dann die geliebten Gesichtszüge ihrer Schwester Susan.

»Evelyn!«, rief die. »Evelyn, bist du verletzt?«

»Ich glaube … ja«, krächzte Evelyn. »Ich weiß nicht … was passiert ist.«

»Schnee ist von einem Ast gefallen, und Ihr Pferd hat gescheut«, erklärte ein gut aussehender Gentleman. »Es ist zum Stall gelaufen, mit dem Sattel unter dem Bauch.«

Richtig, sie waren jagen gewesen. Nicht zu Hause, sondern auf einem anderen Anwesen, auf Chillingham Grange. Der Mann, der da mit ihr sprach, war Victor Chillingham persönlich. Er beugte sich über sie. Ein liebenswürdger, besorgter Blick glitt ihren Körper auf und ab und suchte nach Verletzungen.

Evelyn vermochte unter der Last ihrer Scham kaum zu atmen. Nicht nur, dass sie öffentlich gestürzt war, es war auch noch geschehen, während sie Gast auf dem Anwesen dieses Gentlemans war.

Dieses Gentlemans, dessen Heiratsantrag sie mit Bestimmtheit zurückgewiesen hatte.

»Wir müssen ins Haus, bevor du dich erkältest«, sorgte sich Susan. »Meinst du, du kannst aufstehen?«

Evelyn hob eine Hand, um den Beagle wegzuschieben. Selbst das bereitete ihr Schmerzen.

»Es tut mir leid, dass ich Umstände mache, aber … ich glaube nicht, dass es geht.«

~

Der Doktor sah ihr tief in die Augen. Er roch nach Laudanum und Egeln. »Ein böser Schlag, das ist sicher. Keine Verletzung des Kopfes, aber es wird Symptome einer Gehirnerschütterung geben. Übelkeit, Schwindel. Ich würde sie keinesfalls bewegen.«

Mamma hob ein Taschentuch an den Mund. »Wie hast du das nur gemacht, Evelyn? Du bist doch noch nie in deinem Leben gestürzt. Und jetzt bei der *einen* Gelegenheit, wo alles perfekt laufen muss …«

Evelyn rückte sich auf der Chaiselongue zurecht. Ihr gebrochener Fuß lag hoch, war verbunden und mittels einer Schiene ruhiggestellt. Er juckte wie eine Flohkolonie. »Es tut mir leid, Mamma. Es war nicht mein Fehler. Quicksilver ist mit mir durchgegangen.«

Der Doktor öffnete seine Tasche und schrieb ein Rezept für den Apotheker aus. »Nehmen Sie das zweimal täglich ein. Ich komme und sehe nach Ihrem Befinden. Bis dahin verordne ich absolute Bettruhe. Wenig Bewegung und keinerlei Aufregung.«

»Aber das ist unmöglich!«, brach es aus Mamma heraus. »Ihre Schwester heiratet an Dreikönig, und Evelyn ist die Brautjungfer.«

»Es tut mir leid, Madam, es lässt sich nicht ändern. Die Gesundheit geht vor. Ihre Tochter vor einem Hirnfieber zu schützen, steht für mich an allererster Stelle.«

Eindeutig nicht für Mamma. Sie schoss einen Blick auf Evelyn ab, der voller heftiger Wut war.

»Soll ich die Rechnung an Mr Chillingham schicken, Madam, oder …?

»Großer Gott, nein!«, rief Mamma. »Wir haben ihm heute schon genug Unannehmlichkeiten bereitet. Gehen Sie zu meinem Mann. Er ist im Billardzimmer.«

Der Doktor verbeugte sich und zog sich zurück. Er schloss die Tür hinter sich.

Mamma atmete einmal tief durch und schob ihre Spitzenhaube zurecht. »Ich sehe ein, dass deine Situation nicht einfach ist, Evelyn«, begann sie mit angespannter Stimme. »Dass deine jüngere Schwester vor dir heiratet, ist eine demütigende Sache. Aber du hattest deine Chance, die Braut zu sein. Es ist ein Jammer, wenn du deine Entscheidung jetzt bedauerst.«

»Wie bitte?«

»Es war ein dummer Fehler, Mr Chillingham abzuweisen. Es wundert mich nicht, wenn du es eingesehen hast. Aber nun deiner Schwester die Verbindung zu neiden, ist unter deiner Würde. Bedenke, dass dir Susan, wenn sie Mrs Chillingham ist und sich in der höheren Gesellschaft bewegt, einen anderen Bewerber suchen kann, einen, den du mit ausreichend gesundem Menschenverstand akzeptieren wirst.« Sie schob die Lippen vor und warf einen Blick auf den verletzten Fuß. »Wenn du denn je wieder auf einem Ball wirst tanzen können.«

Es kostete Evelyn all ihre Kraft, kein Kissen zu nehmen und es nach ihrer Mutter zu werfen. »Was? Denkst du, ich habe das extra gemacht? Um Susan die Hochzeit zu verderben? Mamma! Wie kannst du mich für so gemein halten?«

Schnee trieb in den Kamin. Das Feuer auf dem Rost spuckte.

»Es macht so oder so nichts«, sagte Mamma. »Du hast dein Ziel nicht erreicht. Die Hochzeit findet statt, mit dir oder ohne dich.«

Es klopfte an der Tür. Evelyn zuckte zusammen, was heiße Pfeile durch ihr Bein schießen ließ.

»Immer herein«, rief Mamma mit weit angenehmerer Stimme.

Es waren Susan und Mr Chillingham. Evelyn wurde rot. Sie hoffte, dass die beiden nicht gelauscht hatten, aber sie lächelten auf die beflissene, leicht unerquickliche Weise, wie es die Leute tun, wenn sie einen Invaliden vor sich haben.

»Arme Evie!«, tönte Susan. »Was für eine Enttäuschung, so daliegen zu müssen! Aber keine Angst, wir haben eine Überraschung für dich. Oder besser, Victor hat sie. Es war seine Idee.«

Mit großer Geste trat das Paar auseinander, um dem Hausmädchen Biddy Platz zu machen, das ein merkwürdiges Ding über die Schwelle schob. Es war ein großer gepolsterter Stuhl, so wie er in jedem Wohnzimmer zu finden war, nur dass die Seitenlehnen auf senkrechten Messingstäben steckten. Drei Räder trugen ihn, zwei vorne und eines hinten. Sie stöhnten wie ein leidendes Tier.

»Der hat meinem Vater gehört«, erklärte Mr Chillingham, während Biddy den Stuhl hinüber zur Chaiselongue manövrierte. Sie klappte die Fußstütze mit einem Klacken herunter, das Evelyn zusammenfahren ließ. »Habe ich erzählt, unter welch schweren gesundheitlichen Problemen er am Ende seines Lebens litt?«

Evelyn betrachtete das Möbelstück mit Abneigung. Alle im County wussten über den unverbesserlichen alten Mann Bescheid. Die Geschichten gingen überall herum. Sein Jähzorn und seine Gemeinheiten hatten »Old Chillingham« einen Ruf verschafft. Im Korridor hing ein Porträt von ihm, einem ölig aussehenden Mann mit kleinen, grausamen Augen.

Aber sein Sohn Victor blickte sie liebevoll an, das völlige Gegenteil seines Vaters.

»Das haben Sie«, antwortete Evelyn. »Ich glaube, Sie sagten, Ihr Vater habe zuletzt weder sprechen noch auf seinen Beinen stehen können.«

»Genau. Deshalb habe ich ihm diesen Stuhl gekauft.«

»Und es ist nicht *irgendein* Stuhl, Evie.« Susan trat vor und drehte einen der Griffe, die aus der Lehne hervorstanden. Es klickte, und die Räder begannen sich zu drehen. »Sieh doch, du kannst ihn lenken. Der Stuhl bewegt sich von selbst voran!«

»Er wird ›Mr Merlins mechanischer Stuhl‹ genannt«, informierte Mr Chillingham sie. »Die allerneueste Erfindung. Ich habe keine Ausgaben gescheut.«

»Was für ein Trost es für Ihren Vater gewesen sein muss«, seufzte Mamma, »ein so *pflichtbewusstes* Kind zu haben.«

»Ich hoffe, Sie wissen, Miss Lennox«, fuhr Mr Chillingham fort, »dass ich alles in meiner Macht Stehende tun werde, um auch Ihnen während Ihrer Unpässlichkeit zu helfen. Sie sind genauso Teil meiner Familie, wie es mein Vater war. Unglücklicherweise wird Ihnen dieser Stuhl draußen im Freien nichts nutzen, aber er sollte Ihnen helfen, durchs Haus zu navigieren.«

»Das heißt, dass du am Ende doch nicht *alles* verpassen wirst!«, strahlte Susan.

Evelyn versuchte das Lächeln aller zu erwidern, doch der Gedanke, auf dem Ding zu sitzen, war widerlich. Selbst aus der Entfernung roch sie den schalen, sauren Geruch der Polster und sah einen dunklen Fleck auf dem Sitz.

Zum Glück kannte Mammas Freude keine Grenzen. »Wie unendlich gütig von Ihnen! Meine Tochter ist Ihnen zu großem Dank verpflichtet, Mr Chillingham. Sie sehen, dass sie die Ehre sprachlos macht. Sie war so unvorsichtig. Sie muss lernen, in Zukunft zurückhaltender zu reiten.«

»Bitte, tadeln Sie sie nicht, Madam. Es war nicht Miss Lennox'

Fehler, sondern der meiner Stallburschen. Der Sattel war nicht im besten Zustand und der Gurt nicht richtig festgezurrt. Solche Fehler sind nicht zu akzeptieren. Seien Sie versichert, dass der Verantwortliche sofort entlassen wird.«

Mamma und Susan nickten zustimmend. Nur Biddy schreckte hinter dem Stuhl zusammen.

Natürlich hatte das Mädchen Mitleid mit einem anderen Bediensteten. Und es schien tatsächlich ziemlich grausam, einen Stallburschen wegen eines einzelnen Fehlers hinauszuwerfen, besonders wo das Kaminsims noch mit Stechpalmenzweigen, mit Efeu und Misteln geschmückt war.

»Oh, bitte nehmen Sie ihm seine Stelle nicht, Sir«, sagte Evelyn. »Nicht meinetwegen. Ich könnte nicht schlafen, wenn jemand zu dieser Jahreszeit seine Arbeit verlöre. Vergeben wir ihm im Sinne der Weihnachtszeit.«

Mr Chillingham neigte den Kopf. »Ihr mitfühlendes Herz verdient Anerkennung, Miss Lennox. Sie sind fast so gütig wie Ihre Schwester.« Er griff nach Susans Hand. »Also gut. So soll es denn sein.«

Susan belohnte ihn mit einem honigsüßen Lächeln. Sie sahen aus wie das perfekte häusliche Paar. Evelyn spürte eine Leere im Magen. Sie sollte dort stehen.

Sie hätte den Gerüchten über Victor Chillingham keinen Glauben schenken sollen. Der sanftmütige Gutsherr hatte keinerlei Ähnlichkeit mit dem nach Spielkarten und Würfeln süchtigen Mann, über den ihre Freundinnen geflüstert hatten. Das Gerede besaß eindeutig keinerlei Grundlage. Victor Chillingham war ein guter Mann, und sie hatte ihn abblitzen lassen.

»Dieser ausgezeichnete Stuhl wird dich allerdings nicht die Treppe hinauf- und hinuntertragen«, sagte Mamma. »Wirklich, Evelyn, es wäre am einfachsten für alle, wenn du hier unten schlafen würdest. Biddy kann dein Gepäck holen und auf einer Liege bei dir bleiben, falls du sie brauchst. Klingt das vernünftig, Mr Chillingham? Es würde mir nicht gefallen, wenn Ihnen meine Tochter irgendwelche Unannehmlichkeiten bereitete …«

»Kein Problem«, stimmte er gleich zu. »Ich habe keine Einwände. Dieser kleine Salon wird kaum benutzt. Ich hoffe, Miss Lennox betrachtet ihn als den ihren, solange sie bleibt.«

Nicht nur der Salon hätte ihr gehören können, sondern *ganz* Chillingham Grange. Der Wildpark und die Wälder, der klare See und der Küchengarten mit seinen Kräutern aller Art. Evelyn hätte die Herrin dieses eindrucksvollen Gutshofes mit seiner weiten Freitreppe hinauf zum Haupteingang werden können, aber jetzt fiel das alles an ihre jüngere Schwester.

Susan trat ungeduldig vor. »Lass uns den Stuhl ausprobieren. Ich möchte sehen, wie du damit fährst.«

Evelyn konnte es nicht ablehnen. Biddy hievte sie von der Chaiselongue auf das Ding. Die Polsterung empfing sie mit einem Seufzen. Ihr Schenkel fand eine Vertiefung im Sitz. Old Chillingham musste in den Tagen, in denen er darauf thronte, seinen Abdruck darin hinterlassen haben.

»Dreh die Hebel nach außen, um loszufahren«, drängte Susan.

Misstrauisch betätigte Evelyn beide angelaufenen Messinghebel. Ein Klacken ließ den Stuhl erzittern, sie spürte es unten in ihrem Rückgrat, und er setzte sich mit einem durchdringenden Quietschen in Bewegung.

Susan klatschte begeistert in die Hände. »Sieh, wie du fährst!«

Der Stuhl rollte im Schneckentempo voran. Dennoch sorgte sich Evelyn, weil sie nicht wusste, wie sie ihn wieder anhalten sollte. Langsam, aber sicher bewegte sie sich auf die Flammen im Kamin zu.

Sie versuchte, nicht in Panik zu geraten, konnte aber bereits die Hitze auf ihrer Haut spüren. »Wie halte ich das Ding …«, jammerte sie. Rein aus Glück schlug ihre rechte Hand gegen einen der Hebel, eine Stange senkte sich und bremste die Räder knirschend ab. Das Geräusch ging ihr durch und durch.

In ihrem verbundenen Fuß pochte es, kaum ein paar Fingerbreit vom Kamin entfernt.

Die anderen applaudierten.

»So gütig! So nützlich«, säuselte Mamma in Richtung ihres Gastgebers. »Nun, Evelyn, was sagst du?«

Evelyns Kiefer fand in ein steifes Grinsen. Sie hatte Victor Chillingham schon genug enttäuscht, da sollte sie sich wenigstens jetzt dankbar zeigen. »Ich danke Ihnen, Mr Chillingham«, brachte sie heraus.

~

In dieser Nacht wand sich Evelyn auf der Chaiselongue und konnte nicht schlafen. Der Schmerz in ihrem Fuß pulsierte so regelmäßig wie ihr Herzschlag.

Es war jedoch nicht nur das, was sie wachhielt. Hier unten klang die Welt da draußen lauter. Sie hörte den Wind ums Haus heulen und sich gegen die Fenster stemmen, dazu das stetige Tropfen von den schmelzenden Eiszapfen oben am Dach.

Es blieb ihr nichts, als wach dazuliegen und sich ihrem Kummer zu ergeben.

Hatte sie den Verstand verloren, Victor Chillingham abzuweisen? Ihre Freundinnen meinten, er sei ein Spieler, doch jetzt wurde klar, wie unwahrscheinlich das war. Er hatte seine Hochzeitsgäste während der zwölf Weihnachtstage großzügig bewirtet. Er musste ein festes Einkommen haben.

Nicht, dass ihre Ablehnung seines Antrags allein auf finanziellen Erwägungen gegründet hatte. Es gab auch Bedenken bezüglich der Familie. Sie hatte Sorge, dass er sich mit zunehmendem Alter verändern und wie sein Vater werden könnte. Und dann war da der ältere Bruder, den sie nie kennengelernt hatte. Die Leute sagten, er sei missgebildet, minderbemittelt und aus der Erbfolge ausgeschlossen worden. Aber sie hätte Victor nicht die Fehler seiner Familie ankreiden sollen. Schließlich wollte sie auch nicht, dass die Leute sie nach Mammas Verhalten beurteilten. Der einzige Trost war, dass ihre liebe Susan mit ihm glücklich werden würde. Ihre Schwester würde ein schönes Haus und einen charmanten Ehemann ihr Eigen nennen. Trotzdem, Mamma übertrieb nicht, wenn sie sagte, es sehe komisch aus, wenn die jüngere Tochter als Erste heirate. Es ließ Evelyn merkwürdig aussehen, nicht begehrenswert – besonders, sollte sie fortan ein Bein nachziehen.

Verzagt drehte sie den Kopf auf dem Kissen. Der schreckliche Stuhl lauerte neben ihr, um sie an ihr lahmes Bein zu erinnern. Sie brauchte den Nachttopf, hätte dazu aber Biddy bitten müssen, ihr zu helfen, und da riss sie sich lieber zusammen. Sie war an diesem Tag schon genug gedemütigt worden.

Seltsamerweise machte die schlafende Biddy keinerlei Geräusch, und auch von den Gästen oben war nichts zu hören. Während draußen der Wind heulte, war die Atmosphäre in ihrem kleinen Salon drückend und stickig.

Evelyn versuchte, wie alle anderen in Schlaf zu fallen. Zusammenhanglose Bilder stiegen hinter ihren Lidern auf. Weiß umrandete Bäume, Hufe, die pudrigen Schnee aufwirbelten, witternd voranlaufende Hunde, die Ruten steil aufgerichtet. Sie erinnerte sich an verschiedene Schnipsel des Tages. Den zugefrorenen See, der wie aus Marzipan gemacht ausgesehen hatte. Susan, die ihr sagte, es gebe auf dem Anwesen einen Giftgarten. Sie stellte sich all die giftigen Pflanzen vor, von Schnee verschleiert, da hörte sie ein plötzliches Knarzen.

Das Geräusch ließ sie zusammenzucken, was einen heftigen Schmerz durch ihr Bein schickte. Wie dumm von ihr; das Knarzen konnte nur von Biddy kommen, die sich auf ihrer Liege umgedreht haben musste. Evelyn tat es ab und bewegte ihren Fuß zurück in eine bequeme Stellung, doch da knarzte es wieder, lauter und dazu nahe bei ihrem Ohr.

Es war ein Sich-Setzen, ein Ausatmen, das Geräusch, das ein Möbel machte, wenn es das Gewicht von jemandem aufnahm. Wobei klar war, dass es nicht von Biddys Bett auf der anderen Seite des Zimmers kam, das Geräusch war näher.

Es kam von dem Stuhl.

Millimeter für Millimeter öffnete Evelyn die Augen und linste von ihrem Kissen hinüber zum unförmigen Umriss der Maschine. Nichts schien verändert. Auf den Messingteilen spiegelte sich das Kaminfeuer. So düster es war, konnte Evelyn doch die Vertiefungen im Polstersitz erkennen, die Furchen einer langen Benutzung.

Nun, es war ein altersschwaches Ding, von dem zu erwarten war, dass es ächzte und stöhnte. Sie versuchte sich an diesen Gedanken zu klammern, doch da quietschte die Polsterung, als änderte jemand seine Haltung darauf.

Das war nicht gut. Sie zog die Decke über den Kopf und versteckte sich. »Biddy«, flüsterte sie. »Biddy, bist du wach?«

Keine Antwort.

Etwas winselte, wie der Beagle am Nachmittag, nur dass das jetzt kein Tier war. Der Ton kam von den Rädern dieses Stuhls. Das musste Biddy doch auch hören? Das Knirschen jetzt, das musste sie doch aufwecken?

Es kostete Evelyn auch noch den letzten Fetzen Mut, unter der

Decke hervorzukommen und zu der Stelle hinüberzusehen, wo das Hausmädchen ihre Liege aufgebaut hatte.

Da erhob sich nichts. Da lag niemand. Sie war allein.

Oder vielleicht auch nicht.

Ein weiteres Knirschen drang vom Stuhl herüber. Atemlos vor Angst, wandte Evelyn den Blick zu ihm hin. Das Ding stand immer noch zu ihrer Linken, neben der Chaiselongue, aber nicht länger parallel zu ihr.

Es stand ihr zugewandt.

»Nein«, keuchte sie. »Nein, das ist nicht möglich.«

Sie starrte auf die Lehnen, als könnte sie den Stuhl so in seine alte Position zwingen. Irgendwie, ohne jedes menschliche Dazutun, hatte er sich um volle neunzig Grad gedreht.

Panik schlang sich um ihre Kehle. Sie durfte ihr nicht nachgeben. Das war eindeutig ein Traum. Der Doktor hatte ihr Laudanum gegeben, und das Zeug führte zu Albträumen.

Nur war der jetzt ungewöhnlich echt. Sie spürte das Stechen in ihrem gebrochenen Fuß und sah das Spiel der letzten Flammen im Kamin. Und wenn sie auf den blauen Fleck auf ihrem Arm drückte, tat er weh.

»Wach auf«, befahl sie sich.

Der Stuhl antwortete. Evelyn sah entsetzt, wie sich der Hebel an der rechten Lehne zu drehen begann.

»Nein«, rief sie. »Nein, das erlaube ich nicht.«

Verzweifelt suchte sie nach etwas, irgendetwas, das ihren Traum beenden würde. Es gab nur eine Lösung. Sie atmete tief durch, schwang ihre Beine von der Chaiselongue und stellte sich auf ihren verletzten Fuß.

Der Schmerz war schlimmer als erwartet. Der Schrei in ihrem Kopf übertönte das Klacken des Stuhls. Wenn sie das jetzt nicht aufweckte, dann gar nichts mehr.

Aber ihr Bewusstsein drang nicht zurück an die Oberfläche, im Gegenteil, es begann sich zurückzuziehen. Das Zimmer, das Feuer, selbst der Stuhl, alles trieb weiter davon …

Alles verschwand in einem schwarzen Tunnel.

~

Evelyn erwachte von einem hektischen Klopfen.

»Lassen Sie mich rein!« Das war Biddys Stimme, gedämpft, aber verzweifelt. »Bitte, Miss. Machen Sie die Tür auf.«

Völlig orientierungslos hob Evelyn den Kopf. Bleiches Licht füllte das Zimmer. Das Feuer war längst zu Asche verglüht, aber die Vorhänge waren geöffnet und ließen einen neuen malerischen, eiskalten Tag erkennen. Sie lag, wo sie gestürzt war, neben der Chaiselongue.

Der Stuhl stand an der Tür.

Und zwar so, dass niemand in oder aus dem Raum konnte. Biddy rüttelte an der Klinke, doch die klemmte auf der Lehne des Stuhls fest.

»Miss Lennox!«

Der Schmerz war fast weg. Tatsächlich spürte Evelyn ihre Füße kaum noch, was nicht gerade ermutigend war. Sie biss die Zähne zusammen und schleppte sich über den Teppich, zog sich mit den Händen voran, bis sie den Stuhl erreichte.

Sie hatte noch nie eine solche Abscheu vor etwas empfunden. Aus dieser Perspektive sah sie die abgewetzten, verschrammten Räder. Wie hatten sie sich nur aus eigener Kraft in Bewegung setzen und quer durchs Zimmer fahren können? Sie lehnte sich auf einen Arm und drückte mit aller Kraft. Das Ding rollte zurück.

Biddy fiel halb durch die Tür. »Miss! Wie haben Sie … Haben Sie sich wehgetan?«

Evelyn hatte keine Antwort. Von den Geschehnissen der Nacht zu reden, wäre absurd gewesen.

Stumm ließ sie sich vom Hausmädchen hochhelfen und auf den Stuhl setzen. Sie hätte lieber auf der Chaiselongue gesessen, aber die war zu weit weg, und vielleicht war es ja besser so. Wenn Evelyn auf dem Stuhl saß, hatte da kein anderer Platz – oder *nichts* anderes.

»Wo warst du?«, fragte sie das Hausmädchen und dachte an das leere Bett mitten in der Nacht. »Wie kommt es, dass du da draußen warst?«

Biddy lief rot an. »Ich war beim Frühstück für die Dienerschaft, Miss.« Sie machte sich am Gepäck zu schaffen, das die Diener heruntergebracht hatten. »Und jetzt ist es Zeit, dass wir Sie für Ihres ankleiden.«

Evelyn war nicht überzeugt. »Nein. Ich meinte, wo warst du *vorher*? Ich bin in der Nacht aufgewacht, und von dir war nichts zu sehen! Ich habe versucht aufzustehen … Offenbar hat mich der Schmerz ohnmächtig werden lassen.«

Biddy öffnete den Mund. »Ich … Es tut mir leid, Miss.«

Während sich das Hausmädchen wand, entdeckte Evelyn etwas Stroh an ihrer Haube, und sie erinnerte sich, wie Biddy gestern zusammengezuckt war, als Mr Chillingham gedroht hatte, jemanden aus den Stallungen zu entlassen. Man musste keine Geistesgröße sein, um eins und eins zusammenzuzählen.

»Oh, Biddy!«, rief Evelyn. »Hast du einen Verehrer?«

Biddy lief tiefrot an. »Gott, Miss«, schalt sie und beugte den Kopf über einen der Koffer. »Sie wissen, dass mir das in meiner Stellung nicht erlaubt ist.«

Was streng genommen keine Verneinung war.

Nun, sollte Biddy ihre Geheimnisse wahren – Evelyn hatte ihre eigenen. Während der langen Qual des Ankleidens war sie drauf und dran, ihrem Mädchen zu erzählen, was in der Nacht geschehen war, aber sie fand nicht die richtigen Worte. Hatte der Doktor nicht gesagt, dass sie einen bösen Schlag auf den Kopf bekommen hatte? Vielleicht hatte die Verwirrtheit sie Dinge sehen lassen. Das war zwar keine befriedigende Erklärung, aber der Alternative vorzuziehen, dass Old Chillingham seinen Stuhl nicht hergeben wollte.

Endlich bückte sich Biddy, um die Fußstütze herunterzuklappen. Evelyns verletztes Fußgelenk war etwa auf die doppelte Größe angeschwollen.

»Ich werde dich nicht ausschelten, Biddy. Und ich werde niemandem sagen, dass ich während deiner Abwesenheit gestürzt bin. Aber heute Nacht musst du bei mir bleiben.« Biddy nickte. »Schwöre es«, befahl Evelyn, die Stimme vor Angst ganz beklommen. »Was immer geschieht, lass mich nach dem Dunkelwerden nicht allein.«

Biddys Augen weiteten sich. »Ich verspreche es, Miss.«

Die Gäste versammelten sich zum Frühstück in einem großen, luftigen Saal mit Teppichen an den Wänden. Bogenfenster boten einen Ausblick hinaus auf das Anwesen, das mit frischem, funkelndem Schnee bedeckt war. Evelyn sah den kleinen ummauerten Garten, in dem das Küchenpersonal seine Kräuter zog. Einige fürs Kochen, andere für Medizin und wieder andere, um Ungeziefer zu vergiften, wie Susan gesagt hatte.

»Miss Lennox!« Mr Chillingham löste sich aus einer Gesprächsrunde und kam herbeigeeilt, um sie zu begrüßen. »Wie fühlen Sie sich heute? Besser? Ich hoffe, Sie haben wohl geruht?«

Verschreckt gab Evelyn eine vage, unehrliche Antwort. Ihr war nicht klar gewesen, dass dem Gentleman wirklich an ihr lag, aber so musste es wohl sein. Er schob ihren Stuhl an einen freien Platz am Tisch, während ihre Familie noch gar nicht gemerkt hatte, dass sie da war.

Es war nicht ganz einfach, die mechanischen Lehnen ihres Stuhls unter den Tisch zu bekommen. Mr Chillingham begann sich zu grämen. »Ich kann Ihnen auch ein Tablett in Ihr Zimmer bringen lassen«, bot er an. »Soll ich Sie zurückschieben?«

»Oh, nein! Das ist nicht nötig. Ich komme bestens zurecht, vielen Dank, Sir.« Sie hielt den Blick auf ihr Gedeck, den Teller und das Besteck gerichtet, um ihn nicht sehen zu lassen, dass sie errötete. Mr Chillingham war gar *zu* besorgt für einen Mann, der ihre Schwester in ein paar Tagen heiraten sollte.

Endlich kam Papa herüber, um nach ihr zu sehen. »Nun, Evelyn, Liebes, ein Glück, dass du dir nur den Fuß und nicht den Hals gebrochen hast«, sagte er auf seine scherzhafte Art. »Dann hätten wir die Hochzeit verschieben müssen, und das hätte deine Mutter dir niemals vergeben.« Sie bemühte sich um ein Lachen, aber ihr war schwindelig, und das nicht allein wegen der Gehirnerschütterung. Warum sah Mr Chillingham sie so an? »Susan dagegen würde dich gnädiger in Erinnerung behalten«, fügte Papa mit einem Zwinkern hinzu. »Zwar hätte sie eine Brautjungfer verloren, aber ich wage zu behaupten, dass sie nichts gegen die Verdoppelung ihrer Mitgift gehabt hätte.«

Es war ein geschmackloser Witz, doch Evelyn setzte ein Lächeln auf. Ihr Vater meinte es nicht böse, es war einfach nur seine Art. Aber sie sah, wie sich Mr Chillinghams Miene unwillig verdunkelte, bevor er sich wieder seinen anderen Gästen zuwandte.

Die Gesellschaft hatte vor, nach dem Frühstück auf dem See Schlittschuh laufen zu gehen. Natürlich konnte Evelyn nicht mit dabei sein, wobei sie, ehrlich gesagt, froh darüber war. Nach dem Martyrium der letzten Nacht war sie zu erschöpft.

Susan jammerte und strich ihr über das Haar. »Ich lass dich nicht gern allein, Evie. Und wie soll ich auf dem Eis das Gleichgewicht halten, ohne dass du meine Hand hältst?«

»Mr Chillingham muss sie jetzt halten.«

Aber Mr Chillingham schien sich mehr um Evelyn zu sorgen. Er ging neben ihrem Stuhl in die Hocke, um auf ihrer Höhe zu sein. »Ich werde Ihnen zu Ihrer Unterhaltung all unsere Sammlungen bringen lassen. Es gibt Medaillen und Muscheln und ein schönes Buch mit Stichen. Das hole ich Ihnen selbst. Alles im Haus steht zu Ihrer Verfügung, Miss Lennox. Wenn Sie etwas brauchen, müssen Sie nur fragen.«

Evelyn war sprachlos. Nach der Art und Weise, wie sie ihn hatte abblitzen lassen, hatte diese Aufmerksamkeit fast etwas Erdrückendes. Spürte er womöglich, dass sie mit Bedauern zu kämpfen hatte? Sie hoffte inständig, dass dem nicht so war. Es war zu spät. Sie mussten an Susan denken.

Die arme Susan lächelte immer noch und merkte nichts von dem *Frisson* zwischen ihrer Schwester und ihrem Verlobten, doch da war sie die Einzige. Mamma bedachte sie beide mit einem tödlichen Blick.

~

Feuer flackerten gut gelaunt in jedem einzelnen Herd. Köstliche Gerüche von Zimt und gebratenem Fleisch trieben aus den Küchenräumen herauf, und um die Fenster rankten sich Eiskristalle. Es schien unmöglich zu glauben, dass ihr dieses Haus, dass ihr dieser Stuhl in der Nacht so bedrohlich vorgekommen war.

»Ich denke, ich sollte etwas Chinarinde für meinen Kopf nehmen«, sagte Evelyn zu Biddy, als sie in der Bibliothek Backgammon spielten. »Da lauert ein dumpfer Schmerz hinter meinen Schläfen, der mir die merkwürdigsten Träume beschert hat. Die möchte ich heute Nacht nicht noch einmal haben.«

Vielleicht hatte der Schlag tatsächlich ihre Gedanken durcheinandergebracht. Deshalb hatte sie gesehen, wie sich der Stuhl bewegte, und es erklärte auch ihre veränderten Gefühle gegenüber Mr Chillingham. Es war einfach eine vorübergehende Krankheit, wie eine Erkältung.

Biddy stand von ihrem Stuhl auf. »Ich hole das Pulver, Miss. Die anderen sollten bald schon vom Schlittschuhlaufen zurückkommen.«

Als Biddy hinausging, fiel Evelyn ein goldgerahmtes Porträt an der gegenüberliegenden Wand auf, das sie bisher übersehen hatte. Es war das Gemälde eines jungen Mannes mit verhangenen, traurigen Augen. Die Farben waren dunkel und wirkten umso dunkler, da das Bild ungünstig hing.

Sie fuhr näher heran und senkte die Stange herab, um die Räder zu blockieren und das Bild genauer zu betrachten. Der Künstler verschwieg nicht und zeigte, wenn auch in abgeschwächter Form, dass eine Schulter des Porträtierten merklich angehoben war. Unten auf dem Rahmen stand: *Alfred Chillingham*.

Biddy kam mit der Chinarinde zurück. »Ah«, sagte sie, »Sie haben ihn entdeckt, Miss? Den verlorenen Sohn? Hoffen wir für Miss Susan, dass er nie zurückkehrt.«

»Er ist es also! Der ältere Bruder, der vor all den Jahren verschwunden ist. Ich wusste nicht, dass er einen …«

»Er hatte einen Buckel«, sagte Biddy unverblümt. »Wie der üble König Richard.«

Evelyn schüttelte den Kopf ob der unfreundlichen Worte. Alfred war sicher nicht gut aussehend wie Victor Chillingham, aber das hatte nichts mit dem missgestalteten Rücken zu tun. »Ich frage mich, warum er so plötzlich verschwunden ist. Was kann aus ihm geworden sein?«

Biddy kam von hinten heran und betrachtete das Porträt. »Ich nehme an, es stimmt, was die Leute sagen, Miss. Sehen Sie ihn nur an. Er ist kein guter Mensch. Man erkennt es an seinen Augen.«

»Was sagen die Leute, Biddy?«

»Nun, dass er Old Chillingham angegriffen hat. Aus Rache, weil er über die Jahre so schlecht behandelt wurde.«

»*Was?* Davon habe ich nichts gehört. Wer verbreitet solche wilden Gerüchte?«

»Es ist nicht einfach nur ein Gerücht«, erwiderte Biddy energisch. »Nehmen Sie den Stuhl, auf dem Sie sitzen. Warum, denken Sie, mussten sie den für den alten Mann besorgen? Sein Zusammenbruch kam ungeheuer schnell. In der einen Woche ging es ihm noch bestens und dann konnte er sich kaum noch bewegen.«

Evelyn wand sich innerlich. Plötzlich wollte sie nicht mehr, dass ihr Rücken den Stuhl berührte. »Unsinn. Der alte Mr Chillingham hatte einen Schlaganfall.«

»Aber warum ist sein Erbe dann Tage später davongelaufen? Das ergibt keinen Sinn. Der Schlaganfall ist eine Geschichte, mit der die Familie den Schein zu wahren versucht. Der Bucklige hat seinen Vater angegriffen und sich anschließend davongemacht. Das ist es, was die Dienerschaft sagt.«

Evelyn kniff die Augen zusammen. »Jemand von der Dienerschaft hat dir das erzählt? Aber die würden doch einer Fremden keine Familiengeheimnisse anvertrauen!« Biddy zuckte mit den Schultern und wandte sich wieder dem Backgammon zu. »Komm schon, Biddy, gib es zu. Du hast hier einen Liebsten – und er arbeitet in den Ställen, oder?«

»Ich weiß nicht, wovon Sie reden, Miss.«

Evelyn betrachtete ihre Hand, die auf der Lehne des Stuhls lag. Sie sollte nichts auf den Tratsch der Dienerschaft geben, aber sie musste immer noch an die letzte Nacht denken und an den unerträglichen Anblick, wie sich der Hebel zu drehen begonnen hatte. Wenn Old Chillingham von seinem Sohn umgebracht worden war … ruhte er nicht in Frieden.

Man sagte, Ermordete wanderten umher, wie Gespenster, bis ihnen endlich Gerechtigkeit zuteilwurde. Und da dieser Gentleman seine Beine nicht mehr hatte bewegen können, hatte die Unterwelt womöglich die Regeln für ihn geändert.

Vielleicht *fuhr* Old Chillinghams Geist herum.

~

Mit Biddy bei ihr im Zimmer vermochte Evelyn schließlich gegen ein Uhr morgens in Schlaf zu fallen. Doch selbst jetzt noch fand ihr bekümmerter Geist keine Ruhe. Sie träumte. Sie träumte von Old Chillingham und seinen kleinen Knopfaugen, wie sie die Münzen zählten, die seine Söhne erben würden. Ein Geldhaufen schwand, während ein anderer wuchs, es war ein ständiges Klimpern.

Dann träumte sie von Alfred, dem Schuft, wie er mitten in der Nacht floh. Er floh ohne Tasche, sogar ohne Mantel, und es gab kein Pferd, das ihn trug. Er bewegte sich wie jemand, der den Verstand verloren hatte, rannte durch den Wald, in dem sie gestürzt war, und wirbelte nasse, grüne Gerüche aus dem Unterholz auf. Seine Hände scharrten und kratzten, von Dornen aufgerissen, und hätte Evelyn es nicht besser gewusst, hätte sie gesagt, dass er um sein Leben rannte.

Nach und nach verdichteten sich die Gerüche des Waldes zu etwas fast schon eklig Süßem. Und immer noch hallte dieses Klimpern um sie herum.

»Miss! Miss!« Biddys Stimme flatterte in der Ferne. Evelyn streckte sich danach und versuchte sich von den wilden Bewegungen Alfreds zu lösen. »Miss, rühren Sie sich nicht!«

Eine Brise strich vorbei und hob die kurzen Locken von ihrer Stirn. Oder waren es Alfreds blutige Hände, die ihr Gesicht streichelten?

»Nicht. Nein!« Sie wand sich, und ihr gebrochener Fuß ließ einen Schmerz in ihr auflodern, der sie aus dem Schlaf riss.

Sie war draußen, vor einem Beet mit reifüberzogenen Zweigen. Schmale, spitze Blätter glitzerten hier und da, wie Evelyn sie von keinen Blumen kannte. Dahinter erhob sich eine Mauer mit einem schwarzen Eisengeländer oben, und es schien so – aber vielleicht bildete sie sich das in ihrem Schrecken auch nur ein –, als säßen kleine metallene Schädel auf den Spitzen.

»Miss Lennox!« Erleichterung erfasste sie, als Biddy erschien und den Weg heruntergelaufen kam, ganz rot im Gesicht. »Was machen Sie denn da?«

»Ich …«, begann Evelyn. Sie sah an sich herab und stellte fest, dass ihr schmaler Körper in ein Nachthemd gekleidet war, das sich zwischen den Lehnen des mechanischen Stuhls bauschte.

Sie begann sich vage zu erinnern, an die Gerüche aus ihrem Traum und das regelmäßige Klimpern der Geldmünzen – nur, dass es keine Münzen gewesen waren. Sie hatte gehört, wie sich die Räder des Stuhls über den holprigen Untergrund bewegt hatten.

Sie erschauderte. Menschen wanderten im Schlaf umher, aber sie hatte sich doch bestimmt nicht auf den Stuhl setzen und ihn über die Gänge und durch die Türen manövrieren können, ohne sich dessen bewusst zu sein? Wenn sie das getan hatte … Sie musste sich den Kopf weit heftiger angeschlagen haben, als sie dachte.

Biddy untersuchte ihre Hände. »Haben Sie etwas angefasst, Miss?«, fragte sie eindringlich. »Irgendetwas?«

»Ich glaube, nicht. Warum?«

»Wissen Sie nicht, was das ist?« Biddy zeigte mit dem Daumen auf die überwucherten Beete. »Das ist Eisenhut. Der schädigt Ihre Nerven, macht Sie taub und starr. Und das da sieht wie Schierling aus, der lähmt Sie von unten her. Was ist nur in Sie gefahren, hierherzukommen? Sie sind ja nicht mal angezogen!«

»Ich … Ich bin nicht … Biddy. Ich weiß nicht, wie …«

Das Mädchen wirkte so verängstigt, wie Evelyn sich fühlte. »Wir müssen Sie zurück nach drinnen bringen, bevor die anderen Gäste aufwachen.«

Wie Mr Chillingham sie gewarnt hatte, war der Stuhl nicht für draußen gemacht. Die Räder blockierten und wollten sich auf dem eisigen Pfad nicht bewegen. Wie hatten sie es bloß geschafft, sie aus dem Haus bis hierher zu bringen? Nur mit aller Kraft gelang es Biddy, sie in Bewegung zu setzen.

Ruckend rumpelte der Stuhl durch ein offenes Tor. Das Schloss, mit dem es gesichert gewesen sein musste, lag im Gras. Evelyn las ein Schild und begriff endlich, von wo Biddy sie gerettet hatte.

Der Stuhl hatte sie in den Giftgarten gebracht.

~

Evelyn war nicht in der Stimmung, sich an den Spielen zu beteiligen, nicht mal als Zuschauerin. Sie fuhr allein ins Gewächshaus, wo ein Ofen den empfindlichen Palmen, Farnen und Sukkulenten Wärme spendete. Die Kälte tief in ihren Knochen vermochte er allerdings nicht zu vertreiben.

Es gab nur zwei Erklärungen für das, was am frühen Morgen geschehen war: Entweder hatte der Sturz ihren Verstand in Mitleidenschaft gezogen, oder der Geist von Old Chillingham war noch da und vermochte den Stuhl zu steuern.

Er war ein schrecklicher Mensch gewesen, aber was konnte er gegen *sie* haben? Warum spielte er ihr diese furchterregenden Streiche und fuhr sie zu den Giftkräutern?

Evelyn inspizierte die Stangen und Hebel und klopfte auf die zerkratzten hölzernen Lehnen. »Wo versteckst du dich?«, murmelte sie. »Was willst du von mir?« Sie lehnte sich zurück, wackelte hin und her und versuchte den Sitz ihrer Form anzupassen statt der des alten Mannes. Aber es hatte keinen Sinn. Alles, was dabei herauskam, war, dass sich ihre Röcke in den Rädern verfingen.

Als sie sich unter Schmerzen vorbeugte, um sie wieder zu befreien, sah sie einen losen Faden aus dem Sitzpolster hängen. Vorsichtig fuhr sie mit der Hand unter den Rahmen. Da war etwas. Da wölbte sich etwas vor.

Ihre Finger betasteten es und fanden einen Riss im Stoff. Er war zwei, drei Zentimeter lang und völlig gerade. Sie schob ihren Daumen hinein und begriff, dass es kein zufälliger Riss war, sondern ein Schnitt. Vorgenommen, um etwas zu verstecken.

Sie zog ein vergilbtes, zusammengefaltetes Papier heraus, das einen widerlichen Geruch verströmte, wie eine Mäusebrut. Sie faltete es unendlich vorsichtig auseinander und fand getrocknete Blumen darin.

Eine lilafarbene glockenförmige Blüte und eine Art schaumiger Zweig, beides von verschiedenen Pflanzen. In die Falten des Papiers gerieben waren darüber hinaus ein paar Kräuter, zumindest sahen sie aus wie aus einer Suppe gelöffelt.

Evelyn runzelte die Stirn und sah von einem Überbleibsel zum anderen. Warum war das im Sitz versteckt? Mit zitterndem Bleistift hatte Old Chillingham – wer sonst? – dazu ein einzelnes Wort auf das Papier geschrieben: *Beweis*.

Es war ihm eindeutig schwergefallen, das zu schreiben. Er hatte all seine Kraft aufgewandt, um zu verkünden, dass es etwas bewies. Aber was?

Sie hörte Biddys Worte wieder: *taub und starr … der lähmt Sie von unten her*. Old Chillingham war gelähmt gewesen. Aber das hieß doch sicher nicht …

Sie sah die Blätter wieder an. Sie waren spitz wie die, die sie im Giftgarten gesehen hatte.

»Du wolltest es mir zeigen«, keuchte sie. »Alfred hat dich nicht körperlich angegriffen, bevor er weggelaufen ist. Er hat dich vergiftet!«

»Miss Lennox?« Mr Chillinghams Stimme durchbrach ihre Gedanken. Er stand in der Tür zum Gewächshaus und schien besorgt. »Ist Ihnen nicht gut?«

Sie starrte ihn an. Es war zu spät, um den Fund zu verbergen, der auf ihrem Schoß lag. »Ich bin … ein wenig beunruhigt«, gab sie zu.

Mr Chillingham kam langsam herein und schloss die Tür hinter sich, um die Wärme drinnen zu halten. Er kam zu ihr und hockte sich neben den Stuhl. Sein Gesicht war ein Ausbund von Sorge. »Ihre Mutter sucht nach Ihnen, Miss Lennox. Mein Gärtner sagt, Sie sind heute Morgen durch den Garten gefahren, halb delirierend. Kann das wahr sein?«

Evelyn zögerte. Das Letzte, was sie wollte, war, Mr Chillingham am Tag vor seiner Hochzeit zu beunruhigen, aber sie konnte nicht verbergen, was sie gefunden hatte. »Ich *war* im Garten, Sir. Aber nicht im Delirium … Ich weiß nicht, wie ich es Ihnen erklären soll. Die Wahrheit ist, dass mich jemand *anders* dorthin gebracht hat, gezielt, um mir etwas zu zeigen.«

Er legte die Stirn in Falten. »Wer würde …«

Sie gab ihm das kleine Bündel Kräuter und das Papier. »Ich konnte es erst auch nicht glauben, Sir. Aber dann habe ich das hier gefunden, im Stuhl ihres Vaters.« Sie fuhr sich mit der Zunge über die Lippen. »Ich habe diese Pflanzen gesehen, Mr Chillingham. Draußen, heute Morgen, im Giftgarten.«

Er betrachtete das Papier mit den Kräutern, als hätte sie ihm einen toten Vogel gegeben. Im Licht des Ofens schienen seine Augen tiefer in ihren Höhlen zu liegen, darin versunken. »Gift?«, wiederholte er, ohne zu verstehen. »Der Giftgarten wird verschlossen gehalten. Zur Sicherheit.«

»Ja, da bin ich sicher, aber heute war er es nicht. Ich habe …«

»Großer Gott!«, rief er. »Verstehe ich Sie recht? Versuchen Sie mir zu sagen, dass Sie jemand nach draußen geschoben und zu *vergiften* versucht hat, Miss Lennox?«

»Oh, nein! Ich rede nicht von mir. Sehen Sie …« Es kam alles falsch aus ihr heraus, aber wie sagte man einem Gentleman, dass man vom Geist seines Vaters besucht worden war? »Es ist schwer zu erklären, aber ich versuche über Mr Chillingham senior zu sprechen. Das hier war der Stuhl Ihres Vaters, nicht wahr? Nun, ich habe diese Kräuter darin versteckt gefunden, und Sie sehen, dass er *Beweis* auf das Papier geschrieben hat … Denken Sie nicht, dass ich mich in Ihre Familienangelegenheiten einmischen will, ich werde niemandem etwas davon erzählen. Aber ich dachte, *Sie* sollten sehen, was ich gefunden habe. Nehmen Sie es und tun Sie damit, was Sie für richtig halten.«

»Sie sind verwirrt, Miss Lennox.«

Das war sie. Sie hatte das Gefühl zu schweben, körperlos zu sein. Das einzig Feste war der Stuhl unter ihren Beinen. »Ja. Ich drücke mich nicht richtig aus. Ich wollte eigentlich nur sagen, dass Ihr Vater diese Kräuter in seinem Stuhl versteckt hat. Vielleicht hat *er* geglaubt, dass er vergiftet wurde.« Victor Chillingham starrte sie an. Schnell fügte sie noch hinzu: »Aber ältere Leute haben oft seltsame Ideen. Ihre Gedanken verlieren sich, zum Ende hin …«

Mr Chillingham zerknüllte Papier und Kräuter und warf beides in den Ofen.

»Arme Miss Lennox«, sagte er sanft. »Sie müssen Ihren Kopf weit schlimmer verletzt haben, als wir ursprünglich dachten.«

»Das ist lächerlich, Mamma! Lass mich wenigstens kurz zu Susan! Wir sollten heute nicht getrennt sein!«

Mamma stand an der Tür mit einem Schlüssel in der Hand. Sie trug ihr bestes Kleid, und an ihrer Haube steckten Orangenblüten. »Susan ist auch so schon durcheinander genug. Ich habe mit deinem Vater und Mr Chillingham besprochen, was wir machen sollen, und wir sind der Meinung, dass es besser für dich ist, hierzubleiben.«

»Das ist der Hochzeitstag meiner Schwester!«

»Ja!«, rief Mamma mit einem Anflug von Tränen in der Stimme. »Der Himmel weiß, dass wir uns das alles anders vorgestellt haben! Aber die Hochzeit würde dich zu sehr aufregen. Es ist zu deinem Besten, Evelyn. Ich kann nicht riskieren, dass dein Kopf sich ein Fieber zuzieht.«

Evelyn zitterte, was ihren Fuß schmerzen und den Stuhl knarzen ließ. Sie wünschte sich so, dass sie den Mund gehalten hätte. Warum hatte sie Mr Chillingham etwas gesagt? Der alte Mann war tot und Alfred lange schon weg. Es war egal, welche Schandtaten in der Vergangenheit begangen worden waren.

»Bitte, Mamma! Ich flehe dich an. Ich werde eine brave Tochter sein.«

»Es tut mir leid, mein Schatz. Ich kann nicht anders. Ich muss für deine Gesundheit sorgen und Susan jeden Skandal ersparen … Du hast hier in der Bibliothek genug, um dich zu unterhalten. Eine Bedienstete wird bei dir bleiben und den Doktor hereinlassen, wenn er kommt.«

»Mamma … Hilf mir wenigstens auf den Sessel da. Ich will nicht auf diesem elenden mechanischen Stuhl festsitzen!«

Mamma wich ihrem Blick aus. »Auf Wiedersehen, Evelyn. Werde gesund, mein Schatz.« Damit ging sie hinaus und machte die Tür hinter sich zu.

Evelyn unterdrückte einen Schluchzer. Sie konnte es nicht glauben. Alles ging so fürchterlich, so schrecklich daneben. Sie wollte ihrem Kummer schon freien Lauf lassen, als ihr bewusst wurde, dass Mamma den Schlüssel nicht im Schloss gedreht hatte. Jemand hielt sie vor der Tür auf.

»Biddy! Zieh dich sofort für die Hochzeit um! Die Gäste sind bereits in der Kirche … Große Güte, du stinkst nach Pferden, Mädchen!«

»Ich habe Ihnen etwas Wichtiges zu sagen, Madam.« Biddy klang angespannt. »Bitte, hören Sie.«

»*Bedräng* mich nicht, nicht ausgerechnet heute …«

»Es ist wegen Miss Evelyns Unfall, Madam. Ihr Damensattel. Einer der Stallburschen hat ihn sich für mich angesehen, und er denkt, jemand hat sich daran zu schaffen gemacht, ihn mit Absicht beschädigt!«

»Ja, Mr Chillingham hat uns gesagt, der Sattel hätte nie benutzt werden dürfen. Und jetzt beeil dich. Die Kutsche für Susan ist jeden Moment abfahrbereit.«

»Aber, Madam, warten Sie!«

Ihre Stimmen wurden leiser. Evelyn blieb so verwirrt wie alarmiert zurück. Was hatte Biddy herausgefunden?

Sie hätte ihr Hausmädchen fragen können, wenn sie nicht damit beschäftigt gewesen wäre, Old Chillinghams Geist zu beruhigen. Sie wollte nicht allein in diesem Zimmer bleiben und die Hochzeit ihrer Schwester verpassen. Und warum? Nur, weil der alte Mann ihr seine Geschichte erzählen wollte!

Sie schlug auf die Armlehne. »Ich hasse Sie!«, zischte sie. »Sie haben alles verdorben. Warum setzen Sie mir so zu? Mir ist egal, wie Sie gestorben sind!«

Die Stange, die die Räder blockierte, löste sich. Evelyn hatte gerade mal Zeit, nach Luft zu ringen, bevor sie zurückzurollen begann. Sie versuchte die Stange wieder herabzusenken, doch sie hatte sich verklemmt. Ihre Hände zogen erfolglos an den Hebeln. Sie bewegten sich ohne Widerstand, als wären ihre Drähte durchtrennt worden.

»Nein!«, rief sie. »Ich entschuldige mich. Ich hätte das nicht sagen sollen. Bitte, halten Sie an!«

Aber der Stuhl rollte weiter. Wenn überhaupt, wurde er schneller, stieß zurück, bis sie spürte, wie ihr Kopf gegen eines der Bücherregale prallte. Es folgte ein Moment der Spannung, des Kräftesammelns, als bereitete sich ein Pferd auf einen Sprung vor. Dann schoss sie vor.

Evelyn kreischte und hielt sich verzweifelt an den Lehnen fest. Kurz vor dem Porträt von Alfred war ein Klacken zu hören und die Räder bogen nach links. Der Stuhl knallte vor die Tür, die aufflog, raste aus der Bibliothek und immer weiter.

Das war schlimmer als ein durchgehender Quicksilver. Einem Pferd konnte man wenigstens zureden, konnte es beruhigen, doch der Stuhl war nicht zu stoppen. Seine Räder drehten sich schneller, als sie sich je hatten drehen sollen, und es knirschte und knackte, als wäre die ganze Konstruktion auf dem besten Weg, auseinanderzufallen.

Schneller und immer noch schneller ging es, mit zunehmender Wucht, und während das Haus an ihren Augen vorbeiflog, begriff Evelyn, wohin sie fuhren. Der Stuhl raste geradewegs zu dem Zimmer, in dem sie schlief. Sie erinnerte sich, wie er am ersten Tag in Richtung des Kamins gerollt war, und eine schreckliche Vorahnung erfüllte sie.

»Halt! Es tut mir leid!«

Die Tür stand offen. Die Räder hoben fast vom Boden ab, als sie an die Schwelle stießen, ohne langsamer zu werden. Ihre erste Angst war berechtigt gewesen: Old Chillingham hielt direkt auf den Kamin zu. Und plötzlich schien der Sitz zu bocken. Evelyn flog herunter, landete auf dem Boden, und der Schmerz entlud sich in einem Schrei, der sich über den ganzen Tag in ihr aufgebaut hatte.

Es folgte ein donnerndes Krachen. Der Stuhl zerschellte, Holz und Metall flogen in alle Richtungen. Er hatte die Wandverkleidung neben dem Kamin getroffen und ein tellergroßes Loch in ihr hinterlassen.

Biddy kam hereingeflogen. »Miss!« Schon war sie auf den Knien neben Evelyn und hob ihren Kopf auf den Schoß. »Was ist mit Ihnen? War *er* das?«

Schwarze Flecken flirrten vor Evelyns Augen. Sie konnte Biddys schneeverkrustete Stiefel sehen und dass ihre Wange schmutzig war. »Wie … *er*? Wen meinst du?«

Biddy presste die Lippen aufeinander. »Miss, jemand versucht Ihnen etwas anzutun. Ich sage das Ihrer Mutter schon den ganzen Tag, aber sie will mir nicht zuhören. Ihr Sattelgurt wurde angeschnitten, und die Schneewehe, die Ihr Pferd hat scheuen lassen, ist nicht einfach so entstanden. Ein Junge aus dem Stall hat Geld dafür bekommen, dass er das Tier erschreckt hat!«

In ihrem Kopf drehte sich alles. Sie hatte eine Entschuldigung, wenn sie Wahnvorstellungen hatte, aber Biddy doch nicht? »Das kann doch nicht wahr sein! Wer um alles in der Welt würde mir den Tod wünschen?«

Biddy hob die Brauen. »Was denken Sie? Wer würde Mr Lennox' Geld erben, wenn er nur ein Kind hätte?«

Eisige Finger krochen Evelyn über den Rücken. Sie musste an den Scherz ihres Vaters über die Mitgift denken. Wäre sie bei dem Unfall umgekommen, wäre Susans Ehemann reich geworden.

Die Gerüchte über Victor Chillinghams Spielschulden meldeten sich lautstark zurück. Spieler konnten verzweifelt sein …

Sie setzte sich unter Mühen auf. »Nein«, erklärte sie. »Nein, das würde er nicht tun. Wir gehören jetzt zur Familie.« Etwas hinter ihnen barst. Unbeholfen wandte Evelyn sich um und sah Mörtel aus dem Loch rieseln, das der Stuhl in die Wand geschlagen hatte.

»Igitt!«, rief Biddy. »Was stinkt da so?«

Und plötzlich gab noch mehr nach. Putz brach, es rumpelte, und Schutt ergoss sich aus dem Loch, wie eine Nachgeburt. Und mit der Welle Schutt und Staub kam eine Sammlung menschlicher Knochen mit ans Licht.

Biddy schrie auf.

Am gruseligsten war ein langes Stück Rückgrat, das sich zu einer Sichel bog.

»Das ist Alfred«, flüsterte Evelyn.

Aber wie konnte das sein?

Wenn Alfred tot war … dann hatte er Old Chillingham nichts getan. Er war nicht einmal weggerannt. Seine Leiche war versteckt worden, und es gab nur eine Person, die von seinem Verschwinden profitierte – und zwar der Mann, der den Beweis für die Vergiftung ins Feuer geworfen hatte!

Jetzt begriff sie, warum Old Chillinghams Geist so nachdrücklich hatte gehört werden wollen. Victor Chillingham war ein Mörder, und er heiratete eine unschuldige junge Frau.

»Gott im Himmel! Wo ist Susan?«

»Sie war schon in der Kutsche«, jammerte Biddy. »Ihre Familie, die müssen alle schon draußen sein, sonst wären sie hergerannt gekommen, so wie ich, als ich Sie schreien gehört habe.«

Evelyn konnte nicht aufhören zu zittern. Aber es war später noch Zeit genug, mit dem Schreck und dem Entsetzen umzugehen, jetzt ging es allein um Susan. Sie versuchte ihr Bein zu bewegen, aber sie wusste, sie würde niemals darauf stehen können. »Biddy, du musst die Kutsche aufhalten! Sie darf ihn nicht heiraten. Lauf, Biddy, lauf!«

Mit einem Schluchzer rannte das Mädchen aus dem Zimmer.

Evelyn saß bebend da und starrte die Überbleibsel Alfreds und des Stuhls an. Sie hatte beiden Unrecht getan. Die toten Chillinghams hatten nicht aus Hass gehandelt, wie sie erst gedacht hatte, sondern aus Güte. Sie hatten sie warnen wollen.

Sie hörte, wie die Tür vorn aufschlug. Biddys erstickter Schrei schallte über den Hof, aber es gab keine Stimme, die ihr antwortete.

Stattdessen ertönte ein Peitschenknall in der eisigen Luft. Leder knarzte, Hufe klapperten, und Evelyn begriff, dass sich die Kutsche bereits in Bewegung gesetzt hatte und ihre Schwester immer weiter davontrug.

Andrew Michael Hurley

DAS HÄNGEN DES GRÜNS

IN DIESEM JAHR TAUCHTEN TANNEN- und Stechpalmenzweige schon weit früher als gewöhnlich in den Fenstern der Leute auf, und Anfang Dezember war jedes einzelne Haus im Dorf festlich geschmückt, nur meines nicht.

Die meisten meiner Nachbarn kennen mich seit langer Zeit, aber sie halten es sicher immer noch für seltsam, dass ich keinen Baum aufstelle. Vielleicht nehmen sie an, dass ich das alles aus irgendeinem puritanischen Protest gegen die Kommerzialisierung des Weihnachtsfestes nicht mitmache. Aber so ist es nicht. Ich kann es nur einfach nicht erwarten, dass es wieder vorbei ist.

Seit Wochen nun meide ich Geschäfte, die Mistelzweiggirlanden verkaufen, und schlage jede Einladung zum Kaffee oder einem abendlichen Sherry aus, um nicht dazu gezwungen zu sein, einen Weihnachtsbaum zu bewundern.

Es ist der Geruch, den ich nicht ertrage. Oder sagen wir besser, an den ich mich immer noch, Jahre später, erinnere, kilometerweit von der Salter Farm entfernt.

David hatte von alldem keine Ahnung, als er gestern Abend leicht betrunken von der Weihnachtsfeier im Büro zurückkam, mit einem Gebinde fürs Wohnzimmer und einer Handvoll Stechpalmenblätter aus dem Park. Es war eine nette Geste, und ich habe versucht, nicht zu heftig zu reagieren, aber er merkte natürlich, dass er mich mit etwas aufgebracht hatte. Worauf ein Abend folgte, an dem er den Deckel von der Truhe des Geheimnisses zu lüften versuchte.

Auch wenn ich mir nicht viel habe entlocken lassen, denke ich, dass ihm am Ende wohl klar wurde, eine alte, unangenehme Erinnerung in mir aufgewühlt zu haben, und er deshalb so nett war, nicht weiter nachzuhaken. Aber ich wusste, die Frage würde wiederkehren.

Ich kann meine Vergangenheit nicht einfach so ausbreiten, wie David es tut. Es gibt gewisse Dinge, an die mich zu erinnern mir nicht wirklich guttut. Wie das, was auf der Salter Farm passiert ist.

Das Problem ist, je mehr ich verberge, desto intensiver versucht er herauszufinden, was es ist. Er denkt dann, er ist auf genau das gestoßen, was mich so hat werden lassen, wie ich bin, misstrauisch und distanziert. Mitunter wie heimgesucht, sagt er.

Er wird versuchen, mich davon zu überzeugen, dass es eine Erleichterung wäre, es mir von der Seele reden, was immer mich da an Erinnerung bedrängt. Und dass ich mir keine Sorgen machen soll, was die Leute, und auch er, wohl denken werden.

Erzähl einfach, was es ist, Ed, wird er sagen.

Nun denn.

~

Es ist mehr als mein halbes Leben her, damals war ich siebenundzwanzig und versuchte noch, Gott zu gefallen, dessen Existenz mir so unbezweifelbar erschien wie die der Luft um mich herum. Ich war unerträglich ehrgeizig, ernst wie ein Missionar und tat so, als wären die Dinge, die mich unglücklich machten, raffinierte Entscheidungen oder beabsichtigte Opfer gewesen.

Oh, ja, ich hatte entschieden, mich nicht nach einer Freundin zu verzehren (oder überhaupt *irgendeinem* Freund), mich nicht mit Leuten meines Alters abzugeben und weiter bei meinen Eltern zu leben – weil ich mich dadurch so unverzichtbar für die Gemeinde machen konnte, wie es Gottes Wunsch war.

Damals erachtete ich es als einen Akt der Hingabe, meine Tage bis an den Rand zu füllen. Und als hätte es freitagnachmittags nicht schon genug zu tun gegeben – zwischen dem einen oder anderen Komiteetreffen und dem Aufstellen von Stühlen für den Folk-Club in der Gemeindehalle –, gründete ich eine Gesprächsgruppe mit dem Namen »Rede mit mir«, die sich in der Seitenkapelle beim Taufbecken traf.

Für eine Weile kam ein engagiertes halbes Dutzend Leute, und ich bildete mir etwas darauf ein, ihnen dabei zu helfen, ihren Schwierigkeiten mit Diskussionen und Gebeten nach und nach beizukommen. So sehr, dass sie zu Beginn des Sommers keinen Bedarf mehr verspürten.

Die Gruppe wurde ein Opfer ihres eigenen Erfolgs, wie Reverend Alistair es ausdrückte. Gütigerweise, wie ich heute weiß – um der Wahrheit aus dem Weg zu gehen, dass ich sie mit meiner Entschlossenheit, für alles eine Antwort zu haben, vertrieben hatte. Eine mitfühlende Hand auf meinen Arm legend, schlug er vor, die Gruppe Richtung Advent neu zu starten, wenn die Menschen sich mit den Enttäuschungen des Jahres auseinandersetzten.

Ich hatte ihn beim Wort genommen (warum hätte er es sagen sollen, wenn er es nicht so meinte?) und saß mehrere Freitage eine volle Stunde allein in der kalten Kirche. Es war fast schon Mitte Dezember, als endlich einer kam.

Er hieß Joe Gull und war ein kleiner Mann mit wässrigen Augen, der an jenem ersten Nachmittag liebenswert gut gekleidet kam, weil er es nur für respektvoll hielt, hatte er doch, wie er selbst zugab, seit Jahrzehnten keinen Fuß mehr in eine Kirche gesetzt. So wie er ständig um Erlaubnis zu bitten schien, dort sein zu dürfen, erweckte er den Eindruck, sich für einen ungewöhnlichen Fall zu halten. Dabei war es nicht ungewöhnlich für einen Kranken, zurück zu Gott zu finden.

Und er war krank. Ich konnte es gleich sehen. Er bewegte sich mit einem Schmerz, den er kaum zu verstecken vermochte, und war blass wie jemand, der schon lange Zeit an etwas litt und nicht wieder ganz genesen würde. Was er hatte, sagte er nicht – ich nahm an, es war Krebs –, aber es war klar, dass er glaubte, nicht mehr lange zu haben. Weshalb er fragte, ob wir uns nicht eher wieder treffen könnten.

Da er der erste Besucher der Gruppe seit Monaten war und ich das Beste aus seinem Eifer machen wollte, sagte ich nur zu gerne Ja. Und so war er ein paar Tage später bereits wieder da und kam dann alle zwei Tage, was schnell zur Regel wurde.

Es war anstrengend, da ich noch vielen anderen Verpflichtungen nachzukommen hatte, und es ging auf Weihnachten zu, aber ich nahm mir Zeit für ihn, weil ich das Gefühl hatte (daran bestand kein Zweifel), Gott habe Joe zu mir geschickt und ich hätte eine Rolle in seiner Vorbereitung auf sein Ende zu spielen.

Es gab keine bessere Bestätigung dafür als seine Erklärung, er habe niemand anderen, dem er bestimmte Ängste gestehen könne.

Er sei immer ein schwacher Mann gewesen, sagte er. Stets von schlechten Geistern getrieben, und habe nicht immer genug getan, um sie von sich fernzuhalten. Sie manchmal sogar eingeladen.

Und deswegen habe er am Ende sein »wohlverdientes Urteil akzeptiert«, wie er es formulierte. Nur, warum so bald schon, sagte er, sodass ihm wenig Zeit bleibe, in Ordnung zu bringen, was er in seinem Leben angerichtet habe?

Ich wies ihn darauf hin, dass er doch noch da sei und Gott ihm damit die Möglichkeit *gebe*, Dinge wiedergutzumachen. Was ihn jedoch ganz und gar nicht überzeugte.

Es half nicht, dass er ständig an Strafe und Vergeltung dachte. Darum gehe es nicht, erklärte ich ihm. Gott tadele niemanden während seines irdischen Lebens. Er gebe uns nur die Möglichkeit, uns als sterblich und fehlbar zu erkennen und die Fehler zu korrigieren, die daraus resultierten, bevor sie vor dem Jüngsten Gericht zum Tragen kämen. Und es sei nie zu spät, Gottes Gnade zu erkennen, sagte ich. Denken Sie an die beiden Diebe, die mit Jesus gekreuzigt wurden.

Das beruhigte ihn ein wenig, aber eben nur ein wenig, und nur im ersten Moment. Ich hatte das schon früher bei Menschen erlebt, die wie Joe jahrelang durch die Wildnis gewandert waren. Weil sie nie um Gottes Vergebung gebeten hatten, waren ihre Sünden so vielfältig und wuchsen in ihren Augen weit jenseits aller Wirklichkeit an.

Joe war ein Trinker gewesen, ja, und obwohl ich durch ein Informationsblatt, das ich beim Arzt bekommen hatte, und durch das, was Joe mir erzählte, von der zerstörerischen Wirkung des Alkohols wusste, so war nur schwer vorstellbar, dass er ihn zu etwas so Üblem verleitet hatte, wie sein schlechtes Gewissen nahelegte. Und was die »schlechten Geister« anging, war ich sicher, dass die einzigen, die er in sich hatte, die waren, die aus einer Flasche kamen.

Dass er ein hartes Leben hinter sich hatte, war offensichtlich genug. Schon bei seinem ersten Besuch in St Peter's waren mir seine vernarbten Hände aufgefallen, und auch in seinem Gesicht waren verschiedene Spuren zu erkennen. Sein linkes Ohr war zerrupft wie das einer Straßenkatze.

Wie einige der anderen Männer, die ich bei den freitäglichen

Gesprächen kennengelernt hatte, gehörte er zu den Menschen, die immer am Rand einer weiteren Niederlage entlangbalancierten.

Dennoch, es war gut zu sehen, dass seine Verzweiflung mit dem Nahen des Weihnachtsfestes zur Entschlossenheit wurde, das Beste aus der ihm verbleibenden Zeit zu machen. Ich brachte Papier und Umschläge und half ihm, Briefe an die Freunde zu formulieren, die er, wie er meinte, im Stich gelassen, und an Verwandte, denen er ganz offensichtlich Unrecht getan hatte.

Und weil ich eitel genug war zu glauben, dass Gott durch mich wirkte und ich tatsächlich unentbehrlich geworden war, willigte ich auch ohne weitere Rückfrage ein, als Joe mich bat, zu den Oxbarrows zu fahren.

Seine Freundschaft mit ihnen sei vor einiger Zeit auf unangenehme Weise zu Ende gegangen, sagte er, und die Schuld, die er empfinde, sei entsetzlich. Selbst nach allem, was sie getan hätten, um ihm zu helfen, vom Alkohol wegzukommen, habe er erneut angefangen zu trinken, was ihnen mehr als ihm geschadet habe. Er habe Helen böse verletzt und Murrays sowieso schon schlechten Zustand weiter verschlimmert.

Nichts davon sei natürlich absichtlich geschehen, sagte er, dennoch hätten sie allen Grund, ihn zu verachten. Sie seien so gut zu ihm gewesen, er aber unfähig, es ihnen zu danken, unfähig, es überhaupt als Güte anzusehen, wegen dieser bösartigen *Sache*, die er zu der Zeit in sich getragen habe. Wenn er, bevor alles zu Ende gehe, mit irgendwem noch seinen Frieden machen wolle, dann mit ihnen.

Und es müsse auf angemessene Weise geschehen, sagte er. Ein Brief allein reiche nicht. Die Dinge ließen sich nur mit einem Besuch auf der Salter Farm zurechtrücken. Und auch das nur, wenn ich ohne ihn hinfahren würde. Weil er wisse, dass ich Helen und

Murray weit besser erklären könne, was er empfinde. Dann sei es nicht so eine plumpe Entschuldigung.

Ich sagte: Ja, natürlich.

~

Die Oxbarrows lebten in Blakely Cross unter den Bowland Fells, in einem jener Orte, die nicht wirklich ein Dorf genannt werden können; es waren eher ein paar zwischen Schafweiden verstreute Behausungen. Auf der Karte folgten die Wege den alten Grenzen dieser Weiden, aber obwohl Joe die Salter Farm klar für mich markiert hatte, gelang es mir, mich in dem Labyrinth zu verfahren. Der Schnee trug zu meiner Verwirrung noch bei und ließ alle Abzweigungen gleich aussehen.

Es war reiner Zufall, dass ich die Farm am Ende doch noch fand. Das Cottage der Oxbarrows war ein Sandsteinklumpen, ein Stück von der Straße versetzt am Ende eines von Buchen gesäumten Wegs, der voller Laub lag, das dort seit dem Herbst unberührt zu liegen schien.

Verwittert und verkommen lag die Farm in einem seltsamen Winkel zum Zufahrtsweg, was den Eindruck erweckte, als wendete sie sich verängstigt von ihm ab. Und der Schnee, der die Dachziegel und lichtlosen Fenster einrahmte, verstärkte den Eindruck noch: Er legte eine Decke über den Hof und das nackte Feld vor dem Haus. Neben einem Holzschuppen stand ein Lieferwagen mit vier platten Reifen und einem zerlegten Vorderteil.

Hätte sich nicht etwas Rauch aus dem Schornstein gekräuselt, hätte ich gedacht, das Haus stünde leer.

Der Schneefall nahm zu, als ich ausstieg und zum kleinen Vorbau am Eingang hinüberging. An einer Schnur hing eine große Glocke, wie sie eine Tiroler Kuh um den Hals tragen mochte. Ich behielt meine Hände in den Taschen und stieß mit dem Ellbogen dagegen.

Es war drei Uhr nachmittags, wenige Tage vor Weihnachten, und der Schnee fiel immer noch in dichten Flocken, aber ich nahm an, dass es hier das ganze Jahr so trostlos war. Andere Häuser waren nicht zu sehen – seit ich den Fluss überquert hatte, war ich an keinem vorbeigekommen –, und die Salter Farm war nur dem Namen nach eine Farm. Es gab weder Stallungen noch Koppen oder Hühnerställe, nur das Cottage, dazu etwas, das ich für Murrays Werkstatt hielt. Dahinter ging es über ein leeres Feld zu einer alten Schonung hinauf. Einem Stück Land mit einigen Kiefern, zwischen die Stechpalmen, Zypressen und Eiben gewuchert waren. Weil es so still war, konnte ich Stimmen in der Schonung hören. Stimmen und das Geräusch von Äxten. Da schlugen Forstleute wahrscheinlich ein paar Bäume, um die Nachfrage in der Stadt zu befriedigen.

Ich wollte niemanden belästigen, war aber sicher, wenn ich mich, und wäre es nur für ein paar Minuten, mit den Oxbarrows zusammensetzen konnte, würde ich ihnen Joes Anliegen klarmachen und sie auf seine Seite bringen können.

Auf das Läuten der Glocke reagierte niemand, und ich klopfte an das Fenster vorn, an dem der Vorhang zugezogen war. Ich rief Helens Namen, weil ich mir vorstellte, dass sie eher als Murray zur Tür kommen würde, wenn es ihm so schlecht ging, wie Joe gesagt hatte, mit seinem empfindlichen Herz und dem dünnen Blut.

Aber immer noch antwortete niemand, und ich dachte, dass sie mich wahrscheinlich einfach ignorierten. Ich warf es ihnen nicht vor, wo sie so weit draußen lebten. Es war der Rat, den auch ich allen alten Leuten gab. Wenn Sie niemanden erwarten, gehen Sie nicht an die Tür.

Das Letzte, was ich wollte, war, hier einfach so einzudringen – ich wollte aber auch nicht gleich aufgeben, und so ging ich zum Tor im Zaun seitlich vom Haus, um es auf der Rückseite zu probieren.

Wieder hörte ich Stimmen aus der Schonung, die laut genug waren, um ein paar Ringeltauben zwischen den Kiefern aufzuscheuchen. Wer immer dort war, kam, wie es schien, von der Salter Farm. Fußspuren führten aus einem offenen Tor durch den Schnee zu den Bäumen hinauf.

Ich fragte mich, ob die Schonung den Oxbarrows gehörte. Es hätte Sinn ergeben. Joe hatte mir erzählt, dass Murray Möbel schreinerte und restaurierte, und das Holz so nahe zu haben, wäre nur gut. Wobei er, falls es ihm nicht gut genug ging, um zu arbeiten, sein Geld vielleicht damit verdiente, dass er das Holz verkaufte – und zu dieser Zeit eben Weihnachtsbäume.

Vielleicht vermietete er auch seine Werkstatt, deren Türen offen standen, als ich daran vorbeikam. Drinnen flogen ein paar kleine Vögel um eine riesige Kreissäge und landeten auf ein paar Möbelstücken, die Murray offensichtlich noch hatte restaurieren wollen, als es gesundheitlich abwärts ging. Ich sah einen großen Bettrahmen, eine walisische Anrichte, einen Eichentisch und eine alte Standuhr, an der ein Fahrrad mit verbogenem Vorderrad lehnte – das musste das Rad sein, von dem Joe gesprochen hatte, das Rad, mit dem er an dem Abend unterwegs gewesen war, als Murray ihn gefunden hatte.

Es war immer noch nicht repariert worden.

Joe war von der Straße abgekommen, hatte er mir erzählt, auf dem Rückweg vom John Barleycorn, einem Pub weitab von allem, wo er in Ruhe trinken konnte.

Es war ein garstiger Dezemberabend, und er hatte weder Licht noch eine gute Bremse, und so war er mit reichlich Scotch und

Brandy im Leib in einer scharfen Abwärtskurve im Graben gelandet.

Wie lange er dort gelegen hatte, wusste er nicht. Vielleicht waren es fünf Minuten, vielleicht fünf Stunden, jedenfalls war er, als er wieder zu sich kam, völlig vom Regen durchweicht.

Er war sich vage bewusst, sagte er, dass da ein helles Licht war, ein Motor lief und er hoch auf die Straße gezogen wurde. In der Annahme, es sei die Polizei, und weil er zu keinem Widerstand in der Lage war, hatte er sich zu einem Lieferwagen führen und anschnallen lassen, während der Mann, der ihn gerettet hatte, auch noch das Fahrrad holte und einen Schuh.

Murray hatte zunächst nicht viel gesagt, sondern sich nur vorgestellt und Joe das Handtuch gegeben, das er zum Säubern der Windschutzscheibe dabeihatte, damit er es sich gegen den Kopf drücken konnte. Da Joe nun vermutete, Murray wäre ein Sanitäter und er säße in einem Krankenwagen, fragte er, ob sie zum Krankenhaus führen. Aber Murray sprach von etwas Näherem, wenn er nicht verbluten wolle.

Es sei unvermeidlich gewesen, sagte Joe, dass er sich früher oder später verletzen würde. Er habe noch entschlossener getrunken, nachdem sie ihn ein, zwei Monate zuvor aus dem Hostel geworfen hätten und er gezwungen gewesen sei, an das Mitleid von Freunden und Verwandten zu appellieren. Denen er mit meiner Hilfe geschrieben hatte. Die ihn bei sich aufgenommen hatten, nur um von ihm ausgenutzt und terrorisiert zu werden, indem er zu jeder Tages- und Nachtzeit betrunken hereingepoltert kam, sich an ihren Vorräten bediente, ihr Geld mitgehen ließ und ihnen ein Fahrrad stahl.

Es hatte nicht lange gedauert, bis ihn keiner mehr wollte und er sich auch noch die letzte Chance verbaut hatte. Bevor Murray ihn ein paar Wochen vor Weihnachten aus dem Graben holte, hatte er zwei Nächte in einem alten Schweinestall geschlafen, den er nicht weit vom Pub gefunden hatte.

Angesichts dessen und des Umstands, dass er weiß Gott wie lange im Dreck gelegen hatte, musste er die Küche der Salter Farm an dem Abend übel verpestet haben. Aber Helen hatte nichts gesagt, während sie die Risse in seiner Stirn gesäubert und versorgt hatte. Murray hatte ihm ein Bad eingelassen und saubere Sachen zum Anziehen herausgelegt. Die alten hatte er genommen und verbrannt, während Joe sich den Schmutz vom Leib scheuerte.

Genau wie der Doktor, der am nächsten Tag kam, um ihn zu untersuchen, verloren die Oxbarrows kein Wort über die Art, wie Joe lebte, und den Zustand, in dem Murray ihn gefunden hatte. Dennoch hatten sie nicht einfach über seine Probleme hinweggesehen.

Sie wussten sehr gut, dass seine Chancen, sich zu erholen, weit besser standen, wenn er auf der Salter Farm blieb, und so drängten sie ihn, nicht gleich wieder zu gehen, indem sie ihm gaben, was er am dringendsten brauchte: ein Dach über dem Kopf, Essen auf dem Tisch, Aufmerksamkeit und Wärme. Aber kein Mitleid, sagte Joe. Murray und Helen, sie waren klug genug, um zu wissen, dass Männer wie er, Männer, die solch hinterhältige Geister in sich trugen, Mitleid ausnutzten. Sie waren schlau genug, ihn für sein Bett und seine Verpflegung arbeiten zu lassen. Schlau genug, ihm allein den Job als Auslieferungsfahrer anzubieten, wobei klar war, dass sie ihn keinesfalls hinters Steuer lassen würden, wenn er nicht nüchtern war.

Und genau wie Murray manchmal mit einem Netz die Vögel einfangen musste, die in seine Werkstatt flogen und seinen Maschinen zu nahe kamen, so sei auch er gefangen worden, sagte Joe, zu seinem eigenen Besten und auf die sanfteste Weise.

Es war klar, dass die Oxbarrows eine Menge Mitgefühl mit ihm gehabt hatten, und trotz allem, was geschehen war, glaubte ich nicht, dass es völlig aufgebraucht war. Vielleicht waren sie nicht einmal wirklich wütend auf ihn, sondern gaben sich selbst einen Teil der Schuld an seinem Rückfall. Es war ein lächerlicher Gedanke – sie waren die vollkommenen Samariter –, aber wenn es so war, konnte es bedeuten, dass sie nach einem Weg suchten, sich von ihrem schlechten Gewissen zu befreien. Was hieß, dass sie offen für Joes Bereitschaft waren, die Schuld auf sich zu nehmen, und das war, vielleicht, der erste Schritt auf dem Weg, seine Entschuldigung zu akzeptieren.

All das würde ich herausfinden, wenn ich sie zum Reden brachte, dachte ich, blieb unter dem Fenster auf der Giebelseite des Hauses stehen und hoffte, dass Helen und Murray zumindest aus Neugier zu mir heraussahen. Aber es erschien niemand, und ich ging weiter in den lang gestreckten, verkommenen Garten hinter dem Cottage.

Im Schnee zwischen Dornengestrüpp und reifüberzogenen Bärenklauhalmen standen eine zerbrochene Sonnenuhr und ein paar Holzschuppen, die sämtlich in sich zusammenfielen. Dahinter gab es noch eine verrottende Laube und ganz am Ende einen Zwinger.

In der Erwartung, dass ein Hund daraus hervorkam – an einem abgelegenen Ort wie diesem sicher ein bulliges, giftiges Tier –, hielt ich einen Moment inne, bevor ich die Stufen zur Hintertür hinaufging und an die Scheibe klopfte.

Drinnen bullerte ein Holzofen, und ich konnte sehen, dass die Küche mit Unmengen an Grün geschmückt war, dazu lehnten drei oder vier Weihnachtsbäume an der Wand.

Als sich niemand zeigte, ging ich weiter, klopfte ans nächste Fenster und auch an das dahinter. An beiden waren die Vorhänge zugezogen.

Für den Fall, dass Murray oder Helen in einem der Zimmer waren, lehnte ich mich zur Scheibe vor und sagte: »Ich bin von St Peter's. In der Stadt. Könnte ich mit Ihnen sprechen? Es dauert nicht lange.«

Das meinte ich ernst. Je früher ich wieder loskam, desto besser. Es würde schwierig genug sein, im Hellen über das Netz schmaler Straßen und Wege zurückzufinden, konnte ich doch nicht wirklich sagen, wie ich hergefunden hatte. Im Dunkeln würde es umso schwerer werden.

Ich klopfte noch einmal, und als wieder keine Antwort kam, begann ich mich damit abzufinden, Joe sagen zu müssen, dass ich nicht wirklich etwas erreicht hatte.

Er würde enttäuscht sein, ja, besorgt, dass er keine andere Chance zur Versöhnung mehr bekommen würde. Wobei ich mich mehr als in der Lage fühlte, ihn davon zu überzeugen, dass Gott ihm, wenn es so wichtig war, das Verhältnis zu den Oxbarrows in Ordnung zu bringen, die Zeit geben würde, die dazu nötig war. Es ging einfach nicht so schnell. Wenn es Gottes Wille war, dass Joe sich in Geduld üben musste, wollte er ihr Vertrauen zurückgewinnen, dann war es eben so. Und er konnte sicher sein, dass es ihm, wenn es denn am Ende dazu kam, umso wertvoller erscheinen würde.

~

Ich ging ein letztes Mal zurück zur Küchentür, klopfte an die Scheibe, sah bis in den Flur und hoffte, Helen oder Murray durchs Haus gehen zu sehen.

Im bräunlichen Licht, das durch das Fenster über der Haustür fiel, sah ich eine Stehleiter inmitten von Tannenzweigen auf dem Boden liegen.

Ich klopfte noch einmal fester, hob die Stimme, und dann – immerhin war es möglich, dass Murray oder Helen gestürzt waren – fühlte es sich, da ich nun einmal da war, nur richtig an, mich zu versichern, dass sie nicht verletzt waren.

Zum Glück (zumindest dachte ich das in dem Moment) war die Tür nicht verschlossen, und ich ging hinein und sah, wie üppig die Oxbarrows ihr Haus geschmückt hatten. Die niedrigen Deckenbalken waren mit Unmengen von Stechpalmen- und Tannenzweigen bedeckt, die Fenster mit Efeu umrandet, in dem Dutzende kleine Kerzen steckten. Die Bäume, die ich durchs Fenster gesehen hatte, standen mit zur Decke gereckten Spitzen eng zusammen, und ihr süßlicher Zitrusduft hing überwältigend schwer in der vom Herd aufgewärmten Luft.

Ich sagte hallo, bekam aber keine Antwort. Ich ging in den Flur, trat über die umgefallene Leiter und hob ein paar Zweige auf. Der ganze Flur lag voller Misteln, Tannenzweigfetzen und offenbar von den Wänden gerissener Eibenkränze. Das Efeu, das sie um die Stäbe des Treppengeländers gewickelt hatten, hing zerfleddert herunter, und die hineingesetzten Kerzen lagen zertreten auf dem Boden. Die Tür zum Wohnzimmer vorn stand offen, aber es war kalt und dunkel, und ich sah hinein, ohne damit zu rechnen, dass Murray und Helen darin waren. Der Geruch sagte mir, dass hier alles wie in der Küche geschmückt war. Ich schaltete das Licht ein und sah ganze Stapel Zweige im und auf dem Kamin und dem zugeklappten Klavier an der Wand. Die Fotos von Helen und Murray auf der Anrichte verschwanden fast in einem Stechpalmendickicht.

Ich ging zurück, trat unten an die Treppe und rief nach oben.

»Ich wollte nicht einfach so bei Ihnen eindringen«, rief ich. »Geht es Ihnen beiden gut? Ich komme von St Peter's, in der Stadt: Mein Name ist Edward Clarke.«

Da ich nichts hörte, stieg ich die hölzernen Stufen hinauf und redete dabei immer weiter, damit sie mich kommen hörten und ich sie möglichst nicht erschreckte.

»Joe Gull hat mich gebeten, bei Ihnen vorbeizuschauen.« Ich sah in die Zimmer im ersten Stock – das eine ein Bad, hinter der zweiten Tür führte ein Treppe weiter nach oben. »Ich war zufällig in der Gegend«, sagte ich, drückte die Klinke der dritten Tür und stellte fest, dass drinnen Licht brannte.

»Darf ich hereinkommen? Geht das? Ich komme von St Peter's.«

Murray lag bäuchlings auf dem Doppelbett, eine Hand unten auf dem Rücken, der andere Arm hing vom Rand der Matratze herunter, die Fingerknöchel berührten den Boden. Der Vorhang war zugezogen, und das Licht der Lampe auf dem Nachttisch neben ihm fing sich in einem Glas Wasser, dessen Boden voll mit aufgelösten Tabletten war. Auf einer Untertasse lag eine ganz zu Asche verglühte Zigarette.

Es war kalt im Zimmer, was der Grund dafür sein mochte, dass nichts von dem Geruch zu bemerken war, den ein Toter, wie ich dachte, verströmen sollte. Aber Murray konnte noch nicht lange tot sein. Und ich hatte keinen Zweifel, dass er es war. Mein Großvater hatte genauso ausgesehen, zu Hause in seinem Bett. Auch aus ihm war alle Farbe gewichen.

Ich nahm an, dass Murray das Grün aufgehängt hatte, von der Leiter gefallen war und dabei das, was bereits hing, auf der Suche nach Halt mit sich gerissen hatte. Wahrscheinlich war er daraufhin nach oben gegangen, um seine Pillen gegen die Aufregung zu nehmen und eine Zigarette zu rauchen, und war einem Anfall, vielleicht einer Herzattacke, erlegen.

Er sah genauso krank aus, wie Joe ihn beschrieben hatte. Wie jemand, der in kurzer Zeit schnell sehr viel Gewicht verloren hatte. Seine Kleider waren ihm viel zu groß, und die überschüssige Haut seiner Backen ließ es aussehen, als wollte ihm sein Gesicht aufs Kissen rutschen. Was immer dem armen Murray zugestoßen war, er hatte es allein durchgestanden. Helen war nicht da. Und wenn sie nach Hause kam, erwartete sie das denkbar Schlimmste, was hatte geschehen können.

Es war kurz vor Weihnachten, wahrscheinlich war sie Verwandte besuchen (wie, war allerdings nicht zu sagen, sicher doch nicht zu Fuß?), und es war ungewiss, wann sie zurückkommen würde. Ich überlegte, ob ich die Polizei in Clitheroe anrufen sollte, befürchtete aber, dass es Helen nur noch mehr verstören würde, wenn sie bei ihrer Rückkehr die Polizei und einen Krankenwagen beim Haus vorfand. Und natürlich würden sie wissen wollen, warum ich uneingeladen ins Haus eingedrungen war.

Sicher, irgendwann würde ich es zugeben müssen, wobei ich annahm, dass Helen – wenn vielleicht auch nicht die Polizei – schon verstehen würde, dass es eine vernünftige Begründung dafür gab. Am Ende dankte sie mir womöglich sogar für meine Entschlossenheit, dachte ich und ging nach unten, um ins Adressbuch beim Telefon zu sehen. Wenn ich einen Bruder oder eine Schwester erreichen könnte, auch wenn sie nicht bei ihm oder ihr war, war doch wenigstens jemand verständigt, der weiterwüsste.

Was ich jedoch sagen sollte, wusste ich nicht, und während ich die erste Nummer aus dem Buch wählte, versuchte ich meine einleitenden Sätze zu formulieren. Sie sollten möglichst keine Verwirrung oder Panik stiften.

Aber nichts kam mir richtig vor, selbst die Wahrheit klang verfänglich, und so war ich erleichtert, als die Kuhglocke draußen läutete und ich den Hörer wieder auflegen konnte.

Ich brauchte so lange, die Riegel und Schlösser zu öffnen, dass, wer immer draußen gewesen war, aufgegeben hatte, als ich die Tür endlich aufbekam. Fußabdrücke führten zum Gartentor an der Seite, und von da aus rief ich nach dem Besucher, ging zur Werkstatt und rief wieder – und hörte die Glocke ein weiteres Mal läuten.

Aber als ich zurück nach vorn kam, war, wer immer geläutet hatte, wieder weg. Es war niemand zu sehen.

Und mein Auto war auch nicht mehr da.

Es war nicht möglich, dass es einer gestohlen hatte. Zum Einen hätte ich den Motor gehört, und es konnte auch nicht so schnell völlig verschwunden und nicht mehr zu sehen sein. Es war außerdem niemand da, im Umkreis von Kilometern nicht, abgesehen von den Leuten in der Schonung. Und wenn von denen einer gekommen war und geläutet hatte, weil ich aus irgendeinem Grund mein Auto wegfahren sollte? Und sie es dann selbst getan hatten, weil ich nicht gleich da gewesen war? Aber ich war doch nur eine Minute weg gewesen, und ich hatte auch niemandem den Weg zugeparkt. Da stand nur Murrays kaputter Lieferwagen. Niemand konnte mein Auto weggefahren haben. Es gab keine Reifenspuren, die vom Hof wegführten.

Allerdings auch die nicht, die ich beim Herkommen im Schnee hinterlassen haben musste.

Ich fragte mich, ob derjenige, der geläutet hatte, vielleicht hineingegangen war, hob den Blick, und ja, es musste so sein. Jemand hatte den Vorhang im Schlafzimmer der Oxbarrows geöffnet. Zurück im Haus, hörte ich Stimmen aus der Küche, und die Leiter stand wieder. Auch das Grün hing wieder an den Wänden, voller und noch schwerer duftend als zuvor.

Es ragte so üppig von oben über den Eingang zur Küche, dass ich es zur Seite drücken musste, um hineinzukommen. Ich brauchte ewig, um die Schwelle zu übertreten, es war, als kämpfte ich mich durch einen besonders zugewucherten Teil der Schonung hinter dem Haus.

Ich schob es auf das dichte Grün, aber als ich mich bemerkbar machen wollte, als ich nach meinem Auto fragte, erklang meine Stimme nur in meinem Kopf, als dächte ich bloß und sagte nichts. Ich war eher ein Zuschauer, nicht Teil der Szenerie, in der ich mich, zerkratzt von den Stechpalmenblättern und Tannennadeln, mit den drei Anwesenden wiederfand.

Keiner von ihnen sah mich an. Weder Murray noch Helen noch Joe, der beim Holzofen saß, in eine Decke gewickelt und mit einer großen Tasse Kaffee zu seinen Füßen. Der Hund, von dem ich angenommen hatte, dass er kommen und mich verjagen würde, ein scharf aussehender Dobermann, lag in der Wärme des Ofens und lauschte dem heftigen Regen, der gegen die Fenster prasselte, sowie Helens leisem, beruhigendem Monolog, während sie die Wunden auf Joes Stirn betupfte.

»Gott sei Dank, dass du ihn gefunden hast«, sagte sie.

Murray sah zu ihr hinüber und wandte sich dann wieder der Suppe zu, die auf dem Herd köchelte.

»Er hatte Glück, dass sein Fahrrad im Weg lag«, sagte er. »Sonst wäre ich glatt an ihm vorbeigefahren.«

Helen zupfte einen weiteren Wattebausch aus einer Tüte und tunkte ihn in eine Schüssel mit Wasser auf ihrem Schoß.

»Denkst du, einer im Barleycorn kennt ihn?«, sagte sie.

»Ich bin sicher, die kennen ihn«, sagte Murray. »Ob er ihnen was bedeutet, ist eine andere Frage.«

»Warum haben sie ihn sich so betrinken lassen?«

»Es ist nicht ihre Sache, ihm zu sagen, dass er aufhören soll, oder?«

»Ich weiß, aber sieh dir an, in was für einem Zustand er ist, Murray. Es ist eindeutig, dass er nicht genug Geld hat, um es für Schnaps hinauszuwerfen. Es ist verdammt unmoralisch, es ihm abzunehmen.«

Sie warf die blutige Watte in den Abfalleimer und fing Joes Kopf auf, der zur Seite wegsackte.

»Du musst ihn halten«, sagte sie, und Murray kam und hielt ihn mit beiden Händen. Joe begann am ganzen Leib zu zittern.

»Er ist immer noch nicht wieder aufgewärmt, der arme Kerl«, sagte Helen, nahm eine weitere Decke von einem Stuhl beim Feuer und entfaltete sie.

Aber es war eine weiße, frisch gewaschene Tischdecke. Helen breitete sie auf dem Küchentisch aus und strich sie glatt.

Irgendwie war es jetzt Morgen, und der Raum war erfüllt mit dem strahlenden Licht der Wintersonne. Auf der Fensterbank stand ein kleiner Topf mit Schneeglöckchen.

Joe erschien in der Küchentür, rotgesichtig, im Mantel. Unsicher stand er da, bis Helen ihn bemerkte und hereinrief.

»Keine Sorge, es dauert nicht lange«, sagte sie und zog einen Stuhl heran, damit er sich setzen konnte. Er zog seine Arbeitshandschuhe aus, legte sie ordentlich auf seinen Schoß und streichelte den Hund, der kam und an seinen Beinen schnüffelte. Er sah gesünder aus, als ich ihn je erlebt hatte, und lächelte auf eine Weise, wie ich sie nicht von ihm kannte. Und da war noch etwas anders, etwas, das ich erst nicht zu benennen wusste, doch dann sah ich es. Er war ohne Narben.

»Er ist so weit«, sagte Helen, trat hinter Joe und hielt ihm die Augen zu. Murray kam herein, ganz leise, und stellte einen Biskuitkuchen, auf den mit Zuckerguss »Einen Monat trocken« geschrieben stand, auf den Tisch.

Die Überraschung gelang, Joe ließ sich von Murray die Hand schütteln, bekam einen Kuss von Helen, blies die Kerze aus und ließ den Raum in Dunkelheit versinken – eine körnige Dunkelheit, die nur schwer einzuatmen und plötzlich mit wildem Lärm gefüllt war. Und als der Lärm erstarb und sich mit ihm auch der Staub senkte, stellte ich fest, dass ich in der Werkstatt stand.

Ich träumte nicht. Das Ganze besaß nicht diese Art von Absurdität. Es war zielgerichteter. Als zeigte man mir Dinge, und ich hätte keine Wahl, sondern müsste sie ansehen.

Ich erinnere mich nicht, dass ich Angst gehabt hätte, das kam erst später. Ich fühlte mich nur benommen. Vielleicht war es so etwas wie eine Lähmung. Ich weiß nicht, wie ich es nennen soll. Das Beste, was mir als Beschreibung einfallen will, ist, dass ich mir vorstellen kann, mich so zu fühlen, würde ich unter einer Narkose aufwachen, bei Bewusstsein, aber unfähig, mich zu bewegen, ein stummer Zuschauer.

Ich sah, wie Joe und Murray ein Stück Holz zuschnitten und auf einen Karren luden, der bereits voller Kiefernholzplanken lag. Das Sägeblatt kam zum Stehen, und ein feiner Rauch stieg davon auf. Murray öffnete die Türen, nahm seine Maske ab und steckte sich eine Zigarette an. Von den Bäumen draußen tropfte Regenwasser, Blüten leuchteten in der Sonne. Es war Frühling, alles spross und glänzte nass. Der Hund kam, poliert wie ein Otter, schüttelte sich und begleitete Joe und Murray, die den Karren zum Lieferwagen schoben.

Kaum, dass sie draußen waren, kamen kleine Vögel geflogen und ließen sich auf den Möbeln und den Zähnen des Sägeblatts nieder.

Es wurden mehr und immer noch mehr, Finken und Grasmücken, und sie machten die Werkstatt zu einer Voliere, bis ein paar Schwalben an den offenen Türen vorbeischossen und die Vögel hinauszuziehen schienen, als reagierten sie auf einen Ruf.

Ich folgte ihnen, nein, ich wurde *hinausgebracht*, hinaus aus der Werkstatt in die Glut eines späten Sommerabends. Die Schwalben jubilierten im Licht der untergehenden Sonne und jagten tief über das Feld vor dem Haus. Das Gras spross prächtig wie ein Fell, und der alte Wölbacker dahinter wurde von den langen Schatten der Buchen überzogen. Reif und voll verschatteten sie den Lieferwagen, als er den Weg von der Straße heraufkam.

Joe fuhr mit bloßem Oberköper, ohne Eile, ein Ellbogen hing aus dem Fenster.

Auf dem Hof drehte er das Lenkrad und setzte den Wagen rückwärts vor die Werkstatt, wo Murray gerade fegte.

Die Monate mit Arbeit, Güte und ohne Alkohol hatten Joe verwandelt. Als er aus dem Führerhaus sprang, sah er schlank und sonnenverwöhnt aus. Er war weit jünger, als ich gedacht hatte.

Mit etwas, das ich wegen des Vogelgesangs nicht richtig hören konnte, brachte er Murray zum Lachen, nahm sich einen zweiten Besen, und gemeinsam fegten sie das Sägemehl zu einem Haufen bei der Tür zusammen.

In der Wärme des Abends stieg es auf und verbreitete sich wie dichter Nebel. Nebel, der zu einem Nieselregen herunterkühlte. Nieselregen, der zu einem Herbstregen wurde.

Fast alle Blätter waren von den Buchen gefallen und bedeckten den Hof mit einem durchnässten Teppich. Murray hockte vor dem Lieferwagen, um den Schaden zu inspizieren, den er vorne erlitten hatte. Die linke vordere Ecke war eingedrückt, der Scheinwerfer zerschellt und die Haube gestaucht, als hätte sie einen Schlag von der Seite bekommen.

Murrays Kopf sank nach vorn, dann stand er auf, schüttelte sich die Nässe von den Händen und ging zum Fenster des Wohnzimmers.

Jetzt sah ich ihn von innen aus dem Haus, wie er durch die Scheibe Worte in Helens Richtung formte, die beim Sofa kniete, darauf Joe, eine Alkoholleiche, einen Eimer neben dem Kopf.

Und schon war wieder ein weiterer Tag, und ich sah ihn genauso dahingestreckt, mit vollem Eimer.

Ein weiterer Tag.

Ein weiterer Tag.

Da war er, durchsuchte die Schränke in der Küche, fand Helens Portemonnaie.

Da war er und schob sein kaputtes Fahrrad den Weg unter den Buchen hinunter.

Kam zurück, verstohlen, die Taschen seines Mantels schwer herabhängend.

Helen, die eine Flasche billigen Gin in den Ausguss schüttete.

Joe, der versuchte, den Siphon auseinanderzunehmen.

Der Hund, der ihn anbellte.

Die Zähne bleckte.

Joe, der den Schraubenschlüssel weglegte und den Hammer nahm.

Der Hund, der durch den Garten zu einem Zwinger lahmte.

Murray, der ihm den Hammer entriss.

Joe, der nach oben in sein Zimmer floh.

Das Haus füllte sich mit seinen Schreien.

~

Ich wollte hinauf zu ihm, aber die Zeit taumelte weiter und holte mich zurück in die Werkstatt. Murray war allein und hobelte Späne von einer Kieferntür. Er hatte ein geschwollenes blaues Auge. Auch sonst sah er ausgesprochen schlecht aus. Das Gesicht grau, abgemagert, erschöpft. Genau so, wie ich ihn auf dem Bett gefunden hatte.

Die Tür ging auf, Helen kam herein und rieb sich die Arme gegen die Kälte.

»Er ist da«, sagte sie. »Crawland.«

»Jetzt schon?«, sagte Murray. »Ich dachte, heute noch nicht.«

»Du hast ihm gesagt, er soll so bald wie möglich kommen.«

Murray legte den Hobel beiseite und rieb sich die Hände am Overall ab.

»Sieh mich nicht so an, Helen«, sagte er. »Er weiß, was er tut. Wie gesagt, er hat auch dem Freund von Tommy Bell geholfen und Sandy Huggans Tochter.«

»Was war mit ihr?«

»Sie wollte nicht essen.«

Helen steckte die Hände in die Taschen. »Was ist er, ein Priester? Er sieht aus wie einer.«

»Ich glaube, ja, er hat so eine Art Kirche«, sagte Murray. »Jedenfalls gehen die Leute zu ihm und hören ihm zu.«

»Was für Leute?«

»Ich weiß es nicht«, sagte Murray. »Ich hab's nur gehört, das ist alles.«

»Was wird er also tun?«, fragte Helen. »Beten? Ich glaube, Joe braucht mehr als das. Und du auch.«

Sie half ihm mit seinem Mantel, zog den Reißverschluss bis oben zu und klappte den Kragen hoch.

»Jetzt ist er schon mal da«, sagte Murray. »Hören wir uns wenigstens an, was er zu sagen hat.«

~

Es war ein Winternachmittag, eisiger Nebel hing über dem Hof und dem angrenzenden Feld. Helen und Murray gingen zurück zum Haus, und ich folgte ihnen durch die Haustür und in die Küche, wo ein großer, hagerer Mann am Tisch saß. Es war dieser Crawland, den Murray eingeladen hatte. Er schüttelte beiden die

Hand, setzte seine Brille auf und sah sich Murrays blaues Auge an.

»Das sieht schmerzhaft aus«, sagte er.

»Es hätte schlimmer sein können, wenn Joe es absichtlich getan hätte«, sagte Helen.

»Oh, das war Absicht«, sagte Crawland. »Keine Frage.«

»Ich denke immer, dass es etwas sein muss, was wir getan haben«, sagte Murray. »Oder eben nicht.«

Crawland schüttelte den Kopf und wartete, bis Murray sich setzte.

»Nein«, sagte er. »Wie ich Ihnen schon am Telefon gesagt habe, besteht Ihr einziger Fehler darin, dass Sie versucht haben, vernünftig damit zu reden, das ist alles.«

»Womit?«, sagte Helen.

»Mit dem Geist, den Joe in sich trägt«, sagte Crawland.

Helen schnaubte, und Murray sah sie an.

»Bitte, Helen, lass ihn ausreden«, sagte er.

Crawland sah hinüber zum Dobermann, der mit verbundenem Bein beim Feuer lag.

»Denken Sie, dass Joe das Ihrem Hund angetan hat, Helen?«, sagte er. »Halten Sie ihn dazu für fähig?«

»Nicht der Joe, den ich kenne.«

»Genau das meine ich«, sagte Crawland.

»Aber das heißt nicht, dass da etwas in ihm drin ist«, sagte Helen. »Es heißt, dass er krank ist.«

Crawland lächelte, ohne seine herablassende Haltung zu verbergen.

»Wenn Sie mir lieber nicht glauben und eine andere Erklärung suchen wollen«, sagte er, »ist das natürlich Ihre Sache. Aber Sie komplizieren die Dinge für Joe damit nur, und er ist es, dem wir helfen wollen. Die Wahrheit wird ihm weit schlüssiger erscheinen als alles, was Sie sonst anführen mögen, das kann ich Ihnen versichern.«

»Es ging ihm so gut«, sagte Murray und steckte sich eine Zigarette an. »Fast ein Jahr lang. Ich kann nicht glauben, dass er nach all der Zeit wieder Rückschritte macht.«

»Wegen all der Kuchen, die Sie ihm gebacken haben, weil er trocken geblieben ist?«, sagte Crawland.

»Weil er uns immer gesagt hat, wie viel besser er sich fühlt, ohne zu trinken«, sagte Helen. »Warum sollte er dann plötzlich wieder damit anfangen wollen?«

»Es ist der Geist, der es will, nicht er«, sagte Crawland. »Weil Joe ihn ignoriert hat, kämpft er darum, gehört zu werden.«

»Aber warum sollte er auf ihn hören?«, sagte Murray.

Crawland nahm die Brille ab und legte sie auf den Tisch. Ich konnte sehen, dass auch seine Hände und sein Gesicht mit alten Narben überzogen waren, wie Joes, als er zu mir nach St Peter's kam.

»Wir müssen uns Joe als ein Kind vorstellen«, sagte er. »Ein Kind unter schlechtem Einfluss. Er wird Ihnen keine Beachtung mehr schenken, Ihnen nicht gefallen wollen, ganz gleich, wie viele Belohnungen Sie ihm versprechen.«

»Was machen wir also?«, sagte Helen.

»Es ist ziemlich einfach«, antwortete Crawland. »Wir entfernen den Einfluss.«

»Und wie?«, sagte Murray.

Crawland betrachtete die beiden.

»Im Wald wachsen bestimmte Dinge, die für den Geist, der Joe quält, um diese Jahreszeit ungenießbar sind«, sagte er. »Wir können sie ins Haus holen und ihn vertreiben.«

»Wir?«, sagte Helen.

»Es gibt Leute, die ich zu Hilfe rufen kann«, sagte Crawland. »Leute, die verstehen, womit Sie es zu tun haben.«

Oben schrie Joe, aus Schmerz oder im Kampf mit einem Albtraum.

»Rufen Sie sie«, sagte Murray. »Wenn es das Beste ist, was wir tun können.«

»Das ist es«, sagte Crawland, stand auf und fasste ihn bei der Schulter.

Er ging hinaus, und Murray und Helen stritten.

Stritten wieder an einem dunklen, nassen Morgen und waren so über Kreuz miteinander, dass sich Murray für den Rest des Tages in der Werkstatt einschloss und Helen in der Küche.

Die Zeit verschob sich, Joe saß am Tisch, und Helen stellte einen Teller Suppe vor ihn hin.

Aber er wollte sie nicht essen.

Er weigerte sich wie das Kind, für das Crawland ihn hielt.

Die Suppe landete auf dem Boden, der Teller zersprang.

Die Hintertür ging auf.

Joe kletterte über den Zaun und floh.

Joe, einige Zeit später, verfroren draußen auf dem Hof.

Helen holte ihn herein.

Murray hielt den Kopf unter den aufgedrehten Wasserhahn.

Joe wurde in sein Zimmer gezwungen.

Der Dobermann bellte vor seiner Tür, lauter und lauter.

Dann Jaulen.

Helen, die nach Murray schrie.

Der Dobermann mit durchgeschnittener Kehle.

Joe, der das Messer aufblitzen ließ, als Helen es ihm abzunehmen versuchte.

Helen, die den Rest ihrer Hand in ein Handtuch wickelte.

Murray, der Joes Tür zuhielt. Joe, der raus und sich verzweifelt entschuldigen wollte.

Murray, der Joes Tür zunagelte.

Helens Arm, Blut über Blut.

Murray fuhr sie ins Krankenhaus. Der Wagen rollte den Weg hinunter, der eine funktionierende Scheinwerfer zuckte zwischen den Bäumen hin und her.

Ich sah zu, wie sie auf die Straße bogen, während das letzte Tageslicht von Schnee hinweggefegt wurde, der heftig und aschenartig herabfiel, klumpte und alles begrub, worauf er traf.

Oben rief Joe nach Murray und riss an der Klinke seiner Tür, bevor er frustriert das Mobiliar zertrümmerte. Wut, Reue, Unterwürfigkeit, er wurde von einem Gemütszustand in den anderen katapultiert, bis er vor Erschöpfung eingeschlafen sein musste. Er rührte sich nicht, als Murray allein zurückkam, die Tür leise schloss, sich eine Zigarette ansteckte und Crawland anrief.

~

Der nächste Tag. Schneewehen und Stille. Ein papierfarbener Himmel.

Die Türen der Werkstatt standen offen, und einen Moment später sah ich Murray eine Stehleiter hinaustragen. Auf seinem Weg zurück zum Haus blieb er stehen, um auf die drei Männer zu warten, die aus der Schonung herunterkamen. Crawland und zwei andere, die aussahen, als könnten sie seine Söhne sein.

Mir wurde bewusst, dass es ihre Stimmen waren, die ich bei meiner Ankunft auf der Salter Farm gehört hatte. Und als sie durchs Tor kamen, sah ich, dass beide ein mächtiges Bund Stechpalmenzweige im Arm hielten.

Jetzt kamen auch aus der anderen Richtung Stimmen, und ich sah ein Dutzend Leute den Weg von der Straße heraufkommen. Sie waren angezogen wie ich, mit Mützen und Schals, die Mäntel schneeverkrustet wie die Schafe, an denen ich auf dem Hinweg vorbeigekommen war. Auch sie hielten Grünzeug im Arm, das sie durch die Tür ins Haus trugen. Dinge, die sie aus Hecken und Gestrüpp geschnitten haben mochten oder auch aus den eigenen Gärten. Girlanden, die sie selbst geknüpft hatten. Gesichter und Tiere aus Zweigen, Blättern und Nadeln.

Murray hielt Crawland auf dem Weg durch die Tür auf.

»Muss es wirklich heute sein?«, sagte er.

»Wir können Joe nicht länger in seinem zugenagelten Zimmer festhalten«, antwortete Crawland. »Er hat genug gelitten.«

»Natürlich«, sagte Murray. »Aber sollen wir nicht wenigstens warten, bis Helen entlassen wird? Sie würde dabei sein wollen.«

»Ich glaube, es ist besser für Joe, wenn sie noch bleibt, wo sie ist«, sagte Crawland. »Wenn hier jemand ist, der an dem zweifelt, was wir tun, macht das den Geist nur stärker. Haben Sie Zweifel, Murray?«

Nach kurzem Überlegen schüttelte Murray den Kopf und stellte die Leiter in der Diele auf.

Oben schlug Joe gegen seine Tür und schwor abwechselnd Vergeltung und Reue. Keiner von Crawlands Leuten nahm Notiz davon, sondern sie kamen still und zielstrebig herein und gingen wieder hinaus, um noch mehr Grün aus der Schonung zu holen. Den Jüngeren schien es, wie alles andere, das mit Weihnachten zu tun hatte, Spaß zu machen, und obwohl sie hauptsächlich im Weg standen, ließen sich die Erwachsenen von ihnen dabei helfen, die Weihnachtsbäume in die Küche zu tragen.

Allein Murray schienen Joes Drohungen zu beunruhigen, und er sah zur Decke hoch, als er die Leiter hinaufkletterte.

»Er wird es bald schon als Barmherzigkeit betrachten«, sagte Crawland und hielt Murray ein weiteres Gebinde zum Aufhängen hin. »Es war genau das, was ich am Ende brauchte – dass ich von dem Geist befreit wurde. Ich war ein Sklave, genau wie Joe.«

Er sah seine beiden Söhne an, die Efeu durch das Treppengeländer wanden, und sie nickten zustimmend.

Joe über ihnen schrie und fluchte.

Crawland berührte Murrays Arm.

»Er kann nicht bleiben«, sagte er. »Sehen Sie, was er Helen angetan hat. Er wird Ihnen wehtun und Joe früher oder später umbringen. Er wird dieses Haus leeren. Das ist es, was er will.«

Murray nahm das Gebinde und hängte es an die Wand. Die Salter Farm füllte sich immer noch mehr mit dem übersüßen Duft von Harz, der mir mit jedem Atemzug das Innere von Mund und Nase zu belegen schien.

Als das Haus geschmückt war, als Joe zu schreien aufgehört hatte und stattdessen zu handeln versuchte, steckten Crawland und die anderen kleine Kerzen ins Grün und entzündeten sie. Das sanfte Licht ließ Grün, Beeren und die Augen der Kinder glänzen, die hingerissen waren wie in einer Weihnachtsgrotte. Ein kleiner Junge mit einer roten Wollmütze wurde von seinem Vater hochgehoben, damit er ein paar der Kerzen im Efeu des Treppengeländers anstecken konnte.

Als die Arbeit getan war, warteten alle ehrfürchtig wie in der Kirche, und Murray versuchte, Joes Flehen zu ignorieren, indem er zusah, wie der Schnee das Fenster über der Haustür bedeckte.

Irgendwo schlug eine Uhr, und Crawland bewegte sich von einem zum anderen, legte jedem seine Hand auf den Kopf, murmelte etwas, das wie ein kurzes Gebet klang, und verteilte Stechpalmenzweige, jeweils fünf oder sechs. Seine Söhne folgten ihm mit Bindfäden, sodass jeder sie zu einer Rute zusammenschnüren und unten eine Art Griff um sie wickeln konnte.

Als das getan war, nickte Crawland dem, der am nächsten bei der Haustür stand, zu, und der öffnete sie weit und ließ die Kälte herein. Es war fast völlig dunkel draußen, und der Schnee fiel daunenweiß auf Hof und Feld.

Einer von Crawlands Söhnen gab Murray den Hammer, mit dem er das Grün festgenagelt hatte, und sagte, er solle als Erster die Treppe hinaufgehen. Er wollte nicht recht, und Crawland hielt seinen Kopf und sprach leise zu ihm, Worte nur für ihn, bis Murray zu nicken und nachzugeben begann. Und dann wischte er sich einmal über die Augen und ging zusammen mit Crawland und seinen Söhnen nach oben, jeder mit einer Rute aus Stechpalmenzweigen.

Joe hörte sie kommen, hob die Stimme und dankte Murray wieder und wieder, während der die Nägel aus dem Türrahmen hebelte. Joe dachte, er würde endlich befreit.

Mehr als alles wünschte ich mich von der Salter Farm weg, aber ich schien gezwungen, mit den anderen dazustehen, zu warten und den Schreien und Schritten zu lauschen, die näher kamen – vom oberen Stockwerk bis zum Treppenabsatz, von dort bis zum Kopfende der Treppe, wo es eine Art Gerangel gab und Joe Crawland anflehte, aufzuhören.

Das Geländer erzitterte, als Joe dagegen fiel und halb rutschend, halb taumelnd die Treppe herunterkam, nach Halt suchte und das Efeu losriss. Die Kerzen flogen heraus und verloschen, und die Kinder krochen ihnen hinterher, während ihre Eltern vortraten und den daliegenden Joe mit ihren Ruten bearbeiteten.

Einer versuchte ihn zur offenen Haustür zu ziehen, doch Joe machte sich los und lief in Richtung Küche, was die Kinder in die Arme ihrer Eltern flüchten ließ. Joe schlug einen Mann zur Seite, der ihn aufhalten wollte. Sich das Kinn haltend, stolperte der ältere Gentleman gegen die Leiter, die krachend umfiel und dabei Gebinde und Misteln mitriss, die Murray an die Wand genagelt hatte.

Angeführt von Crawland folgten die, die mutig genug waren, dem fliehenden Joe, und ich fand mich hinter ihnen und wurde durch das Tannengrün und die Zweige in die Küche gezogen.

Joe versuchte hinaus in den Garten zu gelangen, er rüttelte an der Türklinke, während Crawland und dessen Söhne auf seinen Rücken einschlugen. Als die anderen dazukamen, verlor Joe seinen Tritt, kauerte sich auf dem Boden zusammen und rief nach Murray, der sein Bestes tat, die Männer von ihm wegzureißen, aber er konnte kaum mehr tun, als an Schultern, Kragen und Ellbogen zu ziehen. Es waren zu viele, und er wurde zur Seite gestoßen und bekam selbst einige Schläge ab, bis Crawland ihn wegzog und die anderen Joe zurück in die Diele schafften und dabei noch mehr Grün herunterrissen.

Ich glaube, ich habe nie einen verängstigteren Menschen als Joe erlebt, der zu den von den Wänden heruntergrinsenden grünen Gesichtern aufsah, sich auf den Boden warf und einrollte, worauf ihn jemand mit einem Hirschgeweih aus Dornenästen malträtierte.

Sie zogen ihn wieder hoch, aber Joe gelang es, sich loszumachen und gebeugt davonzulaufen, und die, die an der Tür warteten, hetzten ihn hinaus. Auf dem Hof gewann er einen kleinen Vorsprung, fiel dann aber im tiefen Schnee hin und kam nicht schnell genug zurück auf die Beine. Schon hatten sie ihn wieder, und Crawland und seine Söhne mobilisierten nun auch den Rest der Leute, und die Eltern nahmen ihre Kinder auf die Schultern, damit sie schneller durch den Schnee kamen.

Am Rand der Menge wild fliegender Arme wurde der kleine Junge mit der roten Mütze in den Schnee gestellt, und er rannte los, zögerlich erst, doch dann schlug er noch übler als die anderen auf

Joes Kopf ein, riss ihm ein Stück aus dem Ohr und versuchte mit seiner Rute zwischen die Finger und in die Augen zu stechen.

Auf ein Wort von Crawland hin wurde Joe schließlich wieder auf die Beine gehoben, und sie klatschten und pfiffen ihn auf den Weg unter den Buchen und schlugen ihn mit ihren Ruten, wenn er ins Straucheln geriet.

Murray lief ihnen hinterher, flehte sie an aufzuhören und rief nach Joe. Ich lief jetzt auch los, aber als ich das Ende des Pfades erreichte, war niemand mehr zu sehen, es schallten nur noch einzelne Stimmen von irgendwoher die Straße bis zu mir herunter.

Jetzt sangen sie.

Es war ein Freuden- und Triumphchor, der sich über Schreie erhob, die nicht mehr menschlich klangen. Sie glichen weit mehr denen des Hundes, als ihm die Kehle durchgeschnitten wurde.

Auch wenn sich die Stimmen verloren, wurde ich ihnen doch hinterhergeschickt. Eine Weile folgte ich den Spuren im Schnee, den abgebrochenen Stechpalmenzweigen, dem Rot im Weiß, bis der Schnee alles bedeckte und ich blind weiterlief. Oder wenigstens schien es mir so. Aber natürlich wurde ich an jeder Kreuzung, an jeder Ecke weiterdirigiert, unfähig, umzukehren oder das Ergebnis zu vermeiden.

Da war eine Spur abseits der Straße. Eine Brücke über einem zugefrorenen Bach. Da war ein offenes Tor, ein dunkles Feld. Drei abgetakelte Pferde drängten sich nervös an eine Mauer. Voller Angst vor dem, was am Rand des weißen, wunden Teiches lag. Ein toter Mann, bereits halb von Schnee bedeckt.

~

Das ist es. Das ist alles. Es ist so lange her, dass es leicht sein sollte, den Erinnerungen an jenen Nachmittag zu misstrauen, aber sie melden sich lebhafter als alle anderen, besonders zur Weihnachtszeit.

Wenn ich David die Geschichte erzähle, wird er sagen, sie sei unlogisch, ich weiß es, er wird es genießen, meine Gefühlslage auszuloten und über die Fakten zu spekulieren.

Er wird sich gleich ins Internet stürzen und herausfinden, dass es tatsächlich eine Salter Farm gab und dort ein Mann namens Murray Oxbarrow tot von seiner Frau aufgefunden wurde. Dass man nicht wirklich sagen kann, warum er sich entschlossen hat, so viele Tabletten zu nehmen. Er wird von den Gerüchten lesen, die Murray mit dem Tod eines Joe Gull in Verbindung bringen, dessen Leiche in der Nähe gefunden wurde, aber herausfinden, dass es am Ende nur Gerüchte waren.

David wird nicht in Abrede stellen wollen, dass ich auf der Salter Farm war, wird aber sagen, dass meine Erinnerung nicht stimmt und allein auf dem aufbaut, was ich über die Farm gelesen habe. Das ist die einzige rationale Erklärung, wird er sagen. Aber was ist mit Crawland? Er wird nirgends erwähnt. Helen muss seine Existenz verschwiegen haben, um ihrer selbst willen. Woher weiß ich von Crawland?

David wird erwidern, dass ich ihn mir aus einer anderen Geschichte geholt habe. Die Fantasie ist eine Elster, Ed.

Das Problem ist nur, dass ich weiß, nichts von alldem ist zurechtgebastelt. Sämtliche Einzelheiten, die David als unwahrscheinlich und nicht plausibel abtut, werden nach wie vor klare Tatsachen für mich sein. Und die wichtigste ist, dass Joe Gull, als er in seinem besten Anzug nach St Peter's kam und um meine Hilfe bat, seit Jahren tot war.

In den Tagen nach meiner Rückkehr von der Salter Farm wusste ich nicht zu sagen, was real und was nicht real war, und fürchtete, den Verstand zu verlieren. Das Einzige, was irgendeinen Sinn für mich ergab, war, das Geschehen als eine große Parabel für Demut zu verstehen. Oder Aufrichtigkeit. Denn wenn ich mir selbst gegenüber ehrlich war, hatte ich gewollt, dass Joe mir vertraute, mehr noch als Gott. In seinem Fall war ich nie berufen gewesen; ich hatte immer nur auf meine eigene Stimme gehört. Und so war ich zur Salter Farm gesandt worden, um zu lernen, wo mein Platz war – dass ich nicht mehr war als ein Zeuge von Gottes großem Plan.

Mitunter fragte ich mich auch, ob mich Joe aus einer Art Fegefeuer heraus als seinen Botschafter gesehen hatte, eine Chance für ihn zur Befreiung. Vielleicht war sein Bedauern so stark gewesen, dass es ihn zurückgebracht hatte, um eine letzte Gelegenheit zu suchen, die Oxbarrows um Vergebung zu bitten – ohne zu wissen, dass Murray tot war und Helen nicht länger auf der Salter Farm lebte.

Oder wollte er nur, dass jemand wusste, was mit ihm geschehen war, dass Crawland und die anderen ihn umgebracht hatten, ob nun willentlich oder nicht?

Jedes Jahr um diese Zeit fühle ich mich zu dem Versuch gezwungen, das alles zu verstehen, und komme keinen Schritt weiter. Ich weiß nur, dass es so war.

Es war so. Mehr ist dazu nicht zu sagen. Aber das reicht nicht, ich weiß. Zu sagen, es *war* so, bringt keine Lösung.

Kannst du dir vorstellen, wie es ist, sich nie wieder irgendeiner Sache sicher sein zu können?, werde ich sagen.

Aber David wird nicht verstehen, was ich meine.

Und Gott ist keine Hilfe. Das war er nie. Er hat nur einen dummen kleinen Jungen aus mir gemacht, der versucht, den Himmel in eine Streichholzschachtel zu stecken.

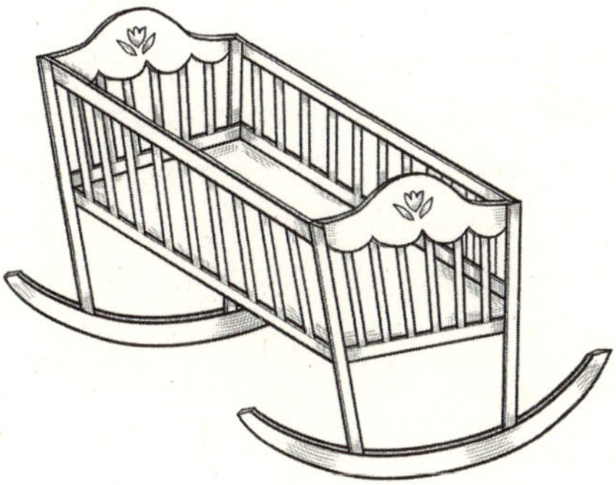

Kiran Millwood Hargrave

GEFANGEN

ICH SCHREIBE DIESE GESCHICHTE AUF, als wäre sie ein Zeugnis vor Gott, ein Gebet direkt in die Ohren von Engeln, gibt es doch niemanden, dem ich trauen kann außer mir selbst, meinem eigenen Herzen, meinem eigenen Stift. Ich bin es nicht gewohnt, Tagebuch zu schreiben, und so gestehe ich, dass alles, was folgt, eine Erinnerung ist. Aber ich schwöre bei meiner Seele: Genau so ist es geschehen. Und geschieht noch.

Es muss absolut klar sein, dass ich, Catherine Elizabeth Mary Blake, an diesem Tag, dem 24. Dezember 1898, bei vollem Verstand bin, was immer die Leute sagen mögen.

Ich weiß, ich bin die Tochter von Sophie Mary Winsome und John Albert Winsome, frisch verstorben, und die langjährige Frau von Richard Arthur Charles Blake. Ich weiß, ich lebe in Blake Manor, einen Steinwurf von Tenbury Wells entfernt im County Shropshire. Ich weiß, wer unsere Queen ist, unser Premierminister, kenne unsere Kolonien und die Größe unseres Empires. Ich kenne meine Gebote. Ich werde alles so detailliert aufschreiben, als wollte ich Sie in mein Gedächtnis hineinzaubern. Ich werde genau aufschreiben, wie es zu jeder einzelnen Sache kam.

Ich erkläre Ihnen das alles, um zu zeigen, dass das, was Sie glauben müssen, die Wahrheit ist – dass ich, auch wenn mein Körper schwach ist und mein Geist geplagt, nicht verrückt bin. Jedoch, wenn Sie das Folgende hören, werden Sie verstehen, warum ich es vielleicht sein möchte.

Ich wurde ins karminrote Zimmer gesperrt. Als meine Blutungen ausblieben, wurde es vorbereitet. Es war ein einfacher Raum, ziemlich aus der Mode, mit einer von Motten zerfressenen gelben Seidentapete und schweren grünen Samtvorhängen, in die die Tiere ihre Eier gelegt hatten, die mich niesen ließen, wann immer ich die Vorhänge öffnete. Ich liebte ihn trotzdem, diesen Raum, wegen des Ausblicks.

Blake Manor liegt am Schnittpunkt von Wald und Fluss, auf einer Anhöhe, von der aus sich beides malerisch schön vor einem ausbreitet. Wenn Sie an diesem Fenster stehen und ein Auge schließen – oder Sie, wie ich, das nicht können und sich stattdessen eins mit der Hand zuhalten –, werden zwei ziemlich unterschiedliche Welten sichtbar. Die erste, die mir aus der Kindheit von unseren Besuchen in den Mussoorie Hills vertraut ist, dehnt sich hügelig und grün vor mir aus, mit dem Fluss, der silbern durch die Niederungen schneidet. Lege ich die Hand über das andere Auge, scheint die zweite vor mir auf, ein Tal mit einem dichten Wald, wild und braun und verschattet wie aus einem Märchen.

Trotz der Schönheit dieses Ausblicks wendet sich das Haus in die andere Richtung, wie ein mürrisches Kind kehrt es dem Tal den Rücken zu. Das schöne Tor und die Fassade blicken auf einen ziemlich gewöhnlichen Ziergarten, der im Sommer wie ein unbespieltes Schachbrett aus Rosenquadraten aussieht, und noch mehr Rosen im Herbst. Ihr duftendes, aber seelenloses Arrangement wird eifersüchtig von Noakes gepflegt, der, wie Richard mir erklärt hat, im Preis inbegriffen war. So ist es mit alten Häusern, er und seine Frau, Mrs Noakes, sind genauso Teil von Blake Manor wie der Familienflügel der Blakes.

Vielleicht wurde deshalb die Wildnis hinter dem Haus zugunsten von Noakes' Blumenarrangements übersehen. Das Land hinten gehört nicht den Blakes, obwohl sie immer wieder versucht haben, es zu kaufen. Es gehört einem Farmer namens Bright, einem Witwer, der es weder nutzt noch verkauft. Laut Doomsday Book war es schon im 11. Jahrhundert im Besitz seiner Familie. Aber hier soll es nicht weiter um die Brights gehen. Wichtig allein sind das Zimmer und der Blick, der mich hergebracht hat, sowie mein Bestehen darauf, dass das Zimmer rot gestrichen werden sollte.

Dr. Harman war vom ersten Moment an dagegen. Gemäß seiner Ausbildung hatte ein Geburtszimmer weiß oder doch wenigstens in einer hellen Farbe gehalten zu sein, blau wie Schmelzwasser oder moosgrün. Aber es solle rot sein, erklärte ich Richard, genau wie das Geburtszimmer meiner Mutter in Bombay, in dem ich zur Welt gekommen bin. Mutters Tod vor nicht einmal zwei Jahren hat mich ziemlich mitgenommen, und es fühlte sich wichtig an, sie irgendwie hier zu haben. Richard küsste mich auf die Stirn, so wie es mich immer beruhigt, und fragte nur, ob es ein Lesezimmer-Rot oder ein Karmin-Rot sein solle. Ich sagte: Letzteres, weil es mir auf den Lippen besser schmeckte, wie der wachsige Stift meiner Lieblings-Lippenfarbe.

Sie schickten einen großen Bottich aus Hull, mit Pigmenten von Käferflügeln nicht aus Indien, sondern Peru, gleich im Hafen mit Säure versetzt. Als der Hausdiener den Deckel lüftete, fragte Richard mich noch einmal, ob ich sicher sei.

Um die Wahrheit zu sagen: Ich war es nicht. Die Farbe hatte nichts mit der aus Mutters Beschreibung zu tun, die warm, würzig und wohltuend war, wie das Schlürfen von Kardamom-Milch. Aber Mrs Noakes mit ihrem grau verkniffenen, ablehnenden Gesicht stand in der Nähe, und so lächelte ich und sagte, ja, ganz sicher.

Ich tat viele Dinge anders, wenn Mrs Noakes zusah. Die ersten fünf Monate war ich ständig erschöpft, meine Füße schwollen an, und mein Mieder schien zu schrumpfen, sobald ich es trug. Aber ich ließ sie nicht sehen, wie sehr ich mich nach Schlaf sehnte und wie unwohl mir war. Es war wie eine Art Wettbewerb zwischen uns, denn sie ist nicht die Art Frau, die viel Getue mag, ich schon. Aber ich war unsinnig stolz auf alles und wollte sie beeindrucken. Warum nur? Eine Haushälterin mit einem langen, langweiligen Gesicht wie eine Maurerkelle oder auch dem eines Terriers. Ich könnte darüber lachen, wenn ich nicht von ganzem Herzen schreien wollte.

Ich hätte Nein sagen sollen, als sie den Bottich öffneten und mir eine Farbe zeigten, die nur unter Anleitung des Teufels hatte gemischt werden können. Eine Farbe, die mich an Wunden und die aufgeschnittenen Innereien von Schweinen erinnerte. Ich dachte, es würde schon alles in Ordnung kommen und dass ich wenigstens den Ausblick für mich haben würde. Selbst als sie mit den neuen Vorhängen kamen, aus dunkelstem lila Samt und schwerer noch als das Grün, sah ich nicht, wirklich nicht, was da auf mich zukam. Auch nicht, als sie den Knopf für die Klingel in der Küche an der Wand anbrachten. Selbst nicht, als sie das mehr als daumendicke Messingschloss in die massive Eichentür einbauten und der Schlüssel, solide, mit kompliziertem Bart und ohne Kopie, am Ring an Mrs Noakes' schmaler Taille auftauchte.

Alle, die Kenntnisse von diesen Dingen haben, werden verstehen, warum ich es hasse, Einzelheiten über die Geburt zu erzählen, also das, woran ich mich erinnere. Aber die Umstände, unter denen es begann, scheinen mir bedeutend.

Es ist Brauch in diesen Breiten, in der letzten Adventwoche täglich in die Kirche zu gehen. Genau wie es hier fast den ganzen Winter über schneit. Ich hatte natürlich von Schnee gehört, ihn sogar auf Postkarten gesehen, die Vater aus seiner Missionsstation in Ladakh geschickt hatte, die weißen, riesigen Berge hoch oben in den Wolken. Aber es ist eine Sache, zu wissen, was Schnee ist, und eine ziemlich andere, es zu begreifen. Zu sehen, wie er in der Nacht eine Decke über die Welt breitet, zu fühlen, wie er unsere Schritte dämpft, sich die Stiefel hinaufschleicht und seine eiskalten Zähne in die Strümpfe gräbt. Die Art, wie er mit Geräuschen spielt, wie eine Katze mit einer Maus. Das bange Knirschen unter den Füßen zu hören, wie von winzigen Knochen.

Ich war bereits unsicher auf den Beinen, mein Bauch zu groß, um die Arme darum zu legen, er störte Schlaf wie wache Stunden gleichermaßen. Aber es sei Tradition, die zwei Kilometer zur Kirche zu gehen, bei jedem Wetter, informierte mich Mrs Noakes, und als noch fast neue Mrs Blake war ich angehalten, mich einzureihen.

An den vorangegangenen Tagen hatten wir den Weg ohne viel Aufhebens hinter uns gebracht, aber heute war es anders. Noakes hatte wie gewohnt den Pfad geräumt, der uns die lange, gepflegte Zufahrt hinunter zur Straße bringt, die sich an der Grenzmauer von Blake Manor entlangschlängelt. Aber die Kälte hatte die Zufahrt zu einer Eisbahn werden lassen, und unser Atem stieg in dichten Wolken vor unseren Köpfen auf, als wir zur Haustür hinaussahen. Richard bestand darauf, dass wir die Abkürzung von der hinteren Seite des Hauses nahmen, durch den frischen Schnee. Mrs Noakes erhob kurz Einspruch, den mein Mann jedoch mit einem brüsken Wort zurückwies. Ihr Zorn entzückte mich, während ich in angemessen viele Wollschichten, Strümpfe und einen wenig kleidsamen Schal gehüllt wurde, der nach Mottenkugeln roch.

Wir traten aus der Tür des Wintergartens in den wadenhohen Schnee, und die Wolle um meine Beine taugte allein dazu, das eiskalte Schneewasser in sich aufzusaugen, aber Mrs Noakes ging knapp hinter mir, sodass ich mich nicht beklagte. Richard hielt mir seinen Arm hin, und ich genoss seine Wärme und Stabilität, während mir die Beine schwer und noch unbeweglicher wurden, als sie ohnehin schon waren. Vor uns breitete sich die Landschaft aus, die ich so liebte, jetzt auf Augenhöhe: der von der hellen, kalten Luft schwarzweiß gefärbte Wald und der wie eine Klinge schimmernde Strom, gerade noch hörbar unter dem gläsernen Eis. Der Schnee knarzte unter unseren Stiefeln, während wir den sanft abfallenden Hang hinuntergingen, der uns zu dem öffentlichen Durchgang zwischen der Farm der Brights und unserem Grund brachte und bis hin zur Kirche führte.

Heute frage ich mich, ob ich mir das Zögern meines Mannes am Tor zu Witwer Brights Land nur einbildete. Fraglos war da etwas, ein heftiges Einatmen und auch ein Zittern in Richards angespanntem Unterarm. Es genügte, meine ganz auf meine durchnässten Füße gerichtete Aufmerksamkeit von ihnen zu lösen und ihm ins Gesicht zu sehen. Es ist ein schönes Gesicht, wenn auch vielleicht mit einem etwas schwachen Kinn, doch das weiß er gut mit seinem Barthaar zu verbergen. Seine Augen, für gewöhnlich rund und kindlich munter, waren verhangen. Das Barthaar zitterte. Er sah aus wie ein Fuchs, der Witterung aufnahm. Ängstlich sah er aus.

Aber dann spürte er meinen Blick, öffnete das Tor, trat ohne Weiteres hindurch und hielt es erst mir, dann den Noakes auf, die uns folgten. Wobei ich sicher bin, mir nicht eingebildet zu haben, dass sich die Noakes, bevor sie hinaustraten, kurz bekreuzigten.

Richard ließ sie vorausgehen, beide gebückt, selbst die aufrechte Mrs Noakes, und schneller, als ich es bei Leuten ihres fortgeschrittenen Alters für möglich gehalten hätte.

»Was ist mit ihnen?«, fragte ich Richard.

Er gluckste ein wenig zu laut. »Du weißt doch, wie abergläubisch die Landbevölkerung ist.«

Richard betrachtet sich gern als einen Vorstädter, wissen Sie.

»Abergläubisch?«, fragte ich und konzentrierte mich darauf, weder über meine tauben Beine zu fallen noch meinen Zähnen zu erlauben, vor Kälte laut zu klappern.

Richard vollführte mit dem freien Arm eine Geste zur Seite hin. Ich folgte ihr mit dem Blick zu den glitzernden Bäumen, dem von der weißen Landschaft gesäumten Fluss. »Die Bright'sche Hexe.«

»Eine Hexe?« Wieder sah ich ihn an. »Der Witwer?«

»Seine Frau.«

»Aber die ist tot.«

»So macht man einen Witwer.«

»Warum haben sie Angst vor ihr?«

»Es ist keine gute Idee, einer Frau in deinem Zustand solcherlei Dinge zu erzählen. Eigentlich nie.«

»In welchem Fall«, sagte ich, »du mich besser gleich einweihst.«

»Wenn du willst.« Er zuckte mit den Schultern, wurde aber ebenfalls etwas schneller, sodass ich fast schon laufen musste, um mit ihm Schritt zu halten. »Es gibt viele Geschichten über sie. Aber es heißt allgemein, dass ihr Mann, der ein starker, kraftstrotzender Kerl war, nach der Hochzeit an Statur verlor.«

»Ist das nicht ein allgemeines Phänomen?«, stichelte ich, aber Richard hatte nicht einmal ein Lächeln für meine Bemerkung übrig.

»Ich meine das buchstäblich. Ich bin ihm selbst nie begegnet, aber Mrs Noakes sagt, als sie ihn zuletzt gesehen hat, war er …« Er zog die Nase kraus. »Es ist keine schöne Vorstellung.«

»Das macht mir nichts«, sagte ich.

»Verschrumpelt«, sagte er. »Ich glaube, so hat sie es genannt. Sein ganzer Körper sei geschrumpft, die Wangen eingefallen, die Beine ohne jede Kraft. Und so ist er wohl bis heute.«

»Das klingt nach Polio. Da hatten wir viele Fälle in Bombay.«

»Es ist kein Polio, keine solch irdische Sache.«

Ich hätte weitergestichelt, dass er jetzt selbst ziemlich abergläubisch klinge, doch ich war mittlerweile ziemlich außer Atem und nur zu froh, ihn bis zur Kirche das Gespräch bestreiten zu lassen.

»Eine der schlimmsten Folgen seines Verfalls war, dass er offenbar keine Kinder zu zeugen vermochte. Mein Vater selbst hat unseren Familiendoktor schicken wollen, damit er half, aber Mr Bright wollte nicht.«

Ich gestehe, dass mich das nicht überraschte. Dr. Harman ist ein barscher Mann mit sehr kalten Händen.

»Oder besser gesagt«, fuhr Richard fort und senkte die Stimme, obwohl die Noakes weit vor uns waren und uns auch sonst niemand hätte hören können, nur die Bäume, »Mrs Bright wollte nicht. Wir … sie glauben … dass sie von ihm Besitz ergriffen hat. Nicht aus Liebe oder Vernarrtheit. Sie hat seinen Körper und seine Seele übernommen und befehligt ihn.«

Ich schnaubte höchst undamenhaft, was Richard zusammenzucken ließ, und ich fand gerade noch genug Luft für eine Entschuldigung. Er tätschelte mir den Handschuh. »Ist schon gut, Liebes. Dr. Harman hat mich gewarnt, dass deine Körpersäfte in Wallung geraten könnten. Wie immer, sie sind dann in die Säuglingsaufzucht eingestiegen.«

Kleine pausbäckige Köpfchen, die wie Steckrüben aus den Furchen eines Feldes sprossen, schienen vor meinem inneren Auge auf.

»Du weißt schon«, fuhr Richard fort, »Säuglinge von Gesindel, Leuten, die nicht mal einen Platz im Armenhaus bekommen, die haben sie gekauft. Erst hat es niemand gemerkt, die Farm ist so abgelegen, doch dann wurde die Polizei darauf aufmerksam gemacht, dass etwa ein Dutzend Kinder von den Brights gekauft worden waren.«

»Wie schön von ihnen«, sagte ich und rieb mir sanft über den Bauch.

Er erschauderte. »Nur, als sich dann ein Detective die Sache einmal näher ansehen wollte, fanden sie keine Spur von einem Kind im Haus.«

Übelkeit stieg in meiner Kehle auf. Ich wollte nicht, dass er fortfuhr, konnte aber nichts dagegen tun, ganz so, als wäre ich in einem Albtraum gefangen.

»Sie hatte sie umgebracht«, sagte Richard schroff. »Und im Wald verscharrt. Die meisten haben sie gefunden. Sie wurde gehängt, als Mörderin, aber viele glauben, sie war eine Hexe. Mr Bright wusste nichts von den Säuglingen, bettlägerig, wie er war. Seit ich ihr Bild in der Zeitung gesehen habe, glaube ich es. Schwarze Augen hatte sie, schwarz wie ihre Seele.«

Ich sah ein weiteres Mal zum Wald hinüber, der nah an meine rechte Seite drängte. Erst jetzt merkte ich, dass Richard mich zwischen sich und das Land der Brights gebracht hatte. Der Schnee vor uns war ein einziges grelles Weiß, aber die Äste des Waldes waren so dicht, dass nicht eine Flocke unter ihnen lag. Es war, als hätte da jemand eine scharfe Linie gezogen, die Schwarz von Weiß trennte.

Ich habe immer schon den Geruch von Wäldern gemocht. Auf unseren Reisen durch Indien verströmten sie den süßen, scharfen Duft von Harz und Blüten, hitzegeräuchert und von Tigern beherrscht. Ich wusste, englische Wälder rochen anders und dass die Schwangerschaft etwas mit meiner Nase gemacht hatte, Äpfel wie verfault und Kohle nach frisch gebackenen Muffins riechen ließ.

Aber dieser Wald trieb etwas Tiefes, Undurchdringliches durch den Mottenkugelgeruch des Schals um meinen Hals. Nach Erde, ja, aber auch nach Luft, Nachtluft, ganz dünn hoch über den Bergen, metallisch frisch aus Wolken und Fels. Es roch, und ich schäme mich, es zu sagen, wie ich selbst, wie diese Stelle, wo ich blute und aus der ich bald gebären würde, wo Richard in mich eindrang und unser Kind herauskommen würde. Es war ein vertrauter, animalischer Geruch, der mein Blut mit Erregung erfüllte.

Die Schatten unter den Bäumen schienen greifbar und verschwommen. Mein Blick flimmerte, unfähig, etwas zu fassen, die Dunkelheit ließ Nah und Fern changieren, und meine vom Schnee erschöpften Augen schmerzten. Ich schloss sie kurz und sah zurück zum Haus. Da stand es, in perfekter Position auf der Anhöhe, der Wintergarten stieß in den Schnee vor, und die Dachziegel glitzerten weiß. Und im karminroten Zimmer zuckte der schwere Vorhang.

»Ist alles in Ordnung?«

Ich blinzelte. Es war nur eine kurze Bewegung gewesen, als hätte jemand den Stoff für einen Moment zur Seite geschoben, um nach dem Wetter zu sehen. Eine ganz gewöhnliche Sache. Aber da war niemand. Das wusste ich, weil Mrs Noakes das Zimmer verschlossen hielt, um es vor Staub und Schmutz zu schützen. Wenn es so weit war, wollte sie nur die Bettdecke zurückschlagen müssen. Aber sie ließ auch das Fenster einen Spaltbreit offen, um die Luft sauber und frisch zu halten. Es musste ein Luftzug gewesen sein, der den Stoff bewegt hatte.

Dieser vernünftige Schluss heiterte mich ausreichend auf, um seinen stilleren Cousin ignorieren zu können. Es hatte jeweils zwei Männer gebraucht, um die beiden Vorhangseiten aufzuhängen, und eine neue Eisenschiene war in der Wand verankert worden. Der Stoff war so schwer, dass ich ihn nur mit beiden Händen zu öffnen vermochte. Ich spähte hinauf zu den Bäumen. Kein Lüftchen verwehte den Schnee auf den Kronen. Und dann bewegte sich etwas in den Schatten direkt zu meiner Rechten.

Ich blieb stehen, und Richard wandte sich mir zu, mit Ungeduld in der Stimme.

»Ich hätte dir längst von den Brights erzählen sollen. Habe ich dich erschreckt?«

Ich hatte nicht die Luft, um ihm zu antworten. Das Grauen schnürte mir die Kehle zu.

Da war jemand im Wald, jemand, der uns beobachtete.

Das Weiß zweier Augen. Das Schimmern eines Mundes, der sich öffnete und wieder schloss. Ein feuchtes Schlucken.

Meine Nase füllte sich plötzlich mit diesem animalischen Geruch, und dazu kam noch etwas, warm wie Atemluft, obwohl niemand bei mir stand und mir ins Gesicht atmete.

»Catherine?«

Richards Stimme war weit weg, und auch sein Arm, der mich hielt. Mein ganzer Körper schien von mir zu weichen, ich bestand nur noch aus Augen, die auf den verschatteten Wald fixiert waren, und aus einem Herz, das laut genug schlug, um meinen Blick beben zu lassen. Dort im Wald öffnete sich dieser Mund wieder, und jetzt sah ich das Gesicht um ihn herum, als leuchtete es von innen, die Knochen dunkel auf der Haut, und hinten aus der Kehle kam, plötzlich und schneidend, ein Geräusch wie von einem gefangenen Fuchs. Es war meine Stimme, mein Gesicht.

Richard schüttelte mich, und ich spürte, wie sich etwas löste. Ich fuhr zurück in meinen Körper, und der brannte, mein Bauch schien von einer Zwinge zusammengedrückt zu werden.

»Mrs Noakes!«, hörte ich ihn rufen. »Es geht los! Mrs Noakes!«

Während ich zurück in den Schnee sank und Richard sich über mich beugte, füllte mich der animalische Geruch ganz aus, Nase, Kehle – und die Krämpfe in meinem Bauch wurden schlimmer. Ich ließ mich übermannen. Ich konnte nicht mal mehr Richard warnen, konnte ihm nicht sagen, er solle sich umdrehen, damit er sie sah, direkt bei seiner Schulter. Eine Frau mit schwarzen Augen.

DER ERSTE TAG

Ich erwachte in einem Strom aus Höllenqualen, keuchend und schreiend. Mein Kiefer wurde von zwei kalten Fingern zusammengedrückt, Metall füllte meinen Mund, dann der weißsaure Geschmack von Amlas, wobei ich wusste, dass es keine Amlas waren, sondern Laudanum, und ich wusste auch, wenn ich es schluckte, würde ich erneut in mir versinken und es ihnen nicht sagen können. Aber die kalte Hand, Dr. Harmans Hand, hielt meine Lippen geschlossen, und ich würgte. Ich konnte mich nicht länger dagegen wehren.

Das Laudanum versengte mir den Hals, mein ganzer Körper wurde schwer wie lila Samt und von unsichtbaren Schmerzwellen geschüttelt, aber so weit weg, dass ich es nur in Fetzen mitbekam. Durch meinen Schädel krochen Finger und betasteten die Innenseite meines Geistes. In dieser schwindelerregenden Verwirrung war sie in mir, mit schwarzen Augen, mit schwarzem Herzen. Ich spürte sie, roch sie. Und dann kamen ihre Hände, drückten und fuhren im Kreis über meinen Schädel, rissen an meinen Haaren. Ich versuchte mich ihnen zu entziehen, aber sie gaben nicht nach.

»Also, Mrs Blake. Wir müssen das ordentlich machen, sonst kommen die Knoten nie wieder heraus.«

Mrs Noakes, ihre Hände arbeiteten an meiner Geburtsfrisur. Ich hatte sie selbst ausgesucht, zwei dicke Zöpfe, um den Kopf gewunden. Aber der Druck, die Nadeln spitz genug, um die Haut zu durchstechen. Mein Kopf war schwer wie ein Anker an der nutzlosen Kette meines Halses, und doch gelang es mir, mich ihrer Stimme zuzuwenden. *Nein*, dachte ich, das Entsetzen riesig und vernichtend wie ein Fels. *Nein*.

Mrs Noakes' Augen waren zwei schwarze Höhlen.

Ich kämpfte wie eine Ertrinkende, in der mehr Wasser als Atem ist. Wieder bittere Amlas auf meiner Zunge, und die zweite Dosis Laudanum versenkte mich noch tiefer.

In Bombay war die Hitze wie ein Mantel, das Lecken einer warmen Zunge. Morgens weckte uns das Bellen der Hunde, abends ließ uns das Geräusch des Ventilators einschlafen. Meine Ayah machte Milch warm und zuckerte sie. Sie gab auch Zucker auf meine Amlas, bei ihr wurde alles gesüßt. Wenn ich krank war, sang sie für mich, obwohl Mutter und Vater sagten, dafür sei ich zu alt. Als ich Windpocken hatte, badete sie mich in Joghurt. Wie ich mir jetzt ihre Sanftheit wünschte, ihre Wärme, ihre Milch und ihre Dahi-Medizin.

Die Haut auf meinem Kopf zerriss, und zwischen den Beinen zerriss ich auch. Dr. Harmans Hände waren kalt wie Schnee. Ich schrie ohne ein Geräusch, wieder und wieder, und endlich entwich er mir, mein Schrei, schrill und durchdringend. Ein ungebrochener Schrei. Aber er kam nicht aus meinem Mund.

~

DER DRITTE TAG

Das Zimmer war rot und dunkel wie das Innere meiner Augenlider. Ich lag sehr ruhig da, und alles war still. Eine gute Weile war ich nicht sicher, ob ich wach war oder schlief. Das Laudanum wich langsam aus meinen Gliedern, meiner Zunge, jede Bewegung schmerzte. Dazu kam der Schmerz zwischen den Beinen und, mehr noch, unter der Schädeldecke, und mir war klar, es war kein Traum, die Welt hatte sich verändert. Ich war Mutter.

»Sind Sie wach, Ma'am?« Mrs Noakes saß in einem Lehnstuhl beim Bett, im Licht der Gaslampe. Ihre Augen waren ihre eigenen, und in den Armen hielt sie ein frisches, weißes Bündel. »Sie haben zwei Tage durchgeschlafen. Dr. Harman meinte, es sei das Beste, Sie zu lassen.«

»Mein Baby?« Meine Kehle war trocken, ich krächzte.

»Ein Mädchen.«

»Ein Mädchen?« Ich fühlte Tränen in meinen Augen und streckte die Arme aus.

Mrs Noakes stand auf und legte mir das Bündel in die Arme. Ein rosa Gesichtchen, eine Stupsnase, perlmuttfarbene Lider, schöne, rosenknospenfarbene Lippen, ein Duft wie von frischem Brot und Lavendel. Und die Liebe, heftig und heiß, sie brannte. Meine Tochter. Die Freude und der Schock ließen mich nach Luft ringen.

»Hören Sie, Ma'am«, sagte Mrs Noakes, und ihre Stimme war sanfter als gewöhnlich, ihr Terrier-Ton gewichen. »Wir dürfen Sie nicht aufregen.«

Sie nahm mir meine Tochter wieder aus den Armen, und ich versuchte sie zurückzubekommen. »Aber …«

»Dafür ist noch viel Zeit«, sagte sie. »Es war eine schwere Geburt, was Sie besser als jeder andere wissen werden. Dr. Harman hat Ihnen strenge Bettruhe für die volle Dauer verordnet.« Mrs Noakes schnalzte mit der Zunge, als sie meine Verwirrung sah. »So wird es hier gehalten, und Dr. Harman sagt, es ist das Beste.«

»Ich habe nie …«

»Sie kommen aus fremden Breiten«, sagte Mrs Noakes, beugte sich vor und legte das Baby in die Wiege, die Richard in der Stadt bestellt hatte, »aber so ist das hier. Neun Tage Bettruhe.«

»Neun?«

»Sie müssen das hier trinken.« Sie hob eine dampfende Tasse vom Nachttisch. Ich schluckte die Brühe hinunter. »Gut. Keine Aufregungen, keine Gespräche. Völlige Ruhe.«

»Richard …«

»Für ein paar Tage noch nicht. Sie und das Baby müssen beide ausruhen, bis der Doktor sagt, Sie sind geheilt.«

Sie zog ein frisches Nachthemd aus der Kommode. Ich hob die Arme, folgsam wie ein Kind, und sie zerrte mir mein schmutziges, schweiß- und blutgetränktes altes Hemd vom Leib und zog mir das frische über den Kopf.

»Die Zöpfe haben gut gehalten«, sagte sie anerkennend. »Die lassen wir erst noch so. Und Sie müssen klingeln, wenn Sie die Kleine stillen wollen oder den Nachttopf brauchen.«

Sie deutete auf den Klingelknopf, den wir bei der Renovierung repariert hatten.

»Nachttopf?«, wiederholte ich schwach.

»Und wir haben Laudanum gegen die Schmerzen.« Sie klopfte gegen eine Glasflasche auf der Kommode. »Sie müssen jetzt etwas nehmen.«

»Bitte, könnte ich sie noch einmal …?«

»Sie schläft«, sagte Mrs Noakes. »Und wenn sie schläft, sollten Sie es ganz sicher auch. Legen Sie sich zurück.«

Ich schüttelte dem Kopf. »Bitte, kann ich Richard sprechen?«

»Nein, Ma'am«, sagte Mrs Noakes. »Verbot des Doktors. Soll ich ihn holen, damit er es Ihnen erklärt?«

Da ich keinerlei Wunsch verspürte, jemanden außer meinem Baby oder Richard zu sehen, und Mrs Noakes so resolut war, ließ ich mich zurück ins Kissen sinken. Mrs Noakes schraubte die Glasflasche auf und schüttete die Medizin auf einen Löffel. Ich schluckte sie ohne Widerrede und genoss die Müdigkeit, die sofortige Entspannung, die das Laudanum meinem Körper bescherte. Mein Baby war geboren, und ich lebte. Damit ging es mir besser als vielen anderen Frauen.

Mrs Noakes zog die schweren Vorhänge zu, und es hörte sich an wie Blätterrascheln. Angst flimmerte in mir auf, doch es war zu spät. Das Laudanum hatte mich längst im Griff. Der Schlüssel kratzte im Schloss. Und während ich in gedämpfter Bewusstlosigkeit versank, dachte ich an den Vorhang, der in einer nicht vorhandenen Brise zuckte, den warmen Atem auf meinem Gesicht. Schwarze Augen in schwarzen Schatten. Das feuchte Schlucken, den sich öffnenden Mund.

~

DER VIERTE TAG

Ich hievte mich in die Höhe, mein Bauch und meine Beine fühlten sich wie lose verknotet an. Am Fuß des Bettes kauerte etwas über der Wiege. Mir stockte der Atem. Eine runde, niedrige Form, als kniete da jemand. Ich suchte nach etwas Scharfem, mit dem ich darauf einstechen, das ich in diesen Buckel treiben konnte. Ihren Buckel.

Vorsichtig griff ich nach meinen Haaren und zog eine Nadel aus den von Mrs Noakes so fest geflochtenen Zöpfen. Die Spannung zwischen meinen Beinen sagte mir, dass Dr. Harman mich wie befürchtet hatte nähen müssen, und ich kroch wie ein Kind ans Fußende des Bettes. Ich hob die Nadel, hoch, hoch über die dahockende Frau.

Augen rissen in ihrem Rücken auf, zu beiden Seiten ihres gekrümmten Rückgrats.

Ich taumelte zurück, schrie, und plötzlich war das Zimmer voller Licht, so grell, dass es um mich herum zu vibrieren schien.

»Catherine!« Arme schlangen sich um mich und hoben mich zurück in die Mitte des Bettes. Richard. »Catherine, du musst ruhig liegen bleiben.«

»Sir, Sie dürfen hier nicht hinein.« Dr. Harman trat an die Stelle meines Mannes, seine kalten Hände auf meinen Schultern, er hob mir die Augenlider an. Sein bärtiges Gesicht beugte sich nahe über meines, hinter ihm sah ich Richard auf und ab gehen. »Mrs Blake, beruhigen Sie sich. Ist es der Schmerz?«

»Nein!«, rief ich und zeigte aufs Fußende des Bettes. »Da!«

Die beiden Männer sahen hin, und Richard begann zu lachen. Er ging auf die andere Seite und setzte sich zu mir. Er tat das auf die ehrliche, offene Weise, die ich so an ihm liebte, und griff nach meiner zitternden Hand. »Das ist unser Kind, Catherine. Das weißt du doch sicher?«

»Nicht das Kind«, fuhr ich auf. Das Licht stach mir in die Augen, und sie schmerzten, wie sie es zwischen Schnee und Schatten getan hatten. »Sie ist hier!«

»Mrs Noakes ist unten. Du musst nur die Klingel drücken …«

»Da!«, sagte ich wieder, aber diesmal musste Richard mich nicht unterbrechen. Ich konnte es selbst sehen, im hellen Licht, das durch die offene Tür fiel, klar sehen. Da war keine Frau, die sich über die Wiege des Säuglings beugte. Nur der Schatten des kleinen Baldachins, der über das Gesicht des Kindes ragte. Mrs Noakes musste ihn vorgezogen haben, damit unsere Kleine besser schlief. Dann waren es die Augen … die Augen unseres Babys gewesen. Ich erschauderte bei dem Gedanken daran, was hätte passieren können, und ließ die Nadel aus meiner Hand gleiten.

Ein leises Jammern kam aus der Wiege, und Richard stand auf, nahm unsere Tochter und brachte sie mir.

»Sir, das ist nicht …«

»Nur für einen Moment«, sagte Richard ungeduldig. »Sie ist bekümmert, sehen Sie das nicht?«

»Genau deshalb muss der Raum dunkel gehalten werden, Sir«, sagte Dr. Harman. Sie stritten sich, doch das war mir egal, weil ich meine Tochter im Arm hielt, ganz verrückt vor Liebe. Sie beruhigte sich sofort, und die kleinen Augenlider zuckten kaum.

Richard schnaufte, offensichtlich war er der Unterlegene. »Also komm, Catherine.« Er drückte mir einen bärtigen Kuss auf die Stirn und löste das Kind sanft aus meinen Armen. »Nur noch eine Woche, dann ist Weihnachten, und du bist ganz wiederhergestellt.«

»Kannst du sie näher zu mir ans Bett stellen?«

Richard sah Dr. Harman an, der seine Augen zusammenkniff. »Wenn es Sie davon abhält aufzustehen, um sie anzusehen?«

»Natürlich«, sagte ich. »Ich möchte sie nur nahe bei mir haben.«

Dr. Harman nickte missbilligend.

Richard nahm die Wiege und stellte sie vorsichtig neben das Bett. Ich legte mich mit einem Seufzer zurück in die Kissen, und Dr. Harman kam mit seinem gefürchteten Löffel. Ich schluckte, dachte an meine Ayah, die Amla-Beeren, konnte die Wange meines Kindes sehen, das sanfte Sich-Heben und Senken der Brust, und dann schloss sich die Tür, und das Zimmer versank in rotschwarzer Dunkelheit.

DER FÜNFTE TAG

Im karminroten Zimmer war nicht zu spüren, wann Tag und wann Nacht war. Die lila Vorhänge waren mit einem undurchdringlichen Stoff gefüttert, und erst am fünften Tag, aufgeweckt von einer vollen Blase, brachte ich die Kraft auf, mich zum Fenster zu bewegen.

Ich rollte mich vorsichtig auf die Seite, um meine Kleine anzusehen. Sie schlief, wie sie es immer zu tun schien, eng gewickelt, nur das Köpfchen war zu sehen, wunderbar rund, die Wimpern lagen auf ihren Wangen. Ich widerstand dem Drang, sie an meine Brust zu nehmen, und brachte mich in eine aufrechte Haltung. Bisher war es nötig gewesen, wegen jeder kleinen Sache nach Mrs Noakes zu klingeln, aber heute hatte der Schmerz etwas nachgelassen, und ich wollte nicht gleich wieder im Laudanum-Nebel versinken.

Ich hockte mich über den Nachttopf, hielt mich am Bettrahmen fest und verwünschte die Naht, die noch immer so zog und meine Haut brennen ließ. Es war zu dunkel, um den Inhalt des Nachttopfs zu sehen, aber zuletzt war Blut darin gewesen. Dr. Harman meinte jedoch, das sei normal.

Ich schob den Topf außer Sicht unter das Bett und erhob mich zu voller Größe. Es war das erste Mal seit Tagen, dass ich wirklich stand, und ich wurde fast ohnmächtig – immer nur Laudanum und Brühe machten schwindelig. Eine Nebenwirkung solch einer Therapie ist das Schwinden des Appetits, und das war ein weiterer Grund dafür, dass ich meine Ayah vermisste, zu deren Heilmitteln in Schmalz gebackenes Fladenbrot und Dhal gehörten, dickflüssig und mit viel Knoblauch. Hier war es eher so, als würde ich bestraft, ausgehungert und betäubt, ohne Gesellschaft und Licht. Aber wenigstens da konnte ich Abhilfe schaffen.

Meine Beine fühlten sich geschwollen und steif an, und ich bewegte mich wie durch den Schnee, der meine Niederkunft ausgelöst hatte, tastete mich wie ein Blinder durch die trübe Dunkelheit, bis ich endlich die weichen Vorhänge unter meinen Händen nachgeben spürte. Ich fasste sie, drückte sie an meinen Körper und keuchte nach der Mühe, die der kurze Weg mir abverlangt hatte.

Hinter mir seufzte meine Tochter und nuckelte im Schlaf, ich antwortete mit einem Seufzer meinerseits, spürte die spitze Lanze der Liebe in meiner Brust und schob einen Teil des schweren Vorhangs zur Seite. Über mir kratzte ein Eisenring über die Stange, und ein unsicheres Licht fiel durch die Lücke, matt und unverwechselbar Teil des heraufziehenden Morgens. Ich schlüpfte in den Raum zwischen Vorhang und Fenster, damit das Licht nicht auf das Gesicht meiner Tochter fiel.

Ich hielt die Augen noch halb geschlossen, um ihnen Zeit zu geben, sich an die Helligkeit zu gewöhnen, hob die Hände und legte sie auf das Fenster. Die Kälte war unmittelbar, die dünnen Scheiben in den frisch gestrichenen Rahmen hatten dem englischen Winter wenig entgegenzusetzen.

Ich öffnete die Augen jetzt ganz und sah grauen Nebel gegen das Glas drücken. Noch war die Nacht dem Tag nicht gewichen. Ich legte die Stirn auf das kalte Fenster, und mein Atem bildete seinen eigenen Nebel. Im Spiegel der Scheibe sah mich mein eigenes Gesicht an. Mein Blick reichte nicht weit, aber ich versuchte die geliebte Aussicht vor mir wachzurufen, den Fluss, die Hügel, den Wald.

Mein Gesicht verschwamm. Ich hob die Hand, um meinen Atem von der Scheibe zu wischen, doch das Spiegelbild löste sich und trat aus sich hervor. Ich stützte mich an der Scheibe ab, um Halt zu finden, fürchtete, das Gleichgewicht zu verlieren, aber ich schwankte nicht, sondern stand ruhig und sicher da. Und doch wich mein Gesicht vor mir zurück – zurück, obwohl meine Stirn immer noch auf dem Fenster lag.

Es war nicht länger mein Gesicht.

Das Haar hing lose und zottelig herunter, obwohl ich doch spürte, dass Mrs Noakes Zöpfe straff um meinen Schädel lagen. Die Augen waren groß und ohne Weiß. Und durch die dünne Scheibe unter meinen Händen drang plötzlich eine heftige Wärme.

Da war eine andere Hand, die von außen auf das Glas drückte. Langsam, wider alle Wirklichkeit, erhöhte sie den Druck. Ich spürte, wie die Scheibe knackte, und das Gesicht mit den wilden Haaren und den schwarzen Augen, das aus meinem herausgetreten war, begann zu lächeln. Die Zähne weiß und ebenmäßig, der Ausdruck aber so heimtückisch, dass mir das Herz in der Brust zu stocken schien. Sie war gekommen, um mich zu quälen, um mein Kind zu quälen.

Ich erwiderte den Druck, und ihr Lächeln wurde breiter. Sie legte ihre Stirn gegen meine, und sie war heiß wie ein Fieber. Ich roch den animalischen Geruch des Waldes, das Metall und den Mulch, und das Glas unter meinen Händen begann zu brechen, feine Risse bildeten ein Spinnennetz in der Scheibe.

Sie würde hereinkommen.

Sie würde mir mein Kind nehmen.

Geburt und Bettruhe hatten mich geschwächt, die Angst ließ mich kaum atmen, aber ich drückte zurück, widerstand ihrer Kraft. Ihr Lächeln wurde immer noch breiter, unmöglich breit, als wollte es mich verschlingen, ihre Augen waren tiefe Gruben, ihr Gestank erstickend, und ich drückte und drückte und schrie vor Anstrengung. Ich hielt ihrem Blick stand und legte mein ganzes Gewicht in den Druck meiner Hände.

Das Fenster brach, und sie prallte zurück und verschwand im Grau. Der Nebel flutete herein, und ich stolperte zurück, meine Füße verfingen sich in den Vorhängen, die eiserne Stange riss aus der Wand und krachte auf die Dielen neben mir. Aber ich achtete auf all das nicht, ich musste zu meiner Tochter, die in ihrer Wiege jammerte.

Mir fiel auch kaum auf, dass sich die Tür öffnete, Mrs Noakes erschreckt aufschrie, ich spürte die Kälte kaum, die ins Zimmer drang, die Schnitte und Splitter in meinen Händen. Ich hob meine Tochter an meine Brust und riss mein Nachthemd auf, damit ich ihre Haut auf meiner fühlte. Dr. Harman und Richard gelang es nur gemeinsam, sie aus meiner Umklammerung zu lösen.

DER SECHSTE TAG

»Das ist unmöglich«, sagte Dr. Harman, und er hob die Stimme, um Richards Schärfe etwas entgegenzusetzen. »Im besten Falle töricht und im schlimmsten eine Gefahr für Mutter und Kind.«

»Ich erlaube es nicht, dass sie getrennt werden«, sagte Richard ganz in der Tonlage des Doktors. »Weswegen? Eines Unfalls?«

»Sie glauben, es war ein Unfall, Sir?«

»Sie sagt es, und ich glaube ihr.«

»Sie erleben das zum ersten Mal, Sir. Alles. Ehe, Kinder. Ich habe es schon hundert Mal gesehen. Es verändert eine Frau. Ihre mentale Verfassung wird irreparabel geschädigt. Ihre Frau weist Zeichen einer ernsten Verwirrung auf.«

»Und was ist Ihre Antwort darauf?«, sagte Richard und schrie fast, sodass ich mein Ohr von der Wand nehmen konnte. »Noch mehr Laudanum? Noch mehr Dunkelheit?«

»Die Wissenschaft sagt uns das«, erwiderte Dr. Harman. »Genau wie die Tradition. Ihre eigene Mutter …«

»Und Mutter und Kind zu trennen, sagt die Wissenschaft das auch?«

Dr. Harmans Stimme sank wieder auf eine nicht verständliche Lautstärke, und ich drehte mich um und ließ mich zurück in meine Kissen sinken. Meine Hände lagen in meinem Schoß, sie waren unter dem Verband nicht mehr zu erkennen, und das Jod, mit dem Dr. Harman sie behandelte, färbte den Stoff gelb und stach schlimmer als die Schnitte.

Schuld schnürte mir die Kehle zu, als ich Richard mich so verteidigen hörte. Aber ich konnte ihm die Wahrheit nicht sagen. Ich wusste, wie es klingen würde, wusste, dass sie mir mein Kind nehmen und mich mit Laudanum füllen würden, und schlimmer noch, vielleicht würden sie mich wegschicken, wie Mutter.

Aber ich wusste auch, was ich gesehen, gefühlt, gerochen hatte. Tatsache war, so unwahrscheinlich es auch sein mochte, dass die Hexe Bright meine Tochter wollte und ich es war, die sie daran gehindert hatte. Ich stand in einem Kampf um die Seele meiner Tochter. Ich betrachtete sie, milchtrunken in ihrer Wiege, und versprach ihr zum hundertsten Mal, dass sie bei mir sicher war. Wir durften nicht getrennt werden.

Also hatte ich Richard eine Erklärung gegeben, die so glaubhaft klang wie nur möglich. Dass ich verwirrt vom Laudanum aufgewacht sei und versucht hätte, das Fenster zu öffnen, gestolpert und so heftig dagegen gefallen sei, dass die Scheibe zerbrochen war.

Mrs Noakes fegte die Scherben zusammen, die auf den Boden gefallen waren. Ihr Klirren tat mir in den Zähnen weh. Noakes vernagelte die Öffnung mit dicken Brettern. Es wurde überlegt, ob wir in ein anderes Zimmer umziehen sollten, man kam aber zu dem Schluss, dass mich das nur noch mehr belasten würde. Und jetzt argumentierte Richard dafür, dass wir nicht getrennt wurden und ich kein Laudanum mehr bekam. Das war in Ordnung. Die Schmerzen waren zu ertragen, wenn nötig, und ich brauchte all meine Aufmerksamkeit, falls die Hexe Bright wieder an mein Fenster kam.

Dr. Harman wurde in Ungnade entlassen, aber Mrs Noakes und Richard stimmten darin überein, meine Absonderung weiter beizubehalten. Richard erlaubte mir eine zusätzliche Gaslampe sowie Papier und Stift, als ich behauptete, mich zu langweilen. So konnte ich, was geschah, aus klarster Erinnerung aufschreiben.

Die einzige Veränderung, um die ich nicht bat, war, dass die Tür unverschlossen blieb. In meiner Angst vermochte ich nicht richtig zu denken. Ich glaubte, das Schloss sei auch ein guter Schutz gegen die Vorstöße der Hexe. Jetzt weiß ich, es war ein verhängnisvoller Fehler. Es gibt keinen Schutz gegen das Böse außer dem Guten. Nichts widersteht dem Teufel, nur Gott.

DER SIEBTE TAG

Um nicht einzuschlafen, verließ ich mich auf die Kraft des Schmerzes. Ich fand die Haarnadel, die mir ins Bettzeug geglitten war, und platzierte sie so, dass sie mir in den Rücken stach und mich weckte, sobald ich zurück in die Kissen zu sinken begann. Ich ließ die Gaslampen brennen und benutzte die Klingel nicht, nahm Unbequemlichkeiten beim Stillen meiner Tochter und der Benutzung des Nachttopfes in Kauf, nur damit Mrs Noakes nicht die Tür öffnete.

Ich weiß nicht, ob Sie je einen Tag und eine ganze Nacht nicht geschlafen haben, aber es kommt einer Folter so nahe, wie ich es mir nur vorstellen kann. Bald schon sah mein Gesicht aus, als hätte ich Fieber, und mein Urin kam auch weiter heiß, beißend und blutig aus mir heraus. Ich entdeckte ein paar alte, vergessene Riechsalzfläschchen im Waschtisch und begann daran zu riechen, bis meine Nase blutete, verschmutzte meine Verbände damit, und als sie mir meine Brühe brachte, dachte Mrs Noakes, die Schnitte in meinen Händen hätten sich wieder geöffnet, und erneuerte die Verbände. Ich begriff, dass eine Frau ein Wesen aus Blut ist, von der monatlichen Regel bis zur Geburt und immer so weiter. Meine Ayah hatte es mir schon so erklärt, doch bis jetzt hatte ich ihr nicht geglaubt.

Aber mein Zusammentreffen mit der Hexe Bright hatte mich auch gestärkt. Ich hatte sie zurückgeschlagen. Es war jetzt der siebte Tag meiner Absonderung, und wenn ich nur noch zwei Tage wach zu bleiben vermochte, würden mein Kind und ich gesegnet, wären gerettet und sicher.

Natürlich ist es nicht leicht, einfach wach zu bleiben. Besonders, wenn man, geschwächt von Blutverlust, nur mit Brühe und in Dunkelheit überleben muss – dann welkt man wie eine Blume ohne Wasser und Licht. Deshalb die Haarnadel, das Riechsalz und die Entschlossenheit, alles aufzuschreiben und mich daran zu erinnern, dass es kein schlimmer Traum war, sondern meine eigene schlimme Wirklichkeit.

DER ACHTE TAG

Es ging gegen sechs Uhr, und Richard hatte mir durch die geschlossene Tür erklärt, dass er und Mr Noakes in die Kirche wollten, nachdem sie bereits mehrere Adventsmessen versäumt hätten. Ich fragte ihn wieder, ob ich nicht mitkommen dürfe, aber er sagte, das sei völlig unmöglich, und Mrs Noakes sei in der Küche, falls ich sie brauche. Ich lehnte mich leicht auf die Nadel und sagte mit fester Stimme, es gehe mir gut. Unsere Tochter sah zur Decke auf, über die das Licht unserer Gaslampen zuckte, und ich betrachtete sie, das feuchte Schimmern ihrer Augen, die langen Wimpern – da verloschen die Lampen plötzlich.

Es war spät, die Tür verschlossen, das Fenster mit Brettern vernagelt und die Dunkelheit absolut. Meine Tochter wimmerte, und ich tastete vorsichtig nach ihr, fühlte erleichtert ihr zartes Bäckchen und roch den Lavendelduft ihrer Windeln. Ich hob sie auf meinen weichen Leib und wiegte sie in einem Arm, während ich mit dem anderen nach der Lampe suchte.

Ich hörte ein Zischen und war gleich wieder voller Angst. Ein langes Ausatmen, stetig und laut, durch zusammengebissene Zähne.

Ich fuhr blind herum.

»Wer ist da?«

Keine Antwort. Da war nur dieses fürchterliche, unnatürliche Zischen.

Ich tastete im Bettzeug nach der Haarnadel, konnte sie aber nicht finden, riss die Augen so weit auf, wie es ging, suchte nach einem Krümel Licht, sicherlich würde ich das schreckliche Gesicht der Hexe Bright sehen, ihr strähniges Haar, die schwarzen Augen. Und dann war da dieser Geruch. Aber nicht der aus dem Wald, auch nicht mein eigener beißender Schweißgeruch oder der frische Duft meines Kindes. Er war bitter und vertraut. Gas. Gas aus den ausgeblasenen Lampen.

Tränen der Erleichterung traten mir in die Augen; noch immer hielt ich meine Tochter fest an die Brust gedrückt und schob mich langsam um das Bett herum zum Nachttisch, auf dem die Lampen standen. Selbst durch die Verbände konnte ich die Wärme spüren, die sie nach wie vor in die Luft aussandten, was mich an die Hände der Hexe auf der anderen Seite des Fensters erinnerte, und ich fuhr mit einem Keuchen zurück und drückte mein Baby mit beiden Armen an mich. Aber der Geruch des Gases wurde immer intensiver, und ich wusste, ich musste die Lampen zudrehen, damit es nicht in unsere Lungen gelangte.

Immer noch halb blind legte ich meine Tochter aufs Bett und tastete unbeholfen nach den Schrauben. Ich fand eine und drehte sie erleichtert zu, das Zischen wurde weniger. Mir wurde schwindelig, und ich zwang mich, nicht in Panik zu geraten. Ich tastete nach der anderen Lampe, meine freien Fingerspitzen stießen auf heißes Glas, meine Haut brannte, und ich spürte, wie meine Gedanken verschwammen. Ich suchte nach der Schraube.

Ich fand sie, drehte sie fest zu, und das Zischen hörte ganz auf.

»Gut«, sagte ich, um mein wie rasend klopfendes Herz zu beruhigen. »Gut.«

Als ich mich umdrehte und den Säugling wieder nehmen wollte, hörte ich ein anderes Geräusch. Atem. Es kam aus der gegenüberliegenden Ecke des Zimmers beim vernagelten Fenster. Über mein Kind gebeugt erstarrte ich, und das Geräusch kam näher.

Meine Zähne begannen aufeinanderzuschlagen. Der Geruch von Schmutz zwang den des Gases zur Seite, und der Atem kam immer noch näher. Schritte waren nicht zu hören, nur dieser Atem, schwer und zielgerichtet, unverwechselbar, grässlich.

Dann spürte ich Wärme auf meinem Hals, mein Baby wimmerte, und ich kam wieder zu mir. Ich nahm meine Tochter hoch und drückte sie fest an mich.

»Geh weg!«, rief ich. »Geh weg!«

Mit meiner freien Hand schlug ich auf den Klingelknopf, wieder und wieder, und während mir das Atemgeräusch und der Gestank lange begrabener Dinge Ohren und Mund füllten, begann ich um mich zu treten und zur Tür zurückzuweichen. Ich hämmerte mit dem Rücken gegen sie, mit den Füßen, schrie und heulte. Die

Hexe Bright war vor mir, unsichtbar im Dunkeln, Stirn an Stirn standen wir da, das Baby zwischen uns gedrückt.

Die Tür öffnete sich, und ich taumelte. Mrs Noakes schrie auf und hielt mich, doch ich wich vor ihr zurück.

»Ma'am?«

Mrs Noakes sah so entsetzt aus, wie ich mich fühlte, die Augen aufgerissen, den Mund vor Schreck weit geöffnet. Sie griff nach dem Baby, und hinter ihr im jetzt schwach erleuchteten karminroten Zimmer bewegten sich die Vorhänge.

Die Hexe Bright.

Ich stieß Mrs Noakes aus dem Weg und knallte die Tür zu.

»Schließen Sie ab!«, rief ich über das Schreien des Säuglings hinweg. »Schließen Sie ab!«

»Geben Sie mir das Kind«, sagte Mrs Noakes mit zitternder Stimme.

Ich hielt meine Kleine umso fester. »Himmel noch mal, schließen Sie die Tür ab!«

Ich stürzte vor, um den an Mrs Noakes Taille hängenden Schlüssel zu fassen zu bekommen, und sie schrie auf und stolperte von mir weg gegen die Tür, die gegen den Rahmen prallte, zurückgeworfen wurde und sich weit öffnete, ein finsterer Schlund.

Die Hexe Bright war draußen.

Ich rannte.

Meine Brüste waren schwer und übervoll mit Milch. Zwischen meinen Beinen stach und riss es. Meine Füße waren geschwollen und wie taub, nachdem sie so lange kaum benutzt worden waren, aber ich rannte mit meiner Tochter im Arm, weil unser Leben davon abhing, unsere Seele, ihre und meine.

»Mrs Blake!«

Hinter mir kam Mrs Noakes zurück auf die Beine, aber sie war alt und gebeugt und ich noch jung, wenn auch schwach. Meine

Angst und meine Wut machten mich wild, und niemand würde meinem Kind etwas antun, solange ich noch ein Quäntchen Luft in mir hatte.

Ich stürzte die Treppe hinunter, meine nackten Füße dröhnten auf dem Holz, und ich rannte durchs Haus in den Wintergarten. Ich konnte sehen, dass Noakes und Richard diesen Weg genommen hatten, da waren ihre Spuren im frisch gefallenen Schnee.

Für einen Mantel war keine Zeit. Oben hörte ich Schritte, zu schnell und fest für Mrs Noakes. Meine Gedanken rasten. Was, wenn sie von ihr besessen war? Was, wenn sie in der Gewalt der Hexe Bright war? Es gab nur einen Ort, an dem wir vor ihr sicher sein würden.

Ich taumelte in die weiße, kalte Nacht. Meine Füße brannten, als liefe ich durch ein Feuer, und schon war ich am Tor.

»Mrs Blake, so bleiben Sie doch stehen!«

Mrs Noakes war ein Umriss in der Tür. Sie kam mir riesig vor, das Haar hing ihr wirr um das Gesicht, und sie folgte mir mit unmöglicher Schnelligkeit in die Nacht. Ich warf mich durch das Tor. Die Spur meines Mannes leuchtete im hellen Sternenlicht, der Weg zur Erlösung.

Ich stolperte voran, ohne Atem, um meine Tochter zu beruhigen, ohne Möglichkeit, ihr zu erklären, dass ich für sie durch die eiskalte Nacht rannte, und so musste ich ihrem Jammern und Schreien widerstehen, das mich tief ins Herz hinein traf.

»Halt!«

Die Hexe Bright verstellte ihre Stimme nicht einmal mehr. Sie war tief und schrecklich, ein Bellen. Aber ich würde ihr nicht gehorchen, ich würde nicht stehen bleiben. Ich würde die Seele meiner Tochter retten, selbst wenn es bedeutete, dass ich meinen eigenen Körper dabei zugrunde richtete. Ich wagte einen Blick hinter mich und sah, sie war unglaublich nahe. Der Wald zu meiner Rechten war ein einziges bösartiges Murmeln, sein Schatten ein Meer verlorener, umherirrender Seelen.

»Du bekommst sie nicht!«, rief ich. »Du nimmst sie mir nicht!«

Das letzte Stück vor der Kirche war von Kerzen gesäumt. Ein Weihnachtsbaum voller Schnee und mit einem silbernen Stern an der Spitze überragte das steinerne Gebäude. Da war es: das Kreuz. Sicherheit. Zuflucht.

Die Messe war vorüber, die Tür geöffnet, goldenes Licht sickerte auf den Schnee. Schatten säumten die Stufen, und ich zwang sie beiseite, schickte sie in die Nacht und warf mich über die Schwelle.

Keuchend fiel ich vor dem Altar auf die Knie, sah das vor Schreck starre Gesicht des Priesters, hörte Richard meinen Namen sagen, fühlte starke, warme Hände entsetzlich heiß auf meiner kalten Haut, die mir mein Kind zu nehmen versuchten.

»Bitte«, sagte ich und hielt es mit aller Kraft, die mir geblieben war. »Segnen Sie es. Bitte.«

Der Priester kniete sich vor mich hin, sein faltiges Gesicht voller Güte. Mein ganzer Körper bebte vor Erleichterung und Kälte. Er legte seine Hand auf den Kopf meiner Tochter und murmelte einen Segen.

Ihr Schreien verstummte, ihr verzerrtes Gesicht entspannte sich. Ich wischte die Tränen von ihren weichen Bäckchen und küsste sie auf die Nase.

»Jetzt bist du sicher«, sagte ich. »Sicher.«

Ihr perfekten rosa Lider öffneten sich. Und im geheiligten Licht schienen die Augen meines Kindes schwarz zu mir auf.

Diese Aufzeichnung lagert im Archiv des Irrenhauses von Shropshire und Wenlock.

ANMERKUNG DER AUTORIN

Mrs Bright basiert auf dem Fall von Mrs Amelia Dyer, die in viktorianischer Zeit Babys ermordet hat. Catherine Blakes halluzinatorische Symptome sind von meinen eigenen Erfahrungen mit psychotischer Depression sowie meiner Beschäftigung mit postnataler Psychose beeinflusst, einer Krankheit, die bis auf den heutigen Tag oft fehlbehandelt, missverstanden und den erkrankten Frauen vorgeworfen wird. Wenn Sie mehr darüber erfahren wollen, lesen Sie *What Have I Done* von Laura Lee Dockrill.

Elizabeth Macneal

UNGEHEUER

Lyme Regis, im September 1838

GANZ BRITANNIEN, DENKT VICTOR, wird exhumiert. Unter den Fingernägeln seines Bruders in London klebt schwarze Erde, seine Gewächshäuser sind voller kleiner Schösslinge, aus denen der Baumgarten des neuen Friedhofs in Stoke Newington hervorgehen soll. Ihr Vater hat das Ausheben der neuen Wasserwege überwacht – gerader, chirurgischer Kanäle, die die Stadt durchschneiden –, womit er, wie er so oft sagte, genug Geld gemacht hat, *um den gesamten Regent's Canal mit Gold-Sovereigns zu füllen.* Und hier ist Victor, der einstmals brillante Sohn, in dieser verdammten Stadt in Dorset und zittert in seiner Öljacke, während ein kleiner rothaariger Junge über den Strand rennt und versucht, *Ammoniten* und *Greifenmuscheln* zu finden. Die Klippen über ihnen sind hoch wie Berge und wild zerklüftet.

»Da ist eine«, sagt der Junge und stochert in einem gelblichen Sandhaufen.

Victor sieht genauer hin. Außer ein paar Steinen und einer alten Schraube kann er nichts erkennen. Vielleicht ist das doch eher etwas für Frauen, deren kleine, stechende Augen Fossilien besser ausmachen können, die Männer wie er dann ausgraben und kategorisieren.

Das Kind wiederholt: »Da, *da*«, und Victor wird von einer heißen Wut erfasst, und er holt mit seinem Stock aus und schmettert ihn in das kleine Nest.

»Da ist *nichts*«, bellt er, und der Junge springt verängstigt zurück.

Sie eilen weiter, der Regen fällt jetzt fast waagerecht, und die Wolken hängen so tief und sind so schwarz, als würde es bereits Nacht. Er könnte mit seiner Frau im Gasthof sitzen und sich ein dickes Scone mit Sahne genehmigen, während die feuchten Socken vorm Feuer hängen. Er könnte daheim im zivilisierten London sein. Er hasst diese höllische Stadt, deren Häuser wie Betrunkene dahocken und deren Erhebungen so steil sind, dass sie auch noch dem leichtfüßigsten Mann den Atem nehmen. Jeden Tag jetzt hat es wie aus Eimern geregnet, und selbst seine Unterwäsche ist feucht und stockig.

Lyme Regis war seine Idee, ein geflüstertes Versprechen aus den frühen Tagen seines Werbens, als Mabel sagte, sie sehne sich danach, den Ozean zu sehen. Woraufhin er an eine Abhandlung denken musste, die ihm kurz zuvor erst im White's untergekommen war, über Gideon Mantell und sein Iguanodon. Es gab da ein Stück Küste, erinnerte er sich, an dem alle möglichen merkwürdigen Kreaturen ausgegraben worden waren. Er zog sich die Krawatte zurecht. »Nun, meine Liebe, der Wunsch soll Ihnen erfüllt werden. Ich werde eines Tages mit Ihnen in dieses kleine Dorf an der Küste Dorsets fahren«, sagte er und fügte mit schauspielerisch übertriebener Gewogenheit hinzu: »Und dort, während Sie das Meer bewundern, werde ich mir einen Namen machen, indem ich ein ganz besonderes Tier ausgrabe. Und ich werde es *Prodigium Mabelius* nennen.«

Mabel lächelte, scheu, ohne die Zähne zu zeigen, was ihn davon überzeugte, dass sie ein Beispiel wahrer Weiblichkeit war, eine

Person, die er leicht zu beeindrucken vermochte. Sie war, so begriff er, eine Frau, die an ihn glaubte, und mit ihrer Unterstützung, nun, da konnte ihm alles gelingen!

Und dann sah sie ihn an, mit Augen so groß und so hell. »Ich habe gelesen, dass Ihr Bruder kürzlich eine neue Orchideenart entdeckt hat. Dieses Ungeheuer wird Sie zu einem ebenso beeindruckenden Mann machen.«

Sie wollte ihn nicht verletzen, sagte sich Victor, aber er legte eine Hand auf die Stirn, als hätte sie ihn tief getroffen.

Als Kind hatte er in jeder Hinsicht brilliert. Er war ein Goldkind gewesen, über alle Maßen verheißungsvoll, tat sich in allem, was er anfing, hervor. Cricket, Latein, Mathematik – er wurde von Lehrern wie Schülern gleichermaßen verehrt und gefürchtet. Neben ihm wirkte sein Bruder blass wie eine verwelkte Pflanze und wusste an nichts anderes zu denken als an verdammte *Blumen*. Er trocknete sie, katalogisierte sie und zog sie aus winzigen Knollen. Victor nannte ihn »Daisy« und steckte sich seine seltenen Orchideen ins Knopfloch. »Es sind doch nur *Blumen*«, protestierte er, wenn sein Bruder daraufhin in Tränen ausbrach. Aber die Jahre vergingen, und Victor, das allumfassende Wunder, der wiederkehrende *Primus* des Jahres, stellte fest, dass sein Genie ein Vogel in einem Käfig war, niemals zufrieden. Er flatterte gegen die Gitter der Finanzwelt, der Politik, des Handels und blieb nirgends lange genug, um sich einen Namen zu machen.

Eines Tages dann hob er den Blick und stellte fest, dass sein Bruder, der sich über die Jahrzehnte seiner einen Leidenschaft gewidmet hatte, zu einem gefeierten Hortikulturisten geworden war. *Daisy* wurde ständig zu Bepflanzungsplänen konsultiert, ob es um den Buckingham Palace oder die aus dem Boden schießenden neuen Friedhöfe ging. *Daisy* besaß ein Stadthaus in Mayfair und ein Landhaus in Richmond, mit einem eigenen Gewächshaus. *Daisy* war in aller Munde, und in Victors Brust setzte sich die kalte Überzeugung fest, dass da ein schwerer Fehler gemacht wurde und die Welt den Falschen feierte.

Und dann heirateten er und Mabel, und sie fuhren mit einer Unmenge Koffer und Hutschachteln nach Lyme Regis. Mabel hielt ihr Collagen-Buch mit Spanieln und ihre scharfe silberne Schere auf dem Schoß. Das Schneidegeräusch verdross ihn ein wenig, genau wie das Schmatzen des Leimtopfes, aber er lächelte ihr zu und sagte nichts. Es war ein Neuanfang, sagte er sich, als sie Dörfer und Abzweigungen passierten. Die Landschaft verfärbte sich bereits frühherbstlich braun. Fünf Tage unterwegs, fünf Tage in alten Gasthäusern. Vier Nächte, bis er endlich den Mut aufbrachte, sie zu berühren, ihren Körper unter seinen zu bringen.

Während die Kutsche voranpolterte, versuchte er Bücher über Plesiosaurier und Iguanodons zu lesen, die er sich besorgt hatte. Die Worte tanzten vor seinen Augen und ordneten sich ständig neu, aber ein Begriff stach heraus, Seite um Seite. Die *Royal Society*. Eine großartige Institution, die alles in ihrem Bannkreis mit ihrer Glorie versah. Benjamin Franklins Drachenexperiment. James Cooks Reise nach Tahiti, um die Venuspassage zu beobachten. Isaac Newtons *Principia Mathematica*. All diese Berichte waren innerhalb ihrer Mauern veröffentlicht worden, all diese berühmten Männer durch ihren großen Steinbogen geschritten. Und bald schon, so dachte er, würde er über versteinerte Kreaturen stolpern, an Stränden voll mit Rippen, Wirbeln und schmalen, eleganten Schädeln. Er stellte sich den Applaus vor, mit dem sie seine Entdeckung begrüßen würden, ihr Begreifen, dass er, Victor Crisp, letztlich ein Mann der Wissenschaft war, eine Berühmtheit von äußerster Bedeutung …

Er fiel nach vorn, als sie einen steilen Hügel erklommen, sein Buch landete auf dem Kutschenboden.

»Schon gut«, sagte er und sammelte sich, obwohl Mabel nichts gesagt hatte. Er fluchte und wischte sich die Hände an der Hose ab. »Schon gut«, sagte er noch einmal.

Schnips, schnips, schnips. Ein Pudel mit rosa Schleife wurde langsam aus einem Kinderbilderbuch geschnitten.

Er blickte aus dem Fenster. »Da ist das Meer, wie du es dir gewünscht hast. Wir müssten fast da sein.«

Mabel sah nicht auf. Er bemerkte ein Beben in ihren Händen und fragte sich kurz, ob sie Angst vor ihm hatte. Die Erinnerung an die letzte Nacht – ihre milchweißen Schenkel, ihr fest verschlossener Körper, der kaum unter ihm nachgab, das überraschende Nest schwarzer Haare (er hatte dennoch weitergemacht) – ließ ein kurzes Gefühl der Reue in ihm aufflammen. Er versuchte zu lächeln. »Ah, da sind wir«, sagte er.

Schon da begann es zu regnen. Dicke Tropfen landeten wie Fettflecken auf dem Pflaster. Die Wolken dick wie Wolle. Möwen schrien. Victor stieg aus der Kutsche und sah sich um. Der Gasthof war billiger, als man ihn hatte glauben lassen, mit einem schmalen, gekrümmten Rücken, der langsam wegsank. Er sah nach Mabel, ob sie irgendein Missfallen zeigte. »Hoffen wir, dass uns in der Nacht die Decke nicht auf den Kopf fällt«, sagte er und hoffte, ihr wenigstens ein Lächeln zu entlocken, aber sie hielt den Blick aufs Pflaster gesenkt.

Der Gastwirt begrüßte sie, um seine Füße herum spielten zwei rothaarige Kinder. Der Junge rollte Fossilien über die Schwelle. Das Mädchen drückte ein Rinderschienbein in Puppenkleidern an sich und redete beruhigend darauf ein. »Nicht weinen!«, flüsterte die Kleine.

»Willkommen«, sagte der Mann und führte sie in das Hotel. Talgkerzen tropften an den Wänden, die Luft war gesättigt mit dem üblen Geruch rohen Fleisches, und an der Decke hingen verzierte

Fußangeln und Sensen mit rostigen Blättern. Der Mann wandte sich Victor mit einem seltsam verengten Blick zu. »Ich sollte Sie warnen, bevor es zu spät ist.«

»Oh?«

»Die Leute sagen, hier im Gasthaus spukt es.«

Victor lachte, Mabel sagte: »Ooh.«

»Wie man es in diesen Romanen liest?«, sagte Victor. »Ich bin sicher, das alles gibt es hier. Klaffende Gräber, Mönche in Ketten und all den Unsinn.«

»Nein«, sagte der Mann und führte sie durch einen schmalen Flur in ihr Zimmer. Victor duckte sich unter einem tiefhängenden stumpfen Sensenblatt. »Die Dinge haben die Angewohnheit, anders zu sein, als sie erscheinen. Sie verwandeln sich. Schottische Selkies, kennen Sie die?«

Victor schüttelte den Kopf.

»Robben, die zu Frauen werden. Frauen, die sich in Robben verwandeln. Wir werden oft vom Geist einer Robbe besucht, die an dieser Küste gefangen und von Seeleuten totgeprügelt wurde. Am nächsten Tag fand man den zerschlagenen Körper einer Frau an der Stelle, wo das Meerestier gelegen hatte.«

Der Mann fuhr mit den Fingern über Mabels Handgelenk. Victor fiel auf, wie nahe er bei ihr stand, den Kopf zu ihrem Hals geneigt. Mabel, sah er, wich nicht zur Seite. Er gluckste. Ein Gespensterhaus und ein laszıver Gastwirt. Was noch? Ein Trupp Psalmen singender Straßenkinder?

»Die Kerzen verlöschen bei uns abends von selbst«, fuhr der Mann fort. »Es ist der Atem kleiner Robben, sie blasen sie aus.«

Victor grinste wieder.

»In der Nacht hört man oft Schritte«, sagte der Junge, der ihnen in ihr Zimmer gefolgt war.

Es war kein großes Zimmer, der Dielenboden fiel zur Seite hin ab, das Fenster war klein wie ein zugekniffenes Auge. Victor hätte ein gemeinsames Bett vorgezogen, aber er sah, dass Mabel ihre eigene Kammer haben würde, direkt neben seiner, mit einer Verbindungstür.

»Achten Sie auf das Klatschen von Flossen«, fuhr der Junge fort. Er ließ eine hohes »Ark, Ark« hören, das dem Wimmern weiblicher Lust seltsam nahe kam. »Schleim auf dem Bettzeug.«

»Stöhnende Betten.«

Sehr gut, dachte Victor. Selbst Mabel begriff, wovon sie redeten, ihre Wangen waren gerötet.

In dem Moment schien das Bett enorm zu wachsen und den Raum auszufüllen. An den Wänden hingen glänzende purpurne Behänge wie aus Innereien. Er sah Abdrücke in den Kissen, als hätte bereits der Kopf eines Fremden darauf gelegen. All die Geister, die hier schon vor ihnen *gevögelt* hatten. Victor fummelte an seiner Pfeife herum und hoffte, der Mann und der Junge würden gehen.

»Hier ist sie«, sagte der Mann und deutete auf ein kleines Bild über der Kommode. »Natürlich nicht so schön wie Sie«, sagte er, und Victor sah, wie er Mabel eine Hand auf die Schulter legte. Er hustete und tat so, als inspizierte er das Bild.

Es war ein grobes Gemälde, kaum mehr als das Gepinsel eines Kindes. Aber tatsächlich verstörte ihn, was er da sah. Es war ein Robbenkörper mit dem passiven Gesicht eines Mädchens. Haut pellte sich von ihren Schultern wie bei einer halb geschälten Klementine. So viel *Fleisch.* Das Bild erinnerte ihn an die Holzschnitte, die er in den Seiten seiner Bibel aufbewahrte – Frauen mit festen Brüsten, die Scham so glatt und konturlos wie Marmor.

»Himmel«, sagte Mabel. »Sie ist ja furchterregend.«

»Das ist alles Unsinn«, sagte Victor und wollte sie wegführen.

Aber Mabel folgte ihm nicht. Sie beugte sich zu dem Jungen

hinab. »Sind das Fossilien?«, fragte sie ihn. »Mein Mann wird hier eine fantastische Kreatur finden und uns beide reich machen. *Prodigium Mabelius* wird er sie nennen.«

Der Gastwirt atmete aus, und es klang verdächtig nach einem Lacher. Die Demütigung trieb Victors Blick zu Boden. Hätte jemand anders als Mabel das gesagt, hätte er gedacht, er werde zum Besten gehalten, aber von seiner Frau … Er hoffte nur, dass sie wusste, worüber Schweigen zu bewahren war und was man erzählen konnte.

»Mein Neffe kann sie hinaus zu den Black-Ven-Klippen bringen«, sagte der Mann und deutete auf den rotköpfigen Jungen. »Er hat ein Näschen dafür, wie ein Schwein für Kirschen. Wobei es seit Jahren keine spektakulären Funde mehr gegeben hat.«

»Wenn der Regen aufhört, mit Freuden«, sagte Victor.

»Die Fossilien sind leichter zu entdecken, wenn es nass ist. Sie glänzen schwarz im Matsch«, lispelte der Junge. Ihm fehlten zwei Schneidezähne, und er wackelte mit der Zunge an einem der unteren Eckzähne.

Mabel neigte den Kopf zu Victor hin. »Du fürchtest dich doch nicht vor ein bisschen Regen, Lieber?«, sagte sie. »Ich bin sicher, du findest ein großartiges Tier, wenn du jeden Tag hinausziehst.«

»Aber …«

»Ich glaube«, sagte sie und drehte ihre kleine silberne Schere in der Hand, »von all deinen Eigenschaften bewundere ich deine Hingabe und deinen Einsatz am meisten. Ich *weiß*, dass du es schaffen kannst.«

Sie lächelte und fügte hinzu, dass sie selbst unmöglich mitkommen könne, war ihre Lunge nach der Influenza vor drei Jahren doch immer noch so schwach.

Verpufft sind seine Träume von Ruhm und Herrlichkeit, von der Entdeckung einer mythischen Kreatur. Verpufft sind einfach alle Träume bis auf den einen vom nächsten Abendessen, einer kalten Makrele, heruntergespült mit einem Glas Wein, aber selbst den verleidet ihm der Gedanke an Mabels Enttäuschung, wenn er ihr berichtet, dass er – wieder! – nichts gefunden hat. Acht Tage und nichts als Regen! Sogar zu erschöpft, um am Tanz in den Räumen der Stadthalle teilzunehmen. Ein Wassertropfen rinnt ihm den Rücken herunter. Seine Zähne beginnen zu klappern, seine Hose ist bis zu den Knien durchweicht. Der Junge ist so weit vor ihm, dass Victor ihn im Nebel kaum noch ausmachen kann. Er bleibt stehen, um zu sehen, worum sich drei Möwen streiten. Ihre scharfen Schnäbel picken ins Fleisch von etwas Weichem. Eine angeschwemmte Qualle, die in den Sand sickert.

Und dann hört er es. Ein Geräusch wie ein Räuspern und darauf das lange, dumpfe Aufreißen von etwas Fundamentalem, das entzweibricht. Er sieht es vage, wie durch ein beschlagenes Fenster. Die Klippen geben nach, Tonnen schwarzer Erde krachen nach unten.

»Bitte«, ruft er, als verhandelte er mit jemandem – mit wem? Den Felsen selbst, mit Gott? Er wusste nicht, wie kraftlos sich seine Beine anfühlen können, wie formlos sein Blick. Ein Schmerz in seiner Brust füllt fast sein ganzes Bewusstsein, der scharfe Geschmack von Pennies. Er versucht zu rennen, rutscht aus, fällt zurück auf etwas Weiches, Nasses. Es ist die Qualle, wie ihm bewusst wird, ihr Schleim überzieht seine Hände, weich und kalt. Er ist wie gelähmt, auf den Sand gezwungen, die Beine schwer wie Eichenbalken, er wartet darauf, dass ihn die Erde verschlingt. Es ist merkwürdig, denkt er, dass er an nichts besonders Wichtiges denkt, nur an Mabel, wie sie ihm gestern Abend beim Essen gegenübersaß. Die Geborgenheit. Eine Sardine hat sie zerlegt, mit einem silbernen

Messer, die haarfeinen Gräten herausgelöst. *Sie gehört mir*, hat er gedacht. *Wir gehören einander.*

Was wird sie sagen, wenn sie es erfährt? Er stellt sich die sanft rinnenden Tränen vor, die Jahre stetiger Andacht an seinem Grab. Wer sonst wird ihn betrauern? Es wird nur eine stille, bescheidene Beerdigung sein, nicht die große Prozession, die er sich einmal vorgestellt hat. Dreißig Jahre auf dieser Erde, und er hat nichts vorzuweisen. Nichts von dem Wohlstand und Ruhm, den seine Lehrer für ihn vorausgesehen haben. Es ist Jahre her, dass jemand gesagt hat: Wenn es irgendwer schafft, dann Victor! Sein Name, einst mit Stolz verbunden, hat angefangen, nach Spott zu klingen.

Der Gestank der Kalköfen hinter der Stadt, von Kordit, frisch aufgeworfener Erde. Ihm ist vage bewusst, dass da jemand ruft, auch wenn er die Worte nicht voneinander trennen kann. Es ist eine lange, tiefe Klage, das Geräusch, das eine Türangel macht, wenn sie geölt werden muss. Dann verklingt es. Er betastet seine Beine, seine Seiten, seine Arme. Kein Schmerz, nichts. Er steht auf, unsicher auf den Beinen, schlägt sich den Sand vom Mantel, der Hose, wischt sich die Hände daran ab. Er kommt sich absurd vor, töricht. Der Erdrutsch ist vorüber. Eine dicke Erdschnecke schiebt sich ins Meer. Die Klippen zerfallen. Er sollte weg hier, rennen. Es könnte noch mehr kommen. Die ganze Küste könnte zu Schutt werden. Aber er stellt fest, dass er darauf zugeht. Der Himmel ist so silbrig wie das Innere einer Muschel, der Regen nur mehr ein leichter Niesel. Es fühlt sich an, als wäre er allein auf dieser Welt …

Der Junge, denkt er. Der Junge mit den zwei fehlenden Zähnen, an dessen Namen er sich nicht erinnern kann. Er war vor ihm, die roten Haare sind im Nebel verschwunden, als die Erde herunterbrach.

»Kind!«, ruft er, aber er weiß, es hat wenig Sinn. Der Junge ist sicher tot.

Und dann sieht er es. Groß und glänzend. Es leuchtet im grauen Nachmittagslicht, hoch oben auf einem Haufen Erde. Eine Form fast wie ein Schädel. Victor blinzelt, macht einen Schritt vor, dann noch einen. Er läuft darauf zu, der Schmerz in seinem Fußgelenk ist fast weg. Hochstimmung trägt ihn voran. Er betrachtet diesen Moment, als machte er ihn bereits zu einer Anekdote, zu Geschichte. Der Moment der Entdeckung, der Schock der Erkenntnis. Ein großer, durchnässter Mann, der durch das Geröll eines Erdrutsches steigt und den Fortschritt der Wissenschaft vorantreibt. Wie zähflüssig der Matsch ist! Er heftet sich an seine Schenkel, schmatzt unter jedem seiner Schritte.

Ich wusste es sofort. Das wird er sagen, wenn er eine große Zuhörerschaft in der Royal Society vor sich hat. *Meinen Entdeckerinstinkt werde ich es nennen.*

Er kämpft sich durch das Gestein. Wie triumphierend er aussehen muss! Seine Hände schmerzen vor Kälte, die Arme sind bis zu den Ellbogen erdschwarz. Donner grollt wie Applaus. Ein Brustkorb. Eine Flosse. Ein unberührtes Ungeheuer. Tausend Jahre hat es geschlafen und darauf gewartet, von ihm entdeckt zu werden.

Alle graben wir in der Erde, denkt er wieder, und die Freude schießt in kurzen, überglücklichen Ausbrüchen in ihm auf. Sein Vater mit seinen Kanälen. Sein Bruder mit seinen Pflanzen und Friedhöfen. Und er, Victor, findet ein großartiges Wesen, das ihn, da ist er sicher, berühmt machen wird.

~

Es dunkelt bereits, als die Zugpferde kommen. Fast riecht er sie, bevor er sie hört, den Fischgestank der Walöl-Laternen. Er gestikuliert wild in ihre Richtung, und da kommen auch der Gastwirt und das kleine Mädchen mit seiner Knochenpuppe über den

Strand gerannt. Die Flut kommt herein und schlägt keuchend auf das Gestein.

»Hier!«, ruft er von seinem Platz oben auf dem Geröll. »Hier! Ich brauche Seile. Schaufeln. Hämmer. Wir müssen schnell sein, sonst ist es zu spät.«

»Gott sei Dank«, ruft der Wirt, und sie klettern hinauf zu ihm. Der Wirt sieht sich um und kneift die Augen in der Düsternis zusammen. »Aber wo denn?«

»Da«, sagte Victor. »Sehen Sie doch!« Der langschnauzige Schädel. Die schwarzen Flossen. Er wartet auf ihr Erstaunen, ihren Neid.

Der Mann sieht sich verzweifelt um. »Aber Wilbur? Wo ist Wilbur?«

Victor beißt sich auf die Lippe. Er hat den Jungen ganz vergessen, hat vergessen, dass irgendwo unter dieser stinkenden Erdmasse der Körper eines kleinen Jungen liegen muss. »Es tut mir leid …«, stammelt Victor. »Er hatte keine Chance, Sie hätten es sehen sollen! Es ging so schnell …«

Der Gastwirt macht einen Schritt nach vorn. Eine Sekunde lang denkt Victor, dass der Mann ihn schlagen wird. Aber die Arme hängen schlaff an seinen Seiten herunter, sein Mund steht auf, und nichts als Schmerz spricht aus seinen Augen. Victor tritt zur Seite und sieht ihnen zu, dem Mann und dem Mädchen, wie sie über die Erde kriechen, den Namen des Kindes rufen, Steine, Dreck zur Seite schieben, darin scharren und Stöcke hineinschieben. Er will ihnen sagen, dass es sinnlos ist, der Junge ganz sicher tot ist. Er sieht sich um, sieht, wie die Flut höher steigt. Wie lange hat er noch? Wenn ihm niemand hilft, wird sich das Meer seine Entdeckung holen, und sie wird für immer verloren sein. Ein leiser Schrei bricht aus seiner Kehle. Seine eine Chance, zu Ruhm und Ehre zu gelangen, trübt sich bereits ein.

Er wühlt in seiner Tasche nach Papier und einem Stift und wedelt vor zwei Männern mit kräftigen Armen mit dem Versprechen von zehn, zwanzig Pfund herum. Sie treten von einem Bein aufs andere, nicken aber schließlich und folgen ihm, wohin er sie führt. Hämmer treffen auf Stein, Seile knarzen und ziehen. Als der Regen den Schmutz herunterspült, sieht Victor, dass die Kreatur in perfektem Zustand ist, makelloser, als er es sich je hätte vorstellen können. Rippen, Rückgrat, Flossen. Sie schlagen Pflöcke ein, verknoten Seile, Victor irrlichtert herum, sorgt sich, dass sie es entzweireißen. Die Pferde wühlen die Erde auf, Adern treten hervor, Köpfe verschwinden fratzenhaft im Schatten der Laternen. Ein Ächzen, ob von Mensch oder Tier, er könnte es nicht sagen. Wellen donnern, schlagen.

»Wir müssen aufhören. Die Flut«, rufen die Männer, und schon strudelt das Wasser um ihre Füße. Der Gastwirt und seine Tochter gehen zurück in die Stadt, die Hände leer, die Köpfe gesenkt. Er sieht, wie ihre Laternen zu Lichtpunkten werden.

Aber Victor wird nicht gehen; er packt einen der Männer beim Kragen, als der die Pferde anzuspannen versucht. Wieder holt er sein Notizbuch hervor, schreibt grauenhafte Summen auf, und die Männer lassen ihre Peitschen auf die Pferde niedergehen, bis sich die Kreatur endlich, endlich mit einem wilden Krachen löst. Victor springt von einem Fuß auf den anderen, als sie seinen Pfund auf den Karren binden, Holz ächzt. »Schnell«, flüstert er. Dann lauter: »Schneller!« Die Flut erreicht Victors Oberschenkel, die Strömung droht ihn wegzureißen. Gischt drischt auf seinen Körper.

»Ich halte es«, erklärt er den Männern und sieht erst jetzt, welch große Angst sie haben, wie unruhig die Pferde sind, das Weiß ihrer Augen leuchtet.

Sie pflügen durch die krachende Brandung, Victor sitzt auf dem Karren, das Wasser schlägt gegen die Seiten. Die Nacht ist so schwarz und kalt. Er zittert, sein ganzer Körper verkrampft sich in der Kälte des Meeres. Er hat Matsch in den Haaren, den Ohren. Er beugt sich vor und hält seine Kreatur in den Armen, wie eine Mutter ihr Kind wiegen würde.

~

Besteck kratzt über Porzellan. Der Fisch ist lauwarm und voller Gräten. Victor zieht einen winzigen durchsichtigen Speer aus dem Mund und legt ihn seitlich auf seinen Teller. Mabel sieht ihn nicht an und sagt nichts. Sie hat kaum ein Wort an ihn gerichtet, seit er zurückgekommen ist, bis auf die Haut durchnässt und dreckverschmiert. Er hatte gehofft, dass sie mitkommen würde, um zu sehen, wie das Tier am Haus des Ladenbesitzers bei der Promenade abgeladen wurde, aber sie ist zurückgewichen und hat den Kopf geschüttelt. So stand er denn ohne sie auf der nassen Straße, verhandelte mit dem Mann und überwachte zehn Helfer dabei, wie sie seinen Fund die verschimmelte Treppe hinunter in den Keller brachten. Wäre es möglich gewesen, hätte er die Kreatur in sein Zimmer bringen lassen oder würde bei ihm unten im Gewölbe schlafen.

Sein Knie hüpft auf und ab. »Kannst du es glauben?«, flüstert er. »Mein Ungeheuer! Warte, bis du es siehst. Es ist großartig. Es könnte die größte Entdeckung seit William Conybeares Plesiosaurus sein.«

»Mary Annings«, sagt sie.

»Wie bitte?«

»Mary Anning hat den Plesiosaurus gefunden.«

»Keine Haarspalterei«, sagt er. »Conybeare hat ihn katalogisiert, oder?« Er nimmt ihre Hand. »In ein paar Tagen, vielleicht schon morgen, ist die Presse hier. Die Wissenschaft! Die Paläontologen.« Er atmet tief durch. »Die Royal Society! Oh, wenn die davon hören!«

»Kohl?«, fragt der Gastwirt und hält eine Terrine mit schlaffem, gelbem Gemüse vor sie hin.

Victor schlägt sich vor die Stirn. »Was, wenn es in dem Keller nicht sicher ist? Was, wenn die es verkaufen?«

»Kohl?«, wiederholt der Wirt. Seinc Augen sind gerötet, die Wangen wirken eingefallen.

»Ja, danke, James«, sagt Mabel und sieht den Mann auf eine Weise an, die an Zuneigung denken lässt. Und als er ihr von dem Kohl geben will, streichen seine Finger über ihre. Er sieht unerwartet gut aus, wie Victor etwas überrascht feststellt.

»Ich kann nicht mehr, *James*«, sagt Victor und klopft sich auf den Bauch. »Das war's.«

Der Mann dreht sich mit einer Verbeugung um und geht davon. Victor sieht, wie Mabels Blick ihm durch den Raum folgt. Sie ist eine warmherzige Person, sagt er sich. Sie hat Mitleid mit ihm wegen seines Neffens.

»Ich glaube, es ist eine neue Spezies aus der Familie der Plesiosaurier, und wenn ich recht habe, habe ich entschieden, sie *Plesiosaurus V. Crispus* zu nennen.«

Victor wartet. Seine Frau zerlegt weiter ihr Essen. Nichts, nicht mal ein Zucken.

»Ich weiß, ich habe dir versprochen, dass ich …«

»Warum müssen Männer immer graben?«, unterbricht sie ihn.

Diesen Ton kennt er von ihr noch nicht.

»Wie bitte, Liebes?«

»Warum können Männer die Dinge nicht lassen, wo sie sind? Warum müssen sie immer alles hervorwühlen und …«

Er betupft seine Lippen. »Das ist jetzt wegen dem Jungen, oder?«

Sie knallt ihr Besteck auf den Tisch. Es überrascht ihn, Tränen in ihren Augenwinkeln zu sehen.

»Es ist eine unangenehme Sache, da stimme ich ja zu. Ich habe beschlossen, ein großartiges Begräbnis für ihn zu bezahlen, würdig eines Gentlemans. Totenkläger, eine schwarze Kutsche …«

»Und das bringt ihn zurück?«

Er zieht an seiner Krawatte. »Der Erdrutsch war wohl kaum mein Fehler. Du siehst mich an, als wäre ich eine Art *Mörder.*« Er erschaudert. »Es ist bedauerlich, dass der Junge da hineingeraten ist. Aber wenn du ein wenig Zeit in dieser Welt verbracht hast, begreifst du, dass Menschen immer wieder dem Fortschritt zum Opfer fallen. Männer sterben, wenn sie Brücken bauen oder neue Länder kolonisieren. So ist es.«

Ihr Mund ist schmal, Blut sammelt sich seitlich an den Lippen.

Ein Gedanke kommt ihm, und er unterdrückt den plötzlichen Drang zu lachen. »Passt das nicht«, sagt er und versteckt seine Belustigung hinter einem Husten, »dass ein Fossilienjäger selbst zum Fossil wird? Da liegt er nun, begraben unter all der Erde.« Die Welt verschwimmt, diese bizarre Decke über ihnen, mit Sensen, Halbliterkrügen und Fußangeln, und er fühlt sich wie losgelöst, überwältigt vom Gewieher, das aus ihm herausbricht. »Der Junge hat«, keucht er und greift nach einem Glas Wasser, »er – hat – sich – selbst – fossilisiert! – Werden – sie – ihn – ausgraben – und …«

Kaltes Wasser explodiert um ihn herum. »Was um alles …«, sagt er, und dann sieht er das leere Glas in Mabels Hand. Und ihre Augen sind so schmal und kalt, dass es ihm Angst macht.

~

Victor geht an dem Abend allein in die Stadthalle. Mabel sagt, sie hat Kopfschmerzen, und er lässt sie mit ihrem Collagen-Buch und ihrer Schere zurück, die schnell und scharf durch Papier schneidet.

Als er oben auf der Anhöhe ankommt, ist er außer Atem, sein Blick verschwimmt etwas, und er spürt einen scharfen Schmerz in der Seite. Die Straßen sind unbeleuchtet, und er stolpert über ein altes Netz und eine Austernschale. Er wünschte, er hätte eine Laterne mitgebracht. Es ist immer noch wolkig, kein Mond, eine Eule fliegt tief über die Stadt. Er beschleunigt seinen Schritt, Geigenklänge treiben durch die Straßen.

Dort vor ihm leuchtet die Halle. Die Zivilisation, denkt er, rennt fast und fragt sich, warum er bis jetzt noch nicht hier gewesen ist. Der Saal wird voller Feriengäste sein, modebewusster Leute mit Geschmack und Stil. Dort, im Licht von tausend Kerzen, werden Schildpatt und Toupets glänzen. Walknochen werden Taillen straffen, Ammoniten an Ohren und auf Brustbeinen schimmern, ohne eine Spur der schwarzen, galligen Erde, aus der sie einst befreit wurden.

Erst bemerkt ihn niemand. Dann nimmt ein Mann seine Hand und hält sie fest. Die Leute stoßen einander an, in der Pause zwischen zwei Tänzen geht ein Murmeln durch den Raum.

»Das sind Sie, oder?«, fragt ihn ein Gentleman. »Victor Crisp der Name? Der Mann, der die großartige Kreatur entdeckt hat.«

Er neigt den Kopf und nickt. Mehrere Gläser heben sich in seine Richtung. Ein Mann reicht ihm ein randvolles Glas Punsch. Er nimmt es und nippt daran.

»Die Royal Society wird begeistert sein, davon zu hören«, sagt ein Gentleman. »Der größte Fund seit Jahren, nehme ich an.«

Victor nickt. »Die Royal Society«, wiederholt er, aber seine Stimme klingt merkwürdig losgelöst. Ihm ist kalt, begreift er, aber auch heiß, so heiß, dass er sich den Schweiß von der Stirn wischt. »Die Royal Society«, wiederholt er, lauter und mit mehr Betonung.

Der Mann starrt ihn an.

Victor wippt auf seinen Füßen nach vorn und versucht das Zittern zu bannen, das ihn ergriffen hat. Jemand klopft ihm auf die Schulter. Er sollte lächeln, ihren Dank annehmen, vielleicht sogar ein paar Worte sagen. Aber warum fühlt er sich so … so leer, so allein? In seinem Inneren rumort es, als müsse er sich entleeren. Draußen pfeift der Wind und drückt gegen die Fenster. Er klopft sich auf sein Ohr. Das Heulen wird lauter, gerade so wie am Strand, als die Erde herunterkrachte – die Kreatur, denkt er, könnte es sein, dass da die Kreatur schreit, oder schlimmer noch … der Junge?

Aber niemand sonst sieht sich um. Niemand sonst in diesem kultivierten Ballsaal zeigt irgendeine Art von Beunruhigung. Das Geräusch, so scheint es, donnert allein in Victors Ohren. Er versucht das Zittern in seinen Händen zu beruhigen und nickt seine Dankbarkeit in den Saal. Hundert Zähne grinsen zurück. Ein leichter Applaus, und das Glas rutscht Victor aus der Hand und fällt zu Boden.

~

Durch den Salon mit seinen Deckensensen, die Treppe hinauf. Niemand hat eine Kerze für ihn hinterlassen. Seine Hand tastet nach dem Geländer, seine Beine sind kraftlos und stolpern über das Holz. Oben in seinem Zimmer knallt er die Tür zu und keucht fürchterlich. Das Bild sieht ihn an, das Robbenmädchen, das sich aus seiner Haut schält. Ihre Augen sind so rund und so blau. Eine alberne Geschichte, denkt er. Eine Kreatur kann sich nicht in eine andere verwandeln. Er nimmt das Bild herunter und lehnt es umgedreht an die Wand. Er verschafft sich Zutritt zu ihrem kleinen Schlafzimmer.

»Mein Kätzchen«, flüstert er. »Mein Liebling.«

Erst schmeichelt er ihr, versucht sie zu beschwatzen, bettelt und ist erfreut, als sie zur Seite rückt, die Wangen schamgerötet, die Knie fest an sich herangezogen. Früher pflegte er zu einem Mädchen in der Jermyn Street zu gehen, fand sich durch die Kraft seiner Lust in ihr schäbiges kleines Nest gezogen – wie sie ihn erregte und entsetzte! Babette, so hieß sie. Aus Paris, dem Marais. Er platzte in ihr Zimmer, sah ihre Beine in schamloser Wonne gespreizt, ihre Finger streichelten dieses kleine, *heiße* Ding, und sie reckte ihm ihre Hüften entgegen. Wie sie auf die Wucht seiner Lust gefasst war und sein Bedürfnis zu Hass wurde, bis er sie sich in einer Grube vorzustellen begann, nackt und sich windend, und ihre pelzige Zunge bettelte darum, lecken, saugen und schlucken zu dürfen.

Was für eine Erleichterung ist es da, festzustellen, dass seine Frau womöglich einer ganz anderen Spezies angehört. Aber wie trocken und eng sie ist, wie er sich in sie hineinzwingen muss! Er kann sie nicht ansehen, ist wider alle Logik überzeugt, dass er ihr Leid antut. Er verspürt den plötzlichen Drang, aufzuhören und ihr zu sagen, dass er nie jemanden so geliebt hat wie sie, zu sagen: Lass uns noch einmal neu anfangen. Doch dann erinnert er sich an seinen Vater, und wie er ihn geschüttelt hat, wenn er wegen eines aufgeschlagenen Knies Tränen vergoss. *Wenn ein Mann den Respekt verliert, verliert er ihn für immer.*

Er träumt die ganze Nacht, und seine Träume sind wechselvoll und unstet. Ungeheuer werden zu Jungen, Jungen zu Ungeheuern. Das Bettzeug klebt an ihm. Das Licht, das unter der Tür zum Zimmer seiner Frau hervordringt, stört ihn, das Schnipseln ihrer Schere, das Geräusch des Leims, den sie auf das Papier aufträgt. Noch vor Sonnenaufgang hört er Laternen klirren, die Leute eilen zum Erdrutsch hinaus, jetzt, wo das Wasser wieder zurückgegangen ist.

Als er es nicht länger erträgt, setzt er sich an seinen Tisch. Er macht sich an einen Brief, den er in Gedanken bereits hundertmal formuliert hat, und versucht das Zittern aus seinen Fingern zu bekommen. Erst schreibt er die Adresse, genießt den Schwung des Rs und wie sich das S über zwei Zeilen erstreckt.

Sehr geehrte Herren, ich schreibe Ihnen, um von einer großartigen Entdeckung zu berichten, an der Ihre Society höchst interessiert sein wird …

Nachdem der Brief geschrieben und versiegelt ist, wendet er sich der einen Korrespondenz zu, die er in der letzten Woche erhalten hat. Wie immer ist sie voll mit dem Pflanzenunsinn seines Bruders. Es geht um Setzlinge und Ableger und das Arboretum des Abney-Friedhofs in Stoke Newington, das in alphabetischer Ordnung angelegt werden wird. *Daisy* hat sogar alle Bäume aufgelistet, was Victor aber auch null interessiert. *Zuletzt kommt ein Zanthoxylum. Wusstest du, dass er auch der »amerikanische Zahnwehbaum« genannt wird?*

Er nimmt ein leeres Blatt und möchte die einfachen, hämischen Worte schreiben: *Ich bin jetzt ein großer Mann, Daisy! Die Royal Society wird einen Experten schicken, um meine Entdeckung zu verifizieren, und dann gehe ich in die Geschichtsbücher ein. Ich werde der Crisp-Bruder sein, dessen Name durch die Jahrhunderte hallt!* Aber er weiß, dass es seinem Bruder egal wäre. Rivalität und Missgunst kommen immer nur aus einer Richtung. Das Einzige, was *Daisy* wichtig ist, ist sein Gewächshaus und seine Pflanzenschule mit den sorgfältig ausgezeichneten Setzlingen.

Es klopft an der Tür. Victor macht auf und erwartet, für einen kurzen Moment, das rothaarige Kind. Aber als ihn das schwarzhaarige Mädchen finster ansieht, erinnert er sich, dass der Junge tot ist. Er blinzelt und sucht Halt am Türrahmen. Er hat das Gefühl, sich durch einen Nebel zu bewegen, als trennte ihn eine dünne Membran vom Rest der Welt.

»Ah, wieder Kipper«, sagt Victor mit falscher Herzlichkeit und wirft einen Blick auf das angeschlagene silberne Tablett. Die Fische wirken labbrig, ein Hauch von Fäulnis scheint auf ihnen zu liegen, drei milchige Augen sehen ihn an. Er zeigt auf den Tisch. »Stell sie bitte da ab.«

Als das Kind wieder gehen will, hebt Victor eine Hand. »Warte«, sagt er und greift nach seinem Geldbeutel. Er hält dem Mädchen ein dickes Bündel hin. »Der Junge, der gestorben ist …«

»Wilbur. Mein Cousin. Sie haben ihn heute Morgen gefunden.« Sie neigt den Kopf.

»Fabelhaft!« Er fragt sich, wohin sie ihn gebracht haben. Sie werden ihn im frühen Morgenlicht mit demselben Karren geholt und ihm den Matsch aus Nase und Ohren gepult haben.

Ihre Augen, schon so klein und starr vom Weinen, scheinen sich noch mehr zu verengen.

»Es kann eine Gnade sein«, sagt er schnell, »einen Körper zu haben, den man begraben kann.« Er räuspert sich und drückt ihr die Geldscheine in die Hand. »Ich würde mich gern an den Kosten beteiligen. Es sollen keine Ausgaben gescheut werden. Heuert Totenkläger an, um an der Tür zu stehen. Ein großes Begräbnis. Verabschiedet ihn, wie man einen Herzog verabschieden würde!«

Das Kind starrt ihn an, hält das Geld wie ein kleines, wertvolles Tier. Macht eine Faust und weicht zurück. Victor hört, wie sich ihre Schritte erst stetig entfernen, dann schneller werden und durch das kleine Gasthaus dröhnen.

~

Victor kleidet sich schnell an und eilt die Straße hinunter zu seiner Kreatur. Es ist ein heller Tag, Möwen werden wie Spitzenfetzen hin und her geweht. Es stinkt nach faulenden Meeresfrüchten, nach Haufen von fliegenumschwärmtem, zusammengekehrtem verrottenden Tang. Mädchen bieten Körbe mit Pilzen und grünen Linsen feil. »Ein Penny die Handvoll«, rufen sie, aber Victor drängt an ihnen vorbei und hat nur Verachtung für sie. Er hat sich nicht vorstellen können, ein solches Ungeheuer auszugraben und solchen Ruhm dafür zu ernten. Der *Plesiosaurus V. Crispus*. Er hebt den Türklopfer und klopft dreimal. Stille. Panik überkommt ihn, dass jemand seinen Fund gestohlen hat, ihn als seine eigene Entdeckung ausgibt und verkauft. Er klopft fester, hämmert mit der Faust auf das Holz. Ein Schlurfen.

»Geduld, mein Freund«, sagt der Mann und sieht ihn an. »Geht es Ihnen nicht gut, Sir?«

Victor nickt und rennt förmlich in Richtung Keller. Er kann es nicht erwarten, neben der Kreatur zu stehen, ihre kühle Flanke zu berühren, den Kopf auf den dunklen Brustkorb zu legen. In der Düsternis kann er kaum etwas erkennen. Die Fensterläden sind geschlossen, in der Ecke brennt eine einzelne Kerze. Er stolpert die Stufen hinunter, seine Hände fahren über weiße Kristalle. Wasser tropft von der Decke.

»Da ist sie«, keucht er. Der Ladenbesitzer folgt ihm mit einer Kerze. Der Mann hat sich bereit erklärt, die Kreatur in seinem Keller aufzubewahren … Bis wann? Wäre es die Hauptsaison, gäbe es eine ganze Reihe wissenschaftlich versierter Gentlemen in der Stadt, die Victor sagen könnten, was er tun soll, die sogar bestätigen könnten, dass sein Fund ist, was er denkt. Aber Victor weiß nicht, welche Schritte er befolgen muss, er kann nur auf eine Antwort der Royal Society warten, auf den Gentleman, den sie unweigerlich schicken werden. Und dann, da ist er sicher, werden sie den Transport nach London organisieren, wo die wahre Arbeit beginnt.

Victor ruft nach einem Eimer und einer Bürste, sitzt im kalten, luftlosen Keller und fängt an, seinen Fund zu säubern. Uralten Schlick zwischen den Zähnen herauszuholen und den Dreck von der abgebrochenen Kante des Schädels zu waschen. Er nimmt einen Hammer und schlägt nutzlosen Stein vom Rückgrat. Der Geruch von Kordit erfüllt den Raum; das Skelett ist zum ersten Mal seit tausend Jahren wieder frei. Die Knochen sehen dunkel und poliert aus, aber immer noch tunkt er ein Tuch in Öl und reibt mit langsamen, kreisförmigen Bewegungen darüber. Noch nie hat er jemanden so zart, so sanft angefasst. Er denkt daran, wie er in jener ersten Nacht neben Mabel lag und ihr Atem im Schlaf so stetig war wie das Ticken einer Uhr. Er konnte nicht glauben, dass sie ihm gehörte und sie für immer aneinander gebunden waren. Er hob eine Hand über ihre Schulter und sehnte sich danach, sie an sich zu ziehen, sie einzuatmen und zu umarmen. Aber er kannte nur rohe Lust. Morgens machte er sie sich erneut zu Willen und rammte mit der Macht eines Kolbens in sie hinein. Als er fertig war, sank er zurück auf die Matratze und versuchte die Scham zu unterdrücken, die in ihm pochte.

Den ganzen Tag über besuchen ihn Gentlemen in seinem Keller. Amateur-Wissenschaftler und ein Junge von der Lokalzeitung und einer von einer Gesellschaftszeitschrift. Sie bringen Schieblehren und Lineale, messen Zähne, Rippen und Flossen. Ein Mann stimmt zu, dass es eine Art Plesiosaurier ist, aber eine Spezies, die er noch nie gesehen hat. Das Skelett ist, darin stimmen alle überein, bemerkenswert vollständig. »Es ist fast so«, bemerkt einer, »als wäre er erst vor einem Jahr gestorben. Wie frisch skelettiert.«

Victor nickt. Zum ersten Mal in seinem Leben weiß er nicht, was er sagen soll.

»Himmel, frieren Sie?«, fragt der Mann. »Sie zittern ja.«

»Ihr ist warm genug«, sagt Victor, und von seiner Nase tropft der Schweiß.

Ein Lacher. »Wie spaßig.« Dann: »Sir? Mr Crisp? Ihre Zähne. Sie klappern.«

Er fährt hoch. Er hat keinen Witz machen wollen. Er hat gedacht, der Mann spräche von seinem Plesiosaurus. Und ihm wird erst jetzt bewusst, dass das Klacken, das er hört, seine eigenen Zähne sind und sein Hals wehtut. Ihn überkommt der fast unwiderstehliche Drang, auf den Tisch zu kriechen und sich neben seinem Tier einzurollen.

»Sir?«

Die Stimmen vernebeln. Er starrt ihn wieder an. Seinen *Plesiosaurus V. Crispus*. Der Name fühlt sich zu kalt an. Er braucht etwas Persönlicheres, einen Kosenamen. *Wilbur* schnellt auf seine Zunge, aber er kann sich nicht erinnern, wo er den Namen schon gehört hat. Und jetzt schreckt Victor zurück, eine Hand vor dem Mund. Wie hat er es bisher nicht sehen können? Der Schädel ist klein wie der Schädel eines Menschenkindes, Eisenfasern hängen daran wie rotes Haar, das Skelett hat Hände, kleine Jungenfinger! Haut, blassrosa und …

»Was ist denn los?« Der Mann berührt seinen Ärmel. »Mr Crisp …«

»Der Schädel«, flüstert er, »wie der eines Kindes …«

Er sieht, wie der Mann von ihm abrückt, seinen Anzug glattstreicht, seine Schieblehre nimmt und vorsichtig zu Victor spricht. »Der Schädel«, sagt er mit einer überraschenden Gelassenheit in der Stimme, »hat die Form wie der eines Krokodils. Die Vorderseite ist ganz klar dreieckig. Die Schädelfenster sind bei diesem Exemplar schmaler als bei anderen, die wir entdeckt haben, und die Gaumenknochen sind dick. Er hat nur wenig«, er räuspert sich, »man könnte sagen, nichts, vom Schädel eines jugendlichen *Homo sapiens*.«

Victor nickt. Sein Atem verfängt sich in seiner Lunge, und er müht sich, nicht nach vorn zu fallen. »Ja, das sehe ich nun auch«, keucht er. »Ich habe mich getäuscht.« Er fühlt sich wie ein gemaßregelter Schuljunge. Er fährt mit dem Finger über die Schaufelform und versucht sich die zwei fehlenden Schneidezähne wegzudenken, die erwachsenen Zähne darüber, die darauf warten, nach unten zu wachsen.

~

»Werden sie bald hier sein?«, murmelt Victor.

»Wer?«

Er erkennt die Stimme nicht.

»Die Royal … Society.« Ein Hustenanfall unterbricht ihn, flacher Atem kommt tief aus ihm heraus. Er ist in sich gefangen, wird von schweren Decken und fleischfarbenen Vorhängen niedergedrückt. Er erinnert sich vage, dass Männer ihn aus dem Laden getragen haben, die Arme hart unter seinen Achseln. Er hat das Gefühl, unter Wasser gefangen zu sein, seine Gliedmaßen sind bleiern wie die eines ertrunkenen Matrosen. Jede Lungenfüllung ist ein Kampf. Seine Arme sind schwer wie Ruder.

»Ruhe.« Wieder diese Stimme. Er öffnet die Augen. Das schwarzhaarige Mädchen steht da und geht.

»Warte …«, stammelt er, aber es ist zu spät.

Er denkt an Mabels Stimme beim Essen, ihren Blick, der seinem auswich.

Warum können Männer die Dinge nicht lassen, wo sie sind? Warum müssen sie immer alles hervorwühlen und …

Das sollte jetzt der Moment sein, da er in die Sonne tritt, mit Mabels Arm, der sich bei ihm unterhakt. Das sollte der Moment sein, da er in herrschaftliche Häuser eingeladen wird, zu vornehmen Essen, mittags, abends, und zu Picknicks an der Küste. Sein Blick verschwimmt, Tränen sammeln sich in seinen Ohren. »Mabel«, murmelt er, doch keine warme Hand findet zu ihm, kein Schwamm befeuchtet seine Stirn. Wo ist er? Warum ist sie nicht bei ihm? Die Tür zu ihrer Kammer steht offen. Er sehnt sich nach dem Schnipselgeräusch ihrer Schere.

Als die Sonne grell am Himmel steht, weckt ihn ein lautes Klagen, und er versucht sich aufzurichten. Er erträgt es nicht, sich an der Peripherie des Lebens zu befinden, er muss sehen, was geschieht. Die Welt vibriert. Stattdessen konzentriert er sich auf den glänzenden Metallkrug auf seinem Nachttisch. Er ist glatt und kühl, eine tote Fliege schwimmt auf dem Wasser. Er verzieht das Gesicht, nippt ausführlich daran und fängt an zu husten. Jemand hat das Selkie-Bild wieder aufgehängt.

Erst denkt er, er wird ohnmächtig, wenn er aufsteht, doch es gelingt ihm, von seinem Tisch aus ans Fenster zu wanken. Eine große Kutsche fährt durch die Stadt. Straußenfedern wippen an den Köpfen schimmernder Rappen. Die Kutsche ist mit schwarzem Krepp und Bändern geschmückt. Bauern folgen ihr. Fischverkäuferinnen mit glitzernden Schuppenhänden. Rotwangige Köche, die Schürzen voller Suppenflecken. Butler und Bedienstete in zerschlissener Livree. Die ganze Stadt ist zusammengekommen, um das Kind zu betrauern.

Die Totenkläger sind da, wie von ihm bestellt, die Münder zu traurigem Mitleid verzogen, dunkel gekleidet und ordentlich zugeknöpft. Jeder hält einen Stab. Sie wirken fehl am Platz, vor einem Herrenhaus in Mayfair würden sie es nicht. Aber hierher, in diese ärmliche Straße, passen sie ganz und gar nicht.

Wie viel Zeit ist vergangen, fragt er sich, seit der Junge gefunden wurde? Ein Tag, zwei, drei? Er stellt sich vor, wie ein Gentleman von der Royal Society in die Stadt kommt und die Prozession sieht. Was wird er denken? Dieses Spektakel, dieser *Zirkus*, kann seiner Kreatur nur Aufmerksamkeit stehlen. Und aus Argwohn wird kalte Gewissheit. Sie wollen das Andenken an den Jungen mit dem Ungeheuer verweben, sagt er sich, bis niemand mehr an seine große Entdeckung denken kann, ohne auf unbehagliche Weise an den Tod des Jungen erinnert zu werden, an die tiefe Trauer einer ganzen Stadt. Und während er dort steht und sein wütendes Schnauben die Scheibe beschlagen lässt, vergisst er, dass das Begräbnis seine Idee war. Er denkt nur an seinen Plesiosaurier, der in diesem feuchten Keller schläft und langsam aus der allgemeinen Aufmerksamkeit gedrängt wird.

~

Danach weiß Victor, dass er und seine Kreatur aus dieser Stadt hinaus müssen. Er kann nicht länger auf einen Brief von der Royal Society und einen Gentleman warten, der kommen mag oder auch nicht. Er wird das Ungeheuer zu ihnen bringen. Er wird die nötigen Vorkehrungen treffen, dass es noch heute Nachmittag mit der *Unity* abtransportiert wird, im Bauch des Schiffs, weich gelagert und mit Leinen verzurrt. Und wenn sie ihn aufzuhalten versuchen … wenn sie die Kreatur hergerichtet, poliert, wenn sie eine Tonform von ihr wollen, bevor sie weggeholt wird … Nun, er kann damit tun, was ihm gefällt.

Auf der Straße draußen läuft ihm der Schweiß den Rücken und die Wangen herunter. Die Welt wankt wie seekrank. Um sich herum hört er Flüstern. Eine Frau weicht in einen Türeingang zurück. Das Mädchen, das Fossilien verkauft, huscht davon. Er hustet festen Schleim in sein Taschentuch.

Niemand will ihn ansehen, alle wenden den Blick ab, als wäre *er* ein Mörder, ein Ungeheuer – als hätte er den Tod des Kindes gewollt! Er stolpert über einen losen Pflasterstein, fängt sich und glaubt, eine rote Haarsträhne hinter sich zu sehen, fährt herum, und das Mädchen mit der Rindsknochenpuppe starrt ihn aus dunklen, leeren Augen an.

Morgen, sagt er sich und beschleunigt seinen Schritt etwas, wird er hier weg sein. Morgen werden er und Mabel in der Kutsche sitzen, Geschirr rascheln und Pferde wiehern hören und die Entfernung zwischen ihm und dieser gottverlassenen Stadt wird größer und größer werden. Während er darauf wartet, dass ihm der Ladenbesitzer die Tür aufmacht, dreht er sich um und blickt aufs Meer hinaus. Winzige Lichtblitze tanzen auf den Wellen. Badekarren werden in und aus dem Wasser gezogen. Er sieht den Gastwirt im Flachen rudern und eine Frau die Stufen herunterlocken. Er spritzt sie nass, sie stolpert ins Wasser und lacht. Er zieht sie an sich und küsst sie zärtlich auf die Schulter. Victor lächelt. Einen Moment lang ist er erstaunt, wie sehr das Mädchen seiner Frau gleicht – dieses glänzende braune Haar, die lockere Art, sich zu bewegen.

»Ja?«, sagt der Ladenbesitzer.

Victor dreht sich um. »Sie müssen dringend Vorbereitungen treffen. Die Kreatur fährt heute noch mit der *Unity*.«

»Heute?«

»Ich bezahle Sie gut«, sagt er.

Im Keller bellt er Befehle mit einer Sicherheit, die er nicht empfindet. Weitere Arbeiter werden geholt, grobe Kerle, die anzupacken verstehen. Sie schütteln die Köpfe, tauschen Blicke, aber sie gehorchen ihm. Er beobachtet alles, zu erschöpft, um zu helfen, flucht, wenn sie zu unvorsichtig mit seiner Kreatur umgehen. Er stellt sich Blutergüsse vor, wo ihre Hände zupacken und drücken, wie dem Ungeheuer der Atem stockt, wenn eine Rippe bricht. Sein Totenhemd ist aus neuem Leinen, sein Sarg eine hölzerne Kiste. Die Junge wird längst auf dem Friedhof liegen.

In London wird er niemandem erlauben, die Kiste vor seiner Ankunft zu öffnen. Er selbst wird die Nägel herausziehen, die Bretter in die Höhe hebeln. Er wird den Stoff herunterziehen. Der

Raum, in dem das geschieht, wird ein großes, reich verziertes Gewölbe sein, Gentlemen sind an seiner Seite. Ein Kronleuchter über ihren Köpfen verströmt helles Licht. So weit weg werden sie von diesem feuchten Keller sein, von dieser verkommenen kleinen Stadt, vom Tod des Jungen, der in jeder einzelnen Ecke lauert. Sein Ungeheuer wird gezähmt. Katalogisiert, benannt, kontrolliert. Alles wird wieder friedlich, wie ein wilder Bulle, der zu rosa Koteletts zersägt wird.

~

Sie sagen, er ist zu schwach, um zu fahren. Dass sein Fieber noch zu hoch ist. Dass es ein Wahnsinn wäre, sich auf eine solche Reise zu begeben, wenn er noch so krank ist. Sie sagen, er braucht eine Woche Bettruhe, vielleicht mehr. Dass er immer wieder ins Delirium sinkt, auch wenn er sich dessen in seinen wachen Momenten nicht bewusst ist. Er tut die Einwände der Ärzte mit einer Handbewegung ab. Die ganze Nacht rüttelt der Husten an ihm. Wie eine Krabbe rollt er sich in den verschwitzten Laken ein, wie ein betendes Kind. Der Schlaf kommt heimlich, schleicht sich an und huscht wieder davon. Als die Turmuhr zwei schlägt, ist er sicher, ganz in der Nähe Schritte zu hören – nackte Füße auf hölzernen Dielen. Er schiebt den Gedanken beiseite und versucht wieder einzuschlafen. Am Morgen sagt er sich, er und Mabel werden bald in der Kutsche sitzen. Sie werden den Ort hier hinter sich gelassen haben. London wird ihr Neuanfang.

Ein plötzliches Klatschen. Schneller Atem. Knarzen.

Victor setzt sich auf. Schauder lassen seine Zähne klappern. Er erinnert sich an den rothaarigen Jungen am Tag ihrer Ankunft, das Gesicht so düster, als er von den Gespenstern sprach.

Der Atem kleiner Robben. Das Klatschen von Flossen.

Und da ist dieses *Ark*, *Ark*, vor dem er gewarnt wurde. Victor betrachtet das Bild mit dem Selkie und ist sicher, er kann ihre Augen glitzern sehen, wie sich die Haut von ihrem Hals löst.

Er hievt sich auf die Beine. Das Geräusch kommt, wie es scheint, durch die Verbindungstür. Sein Nachthemd flüstert um seine Beine. Das Feuer glüht noch, er nimmt das Schüreisen und bewegt sich in Richtung von Mabels Tür voran. Die Angeln sind geölt, und die Tür quietscht nicht.

Was er durch den schmalen Spalt sieht, versteht er zunächst nicht. Eine Kerze flackert. Der Mund seiner Frau ist offen, schillert, ihre Augen sind fest zugekniffen. Ein leises Stöhnen entweicht ihr. Und dann sieht er es – etwas bewegt sich über ihrem Leib. Ihre Beine sind gespreizt. Ein Mund tut sich an ihr gütlich, ihre Finger greifen in dunkles Fell. Es ist der Gastwirt, stellt er fest, der seinen Mund auf ihr *Ding* drückt und sie abschleckt. Die teuflische Frau, die auf den Holzschnitten herumtollt, die sich windende Babette mit ihrem Seidenkörper …

Er muss an das erste Mal denken, als er Mabels Hand gehalten hat, so klein, so blass, so kindlich!, und sie hat ein leises Keuchen hören lassen, als schockierte sie so viel Intimität.

Das kann nicht seine Frau sein, sagt er sich, aber er kennt das Grübchen in ihrem Kinn, diese weichen, gespitzten Lippen. Er weiß, was er sieht, und weiß, was er zuvor schon gesehen hat, seine Frau, im Meer, wie sie mit … dieser *Kreatur* gelacht hat. Ein anderer Mann würde in die Kammer vordringen, würde den Gastwirt bei der Kehle packen, seine Frau auf die Straße jagen. Aber Victor fühlt sich nur geschlagen und beraubt. In seiner Kehle steigt der plötzliche Drang auf zu weinen. Die Arme hängen ihm schlaff an den Seiten herunter. Er stolpert zurück, fällt fast. Auf seinem Tisch sieht er ihr Collagen-Buch liegen. Wie stolz sie es ihm einmal gezeigt hat! Die kleinen Schoßhündchen und Spaniel, die sie so gerne ausgeschnitten hat! Dutzende Postkarten mit Terriern und Wolfshunden hat er ihr geschickt und wusste, wie sehr sie sie hegen würde.

Er zündet eine Kerze an und blättert durch die dicken Seiten. Ganz hinten im Buch sieht er Mischwesen, Tiere, an denen herumgeschnitten wurde. *Ungeheuer*. Er blinzelt, ist sicher, dass ihm seine Augen einen Streich spielen. Das Bein eines Kätzchens, ein Hühnerschnabel, ein Hundeschwanz, Entenfüße. Alles zusammengeklebt. Wie ist es möglich, dass sie so anders sein kann, als er gedacht hat, so gestört? Ist es diese klamme, elende Stadt, die ihr unter die Haut fährt und sie krank macht? Das Geräusch wird lauter, das unverwechselbare Aufeinanderklatschen zweier Körper. Vögeln, ohne darauf zu achten, wer es hören könnte. Ihr *Ark-Ark* wird lauter – ein Geräusch, von dem er niemals angenommen hätte, dass es aus diesem schlanken Hals kommen könnte. Victor nimmt das Bild und schleudert es durchs Zimmer, sieht, wie das Glas bricht, sein Fuß blutet, wo es ihn trifft. Er fällt zurück, rennt. Aus der Tür, die Treppe hinunter, durch die Spülküche mit den Sensen an der Decke. Seine nackten Füße treffen aufs Pflaster. Endlich wird ihm kalt. Sein Nachthemd flattert um ihn. Niemand ist auf der Straße. Über ihm schärft sich der Mond. Halb-verrückt, denkt er, und doch scheint es das Richtige, das *einzig* Richtige, was er tun kann.

Die Kirche ist klein, der Friedhof ein wenig größer als ein Garten. Er denkt an die großen Walhallas, die sein Bruder bepflanzen wird, Highgate, Abney Park und Brompton, ihre ägyptischen Avenuen, ihre Gewölbe und die in Hänge gehauenen Gräber. Ihre weiten Wege mit den Kutschenwendeplätzen.

Die Erde, sieht er, ist frisch, auf einem Haufen. Noch ohne Grabstein. Er kniet da wie ein Hund, die Erde fliegt hinter ihn, er gräbt, gräbt, gräbt. Sein Instinkt treibt ihn an, die Sicherheit, dass er das jetzt tun muss, dass es *richtig* ist. Seine Hände reißen auf und werden wund, ein Nagel bricht halb ab. Die Minuten drehen sich, die Grabsteine um ihn sind Reihen verrottender Zähne. Zu hören ist nur die fliegende Erde.

Und dann treffen seine Hände darauf. Keine Kiste. Ein lehmiges Leintuch. Als er die weichen Füße des Jungen berührt, fühlt er eine harte Flosse. In seinem noch wunden Zustand ist das Schlüsselbein des Jungen ein glatter Knochen. Victor beginnt zu stöhnen, sich aufzulösen und um sich zu schlagen. Im Rumpf des Schiffes, das um den Fuß des Landes fährt, liegt der Körper eines Jungen, da ist er sicher. Mit großem Pomp und Fanfaren wird er in London ankommen, sie werden die Kiste öffnen, und drinnen liegt ein rothaariges Kind. Ganz London wird ihn auslachen. Die Royal Society wird ihn verspotten. *Punch* wird ihn verhöhnen, sein Leben zu einem Witz werden …

Die Welt verschwimmt hinter seinen Tränen. Seine Frau hat sich in einen Teufel verwandelt. Seine große Entdeckung, zerstört. Das Einzige, woran sich nichts geändert hat, ist sein erbärmliches, enttäuschendes Leben. Er hebt seine Kreatur aus der Grube und hält sie in seinen Armen. Er küsst den Kopf des Jungen (seinen langen, schmalen Schädel, denkt er), seine Finger (die kleinen Flossen). Sie ist so klein in seinen Armen, seine Kreatur, so feucht und voller Erde. Er versteht nicht, wie Stein so weich sein, wie sie so wenig wiegen kann. Keine anderen Möglichkeiten kommen ihm in den Sinn. Er wankt zu den Klippen, in Richtung des Rauschens der Wellen. Seine Füßen reißen im Dornengestrüpp auf. Nesseln brennen auf seiner Haut. Er humpelt voran, weiß nur, dass er sie dem Meer zurückgeben muss, dass sich nur so die letzten paar Tage ungeschehen machen lassen.

Warum können Männer die Dinge nicht lassen, wo sie sind?

Robben, die zu Frauen werden. Frauen, die sich in Robben verwandeln.

Er hat niemanden so geliebt wie Mabel. Sein ganzes Leben

über, immer wurde jede Zuneigung erstickt, sobald sie zu sprießen begann. Sein Vater schlug ihn, als er ihn mit vier Jahren zu umarmen versuchte. Seine Mutter wandte sich mit spitzen, fest geschlossenen Lippen von ihm ab. Spott und Hohn war die einzige Weise, auf die er mit seinem Bruder zu interagieren lernte. Der liebe, blumenverwirrte *Daisy*.

Oben auf den Klippen tobt der Wind, er beißt ihm in die Wangen und die nackten Beine. Unter ihm wartet der Schlund des Ozeans und schnalzt mit der Zunge über den Fels. Victor eilt voran, rutscht und schlittert über die nasse Erde, seine Finger halten das weiche, rote Haar der Kreatur gepackt, seine kalten, blauen Lippen. Ein Stein bricht unter ihm weg, und er stürzt, die Arme ausgestreckt. Die Beine rudern in der Luft. In den Momenten, bevor er auf den Kiesstrand schlägt, fliegen er und der tote Junge, und Victor spürt nichts als einen Rausch, und dass es so schon immer hat enden sollen.

DIE AUTOR*INNEN

BRIDGET COLLINS ist die preisgekrönte Autorin der Jugendromane *Die verborgenen Stimmen der Bücher* und *Das große Spiel*. *Die verborgenen Stimmen* waren ein *Sunday-Times*-Bestseller und standen auf der Shortlist für den Waterstones Book of the Year Award.

IMOGEN HERMES GOWAR ist die Autorin des *Sunday-Times*-Bestsellers *Die letzte Reise der Meerjungfrau*, womit sie neben zahlreichen anderen Auszeichnungen auch den Betty Trask Award gewann und auf der Shortlist für den Women's Prize und den MsLexia First Novel Prize stand. Die Autorin lebt und schreibt in Bristol.

KIRAN MILLWOOD HARGRAVE ist Lyrikerin, Drehbuchschreiberin und Autorin einiger preisgekrönter Jugendromane. Ihr erster Erwachsenenroman *Vardo – Nach dem Sturm* war ein *Sunday-Times*-Bestseller und gewann den Betty Trask Award. Die Autorin lebt mit ihrem Mann, dem Künstler Tom de Freston, und ihren beiden zugelaufenen Katzen Luna und Marly in Oxford.

ANDREW MICHAEL HURLEY ist der preisgekrönte Autor von drei Romanen, *Loney*, *Teufels Tag* und *Starve Acre*. *Loney* gewann den Costa First Novel Award, wurde 2016 Book of the Year bei den British Book Awards, und die *Sunday Times* pries das Buch als modernen Klassiker. Der Autor lebt und schreibt in Lancashire.

JESS KIDD wuchs in London als Teil einer großen Familie aus dem irischen County Mayo auf. Sie ist die Autorin dreier preisgekrönter Romane: *Der Freund der Toten*, *Heilige und andere Tote* sowie *Die Ewigkeit in einem Glas*. 2016 gewann sie den Costa Short Story Award und veröffentlichte 2021 ihr erstes Kinderbuch *Everyday Magic*. Ihr vierter Roman *Die Insel der Unschuldigen* erschien 2023.

ELIZABETH MACNEAL ist die Autorin zweier Sunday-Times-Bestseller: *The Doll Factory*, Caledonia Novel des Jahres 2018 und in neunundzwanzig Sprachen übersetzt, sowie *Zirkus der Wunder*. Die Autorin ist auch Töpferin und lebt mit ihrer Familie in London.

NATASHA PULLEY erklomm mit ihren vier Romanen *Der Uhrmacher in der Filigree Street*, *The Bedlam Stacks*, *The Lost Future of Pepperbarrow* und *The Kingdoms* die Bestsellerliste der *Sunday Times*. *Der Uhrmacher in der Filigree Street*, ihr Debüt, gewann zudem den Betty Trask Award und war ein internationaler Bestseller. Sie lebt in Bristol und unterrichtet Creative Writing.

LAURA PURCELL war früher Buchhändlerin und hat vier Bestseller-Schauerromane geschrieben. Ihr Debüt *Die stillen Gefährten* gewann den WHSmith Thumping Good Read Award. Die Autorin lebt mit ihrem Mann und ihren Meerschweinchen in Colchester.